4

MARIE CORDONNIER

Silbernes Feuer

Weltbild

Besuchen Sie uns im Internet:
www.weltbild.de

Genehmigte Lizenzausgabe für Verlagsgruppe Weltbild GmbH,
Steinerne Furt, 86167 Augsburg

Umschlagmotiv: Schlück/Renato Aime
Gesamtherstellung: Clausen & Bosse GmbH,
Birkstraße 10, 25917 Leck
ISBN 3-8289-7428-7

2007 2006 2005 2004
Die letzte Jahreszahl gibt die aktuelle Lizenzausgabe an.

1. Kapitel

August 1594 – Survillier

Das Gewitter, gefolgt von einem Regen welcher der biblischen Sintflut glich, vollendete das von Menschen begonnene Zerstörungswerk. Braungrau, schlammig, wie von der Hand eines wütenden Riesen durchpflügt, boten die heckenumsäumten Felder ein Bild des Jammerns. Die Jagd, die der Lehnsherr von Survillier für sich und seine Freunde veranstaltet hatte, war zu Ende und den Schnittern blieb in diesem Sommer nichts mehr zu tun.

Die rücksichtslose Kavalkade der adeligen Herrn und ihrer Jäger hatte, die natürlichen Umzäunungen durchbrechend, das goldene Meer der reifen Ähren wie ein Sturm durchtobt. Kaum so viel war stehen geblieben, dass es im kommenden Winter den ärgsten Hunger stillen würde. Aber auch dieses Wenige versank nun seit Stunden unwiderbringbar im Morast.

Féline starrte mit blicklosen Augen über die zerbröckelnde Mauer aus Feldsteinen hinweg, welche die Dorfkirche und den kleinen Friedhof von den Äckern trennte. Sie sah weder die Verwüstung ringsum, noch die hastig zugeschaufelte Grube zu ihren bloßen Füßen. Die Umrisse des groben Holzkreuzes am Kopfende verschwammen bereits im heftigen Regen.

Das Grab war nur Ruhestätte für einen gebrochenen Körper. Das Herz ihres Vaters lag dort draußen, unter den vernichtenden Hoffnungen einer guten Ernte. Es hatte schon zu schlagen aufgehört, ehe er sich in einem wahnwitzigen Anfall auswegloser Verzweiflung zwischen die Pferde des Grafen und seiner Jäger geworfen hatte.

Doch es war ausschließlich die Feuchtigkeit des herabstürzenden Niederschlages und keine Trauer, die Félines Wangen nässte. In ihr loderte ein Feuer, das jede Träne ausbrannte und allen Gram klein und nichtig erscheinen ließ. Von den eisig kalten Zehenspitzen, bis in die letzte triefende Haarlocke, war sie von so verheerendem Hass und Zorn erfüllt, dass sie ihn am liebsten laut herausgeschrien hätte, um dem übermächtigen Druck zu entgehen, der ihr schier die Luft abpresste.

Doch vermutlich würde sie mit diesem Ausbruch nur dem guten alten Abbé Vidame Kummer bereiten, der immer wieder versuchte, ihr die Demut zu predigen, die ihr seiner Meinung nach wohl anstand. Demut! Schon das Wort straffte ihre Schultern und sorgte dafür, dass sie die blassen Lippen zu einem schmalen Strich aufeinander presste.

Sollte sie sich vielleicht auch noch dafür bedanken, dass es der Graf von Survillier nicht für nötig hielt, das Edikt des neuen Königs zu respektieren? Hatte Heinrich der IV. nicht als eine seiner ersten Amtshandlungen verboten, ab März in den kultivierten Feldern und Weinbergen des Königreiches Frankreich zu jagen?

Wer war der Herr von Survillier, dass er sich anmaßte, dieses Edikt seines Herrschers einfach abzutun? Und wo war der Richter, der ihn dafür bestrafte, dass er ihren Vater getötet, die Zukunft Blandines vernichtet und ihr selbst die Heimat genommen hatte?

Der Gedanke an ihre Schwester milderte für kurze Zeit die kalte Strenge ihrer Züge und schenkte ihnen stattdessen den Ausdruck resignierter Verzweiflung. Arme, zarte, weltfremde Blandine. Was sollte nun aus ihr werden? Die bescheidene Mitgift, die für ihren Eintritt in das Kloster der frommen Frauen von Beaumont nötig war, hätte vom Erlös der Ernte beglichen werden sollen. Es war nicht nur der Herzenswunsch ihrer Schwester, sondern auch der, ihrer vor drei Jahren verstorbenen Mutter gewesen, dass die Kleine dort Zuflucht hinter den Klostermauern fand.

Doch eine Bettlerin mit leeren Händen wollte kein Orden haben. Niemand brachte in diesen schwierigen Zeiten Mitleid für zwei Mädchen auf, die nicht mehr besaßen, als das bescheidene Gewand, das sie trugen. Der ärmste Bauer im Dort erwartete wenigstens ein paar Sous Mitgift oder etwas Land, falls er eine von ihnen zur Frau nahm.

Aber die wenigen ersparten Münzen, die der Vater versteckt gehabt hatte, waren für teures Saatgut und einen neuen Pflug verwendet worden. Nach der Ernte sollten sich die Ausgaben lohnen! Und die Hoffnung war berechtigt gewesen. Stark und dicht hatten die Ähren auf den Halmen gestanden, in einer üppigen Fülle, die versprach, dass auch nach Abzug der Pacht für den Grafen von Survillier genügend für Jean und die Seinen bleiben würde. Gerechter Lohn für magere Jahre der Plackerei und des Hungers.

Inzwischen hatten sie nur noch die Wahl, um Almosen zu bitten oder sich im Schloss von Survillier als Mägde zu verdingen. Féline spürte nicht, dass sich ihre Hände unbewusst zu Fäusten ballten. Das Leben einer so hübschen Magd wie Blandine in einem solchen Haus konnte man sich unschwer ausmalen. Außerdem – dem Mörder ihres Vaters dienen! Nein, lieber verhungern!

Außer dem Abbé würde ihr Tod sowieso niemandem ein zusätzliches Gebet wert sein. Ihr Vater war ein verschlossener, wortkarger Mann gewesen, der sich wenig um andere bekümmerte. Dass seine Kate abseits von Survillier, am Waldrand auf dem Gelände einer still gelegten Mühle lag, isolierte ihn zudem vom Leben der übrigen Dorfbewohner.

Mutter und Blandine hatten in dieser Einsamkeit Trost in Gebeten gesucht. Nur Féline teilte, solange sie denken konnte, die Liebe des Vaters zum Land und zu den Tieren. Von klein auf war sie ihm zur Hand gegangen, mehr eine Magd, denn eine Tochter. Der Zins, den der Graf seinen Bauern auferlegte, war hoch und oft nur um den Preis des eigenen Hungers zu erbringen. Jede helfende Hand linderte die Not.

Dabei begriff Féline, dass sie erst jetzt das wahre Gesicht nackter Existenzangst zu sehen bekam. Niemand fragte nach ihren Gefühlen. Sobald die Nachricht vom Tode Jeans das Schloss erreicht hatte, benannte der Verwalter des Grafen einen neuen Pächter. Bis zum kommenden Sonnenaufgang mussten sie die Hütte für Maurice und seine vielköpfige Familie geräumt haben.

Blandine hätte zu gerne die Einladung des stiernackigen Bauern angenommen, im Hause zu bleiben, bis sie eine neue Heimat gefunden hatten. Aber ihre Schwester weigerte sich strikt. Obwohl mit fast 22 Sommern unverheiratet, ahnte Féline instinktiv, was die viel sagenden Blicke bedeuteten, mit denen Maurice, die blasse, zierliche Blandine gemustert hatte, die sogar im groben Bauerngewand wie eine scheue, liebliche Blume wirkte. Die Tatsache, dass er verheiratet war, würde ihn kaum davon abhalten, sich zu nehmen, was er begehrte! Fürs Erste hatte ihnen der gütige Abbé Quartier angeboten, aber dann …

Was die Zukunft für sie bereithielt, jagte sogar einer so tatkräftigen jungen Frau wie Féline Schrecken ein. Doch sie würde die Dinge nicht ändern, wenn sie hier wie ein steinernes Monument vor dem Grab des Vaters Wache hielt und törichte Rachepläne schmiedete. Es lag außerhalb ihrer Macht, einem Mann wie dem Grafen von Survillier die Schrecken zu bereiten, die sie in ihrer Fantasie in den glühendsten Farben ausmalte.

Sie zog das fadenscheinige braune Schultertuch, das vor Nässe schwarz und schwer war, enger um die schmalen Schultern. Dann warf sie den dicken Zopf, der ihre Haare im Nacken zusammenhielt, entschlossen auf den Rücken und ging zwischen den Gräbern hindurch zur Pforte. Sie fror, doch diese Kälte hatte nichts mit dem Regen zu tun, der sie mittlerweile bis auf die Haut durchnässt hatte. Sie kam von innen, stumpfte alle Empfindungen ab und verwandelte das Herz in einen schweren, fühllosen Stein.

Féline, die Tochter Jeans des Bauern, erwartete nichts mehr von ihrem Leben. Sie hätte freiwillig das bisschen Seelenheil das sie besaß, dafür gegeben, anstelle ihres Vaters in der Erde zu liegen. Er hatte das Elend, den Hunger, die Armut und die Sorgen für immer hinter sich. Warum ihn bedauern? Ihre Gefühle waren dem Neid näher als der Trauer.

Der Regen trommelte ohne Unterlass auf das Dach der Reisekutsche. Er tränkte die massiven Ledervorhänge, welche die Fenster schützten und schien sogar vor den samtüberzogenen Polstern nicht Halt zu machen. Philippe Sebastien Vernon, Marquis von Andelys, rückte mehr zur Mitte der Sitzbank und betastete unwillig mit seiner schmalen aristokratischen Hand die obere Achselpartie seines Umhanges.

Einwandfrei nass! Er knirschte einen unhörbaren Fluch und verschränkte die Arme vor der Brust. Wie er wünschte, dass er den Bitten seines Gastgebers hätte folgen und bleiben können, bis dieses Teufelswetter sich ausgetobt hatte! Aber er selbst wusste am besten, dass die Botschaft, die ihn in den späten Nachmittagsstunden erreicht hatte, keinen Aufschub duldete. Wenigstens diese Eile war er der Absenderin als letzten Liebesdienst schuldig.

Eine scharf genommene Kurve warf ihn mit der rechten Schulter hart gegen den Fensterrahmen der Kutsche. Zum Henker, war dieser Kerl auf dem Bock wahnsinnig geworden? Beeilen sollte er sich, aber nicht das Gefährt samt dem Herrn in den Schlamm der Landstraße werfen. Gerade im Begriff, mit den Degengriff hart gegen die vordere Rückwand zu klopfen, um dem Fahrer seinen Unwillen mitzuteilen, schleuderte ihn ein zweiter, unberechenbarer Ruck so hart zwischen die Polster, dass er sich den juwelenverzierten Knauf der Waffe zwischen die eigenen Rippen stieß.

Der lästerliche Fluch des Marquis ging diesmal im Wiehern der Pferde, dem Kreischen der Kutschenräder und dem rauen Aufschrei einer entsetzten Männerstimme unter. Dann blieb das Gefährt schwankend stehen. Andelys sprang, ohne auf das blank polierte Leder seiner Stiefel aus spanischem Leder zu achten, mitten in den Schlick der Dorfstraße von Survillier.

Während der unablässig strömende Regen die bauschige, weiße Feder seines Samtbaretts blitzartig in einen müden Schatten einstiger Eleganz verwandelte und über die Ränder tropfte, versuchte er zu erspähen, was passiert war. Erst auf den zweiten Blick erkannte er das graue, schmutzige Bündel, das in beängstigender Nähe seiner Leitpferde lag, als menschliche Gestalt. Die Männer seiner Eskorte bückten sich und versperrten seine Sicht. Ein herrischer Befehl verschaffte ihm umgehend Gehör.

»Die Person ist mir geradewegs vor die Pferde gelaufen«, jammerte der Kutscher, den die unheilvolle Miene seines Herrn Böses befürchten ließ. So wie jener beim Aufbruch zur Eile getrieben hatte, war dieser Unfall das Schlimmste, was ihm passieren konnte.

»Dummkopf! Ist sie tot?«, forschte der Marquis eher beiläufig, nachdem ihm die verrutschten Röcke, die bloßen schmutzigen Füße und die schlanken Waden verrieten, dass es sich um eine Frau handeln musste.

»Nein, Euer Gnaden, das Herz schlägt, aber es rührt sich nicht, das arme Dingelchen ... was machen wir nur?«

Wahrhaftig, ein solcher Aufenthalt hatte ihm noch gefehlt. So wenig er den Grafen mochte, es ging nicht an, dass er zum Dank für eine Jagdeinladung seine Leibeigenen umbrachte. Der

Mann hatte Recht, was sollten sie tun? Der Wolkenbruch schien sie von der übrigen Welt zu trennen. Wenn es in Survillier eine Menschenseele geben sollte, die ihm helfen würde, so wagte sie sich bei diesem Wetter nicht auf die Straße.

Sogar der Umriss der Kirche, aus deren Portal die Frau gekommen sein musste, war kaum zu erkennen. Eben im Begriffe, die Anweisung zu geben, die Ohnmächtige in das Gotteshaus zu tragen, bewegte plötzlich einer der Reiter die Schultern der jungen Frau, und ihr Kopf fiel schwer zur Seite.

Der Marquis von Andelys verharrte mitten in der Bewegung. Vom Regen rein gewaschen leuchtete das schmale, ovale Antlitz des Mädchens wie eine Gemme. Es war nicht mehr so die Vollkommenheit der reglosen Züge, mit der schmalen, kleinen Nase und dem weichen, sinnlichen Mund, die ihm den Atem raubte, sondern die Tatsache, dass er dieses Gesicht so gut wie sein eigenes kannte!

Sogar die zitternde Bewegung der langen, schwarzen Wimpern, die ihre Schatten auf die blassen Wangen warfen, war ihm schmerzlich vertraut. Sie deutete an, dass sie in Kürze wieder zu sich kommen würde, und in der Spanne dieses Herzschlags traf er eine abenteuerliche Entscheidung, über die er sich selbst keine Rechenschaft abgeben mochte.

»Sie kann hier nicht liegen bleiben, tragt sie in die Kutsche! Wir nehmen sie mit!«

»Nein!«

Mit einer blitzschnellen, kraftvoll geschmeidigen Bewegung hatte sich die junge Frau unverhofft aus den Händen ihrer Helfer befreit und stand auf eigenen Füßen. Ein wenig schwankend noch, vom Sumpf der Straße bedeckt, aber bereit, es mit der ganzen Welt auf einmal aufzunehmen.

»Ich bin keine Leibeigene!«, fauchte sie heiser. »Wenn Ihr mich anrührt, schreie ich das Dorf zusammen!«

Während seine Männer auf eine Entscheidung ihres Herrn warteten, trat Andelys gelassen näher. Dunkle Flecken, dort wo sein Umhang auf den breiten Schultern lag, verrieten, dass auch seine vornehmen Kleider dem Guss nicht länger standhielten.

Schritt für Schritt gegen die Steinmauer des bescheidenen Gotteshauses zurückweichend, fand sich Féline unverhofft zwischen dem Fremden und der Kirche gefangen. Offensichtlich wollte dieser hohe Herr sein Spielchen mit ihr treiben. Einer der Jagdgäste des Grafen, vermutete sie völlig richtig. Einer von jenen Reitern, deren Pferde gestern den Körper ihres Vaters zwischen die ruinierten Ackerfurchen gestampft hatten. Es war ihr nicht bewusst, dass jeder noch so kleine Funke des mörderischen Hasses, den sie empfand, in ihren ausdrucksvollen Augen loderte.

Es war dieser Blick, der den Marquis zögern ließ. Die grauen Augen, die er kannte, waren sanft und verschleiert wie der blasse Dunst, der auf dem morgendlichen Meer lag, wenn Wolken den Sonnenaufgang verdeckten. Sie hielten keinem Vergleich zu dem leidenschaftlichen, hellen, rein silbernen Feuer stand, das ihm aus dem empörten Antlitz dieses Mädchen entgegenflammte.

Ihre dunklen Pupillen waren umgeben von einem Ring flüssigen Silbers, der gegen die Außenkante der Iris hin einen fast schwarzen Rand aufwies, sodass der Kontrast zum Weiß des Auges wie mit einem Tuschestrich betont schien. Umrahmt von seidig schwarzen, unglaublich langen Wimpern, waren es die schönsten Augen der Welt, aber zugleich auch die bösesten, die er je gesehen hatte!

Kein Feind hatte ihn jemals mit so viel erbittertem Hass gemustert, und es hatte einige von ihnen gegeben, als er an der Seite des Königs, in den Erbfolgekriegen für die Sache der Protestanten gefochten hatte.

»Wer bist du?«, fragte er ruhig, ohne auf ihren Ausruf einzugehen.

»Niemand, über den Ihr verfügen könnt!«, zischte sie mit einer Arroganz, die der seinen absolut ebenbürtig war und die in krassem Gegensatz zu ihren schmutzigen Lumpen stand.

»Hat man dich nicht gelehrt, auf Fragen eine Antwort zu geben und respektvoll zu höher Gestellten zu sprechen?«

Mit lässiger Geste fasste er Félines Kinn und drehte ihren Kopf zur Seite, das reine, ebenmäßige Profil bewundernd, das gegen die grobe Steinmauer gesehen, von ergreifender Schönheit war. Ihren ersten Schrecken überwindend, riss sie sich hastig aus diesem Griff und trat zur Seite.

»Ich kenne Euch nicht«, knirschte sie kaum hörbar, weder die erschreckten Mienen der Eskorte, noch die eisige des Edelmannes beachtend, der nun Zuflucht im Spott suchte.

»Dann verzeiht, meine schmutzige Jungfer. Gestattet, dass ich mich Euch vorstelle, Philippe Sebastien Vernon, Marquis von Andelys und treuer Diener seiner Majestät, unseres Königs Heinrich von Navarra. Tut Ihr mir nun die Ehre an, Eurerseits Auskunft zu geben?«

Wenn er darauf gehofft hatte, das Dorfmädchen einzuschüchtern, so fand er sich getäuscht. Im Gegenteil, die Abneigung in ihrem Gesicht wurde durch feindliche Verachtung verstärkt. Immerhin besaß sie genügend angeborene Vorsicht, ihn nicht durch weitere Beleidigungen zu reizen.

»Man nennt mich Féline«, murmelte sie. »Jean, der Pächter war mein Vater!«

Féline, der Kosename für ein kleines verspieltes Kätzchen, schien der pure Hohn, für diese kratzbürstige Tigerin mit der kehligen Stimme.

»War? Dann ist er tot?«, forschte Andelys.

»Gestern gestorben. Die Jagdgesellschaft vom Schloss nahm

keine Rücksicht auf einen Landmann, der seine Ernte zu retten versuchte. Er wurde niedergeritten!«

Das erklärte den blanken Hass in ihren Augen. Auch wenn sich der Marquis keine Regung anmerken ließ, so erinnerte er sich doch deutlich an die unerfreuliche Episode, dieser insgesamt so unerquicklichen Einladung zur Jagd auf Schloss Survillier. Die Versuche König Heinrichs, seine protestantischen und katholischen Edelleute einander nach Ende der kriegerischen Auseinandersetzungen näher zu bringen, waren nicht immer besonders angenehm für alle Beteiligten.

Ohne den dringlichen Wink seines Herrschers wäre er nie auf die Idee gekommen, die Jagd des Grafen auch nur in Erwägung zu ziehen. Survillier, ein alter Haudegen mit beklagenswerten Manieren, gehörte nicht zu den Freunden des eleganten, jungen Kreises, den der Marquis von Andelys um sich gesammelt hatte. Wie es aussah, teilte dieses zornige Geschöpf seine Verachtung für den Edelmann.

Mit der Schnelligkeit eines Atemzuges hatte der Marquis seine Überlegungen abgeschlossen, ohne Féline aus den Augen zu lassen. »Was ist mit dem Rest deiner Familie?«, setzte er das Verhör fort, das seine Begleiter ebenso verwunderte wie die verstörte Féline.

»Da sind nur Blandine und ich. Sie ist meine Schwester. Die Mutter ist schon lange tot.«

Der Einfall von eben gewann in seinem Kopf Gestalt und tollkühne Klarheit.

»Dann komm mit mir, du sollst es nicht bereuen!«

Féline spürte den Schlamm zwischen ihren Fingern, die sie in den Falten des nassen Rockes verkrampfte. Wahrhaftig, für wie einfältig hielt sie dieser noble Herr? Sie empfand es nicht als Ehre, von seinesgleichen ins Heu geworfen zu werden. Sie besaß nur noch ihren Stolz und ihre Unschuld, beides würde sie zu verteidigen wissen!

»Nein!«

Die mürrische Ablehnung klang so endgültig, dass Andelys erkannte, dass er es mit bloßer Überredung nicht schaffen würde. Er packte das Mädchen am Arm und spürte die erstaunliche Energie, mit der sie sich wortlos gegen diesen Griff zur Wehr setzte.

»Gibt es etwas auf dieser Erde, das du dir mehr als alles andere wünschst?«

Zum ersten Male schaute Féline bewusst in das kantige Gesicht unter dem triefenden Barett. Sie musste den Kopf dafür weit in den Nacken legen. Vage nahm sie die buschigen, dunklen Brauen und die ausgeprägten Wangenknochen wahr. Den scharf geschnittenen Mund, der ihr grausam und höhnisch vorkam. Dann konzentrierte sie sich auf die braungrünen Augen, die sie an einen Raubvogel erinnerten, der gelassen seine Beute beobachtete und auf den richtigen Moment zum Zupacken wartete.

Er war jung, sicher erst Ende der Zwanziger, aber gleichzeitig umgab ihn eine gewisse Aura des Überdrusses, was ihn wesentlich älter wirken ließ. Sollte er die Antwort auf ihre verzweifelten Gebete darstellen? Bediente sich Gott solcher Männer?

»Was meint Ihr damit, Seigneur …?«, ließ sie ihn seine Frage genauer erklären.

»Ich möchte, dass du mit mir kommst, und ich werde dir dafür das geben, was du dir am meisten wünschst. Natürlich nur, wenn es in meiner Macht steht.«

»Das tut es!« Auch Féline vergeudete keine Zeit mit unnützen Skrupeln. Eine Bettlerin wie sie konnte sich derartigen Luxus nicht leisten. »Bezahlt meiner kleinen Schwester die Mitgift für das Kloster der frommen Frauen von Beaumont und ich bin Eure Dienerin.«

Sie brachte das letzte Wort kaum über ihre Lippen. Aber

wenn dies das Wunder war, um das sie gefleht hatte, so wollte sie erst Blandine in Sicherheit wissen und dann darüber nachdenken, was es bedeutete, die eigene Freiheit so unbesonnen zu verkaufen.

»So sei es«, nickte der Fremde jetzt. »Komm mit!«

»Und meine Schwester?«

Andelys seufzte. Er konnte sich keinen längeren Aufenthalt leisten, die Zeit drängte. Und doch – er hatte keine andere Wahl. Zu gut begriff er das instinktive Misstrauen dieses Mädchens. »Wo ist deine Schwester?«

»Auf unserem Hof. Wir müssen bis Sonnenaufgang fort, der neue Pächter ist benannt. Sie wartet auf mich.«

»Weise dem Kutscher den Weg dorthin. Wenn mich nicht alles täuscht, willst du dich selbst davon überzeugen, dass ich mein Wort halte. Nun denn, unser Weg führt über Beaumont. Wir können deine Schwester mitnehmen, und ich werde der Oberin mein Wort geben, dass ich die Mitgift für sie übernehme. Vorwärts jetzt, die Zeit drängt auch für mich!«

»Aber ich …«

Féline wich vor dem harten Ausdruck seines Antlitzes zurück. Langmut gehörte offensichtlich nicht zu seinen Tugenden.

»Meine Geduld ist zu Ende! Was noch?«

»Nichts.«

Sie zuckte mit den Achseln und drehte der Kirche und dem kargen Pfarrhaus den Rücken zu. Wenn sie heute Abend nicht kamen, so würde sich Abbé Vidame Sorgen machen. Indes, der Fremde sprang bereits in die Kutsche, und die Gefahr, dass er seine Zusage widerrief, trieb sie vorwärts. Vielleicht konnte die Äbtissin von Beaumont ihm später eine Nachricht zukommen lassen.

Sie kletterte trotz des Wolkenbruchs auf den Kutschbock, von selbst ahnend, dass es der Marquis kaum begrüßen würde, wenn sie ihre schmutzigen Röcke auf seinen Samtpolstern ausbreitete. Während sie das Umschlagtuch über ihrer schmalen Gestalt enger raffte und der Neugier des Kutschers mit trotzigem Schweigen antwortete, kämpften Hoffnung und Zorn in ihr. Was wollte der Edelmann von ihr?

Kein Stelldichein im Heu, so viel glaubte sie inzwischen sagen zu können. Auch wenn viele der Gäste des Grafen diesen Zeitvertreib durchaus schätzten und eine Reihe von Bastarden hoher Herrn in Survillier aufwuchs. Der Eishauch, der von ihm ausging, deutete eher auf Abscheu, denn auf eine Vergewaltigung hin. Sie presste die Lippen aufeinander und bezwang ihre nagende Furcht.

Eines nach dem anderen. Als Erstes galt es, eine plausible Geschichte für Blandine zu erfinden, um diese zu beruhigen. Die Kleine, in ihrer unwandelbaren Zuneigung, würde es nicht dulden, dass sich Féline für sie verkaufte. Aber glücklicherweise war sie so vertrauensselig und weltfremd, dass sie jedes Märchen glauben würde. Eine Notlüge, die sie in ihrer Schüchternheit nie durch Rückfragen prüfen würde.

Sie entschied, dass bereits ihre Mutter beim Pfarrer die Summe für Blandines Klosterleben hinterlegt haben sollte. Wie ihre Tochter nach der mildtätigen, heiligen Blandine benannt, war es Jeans frommer Frau zuzutrauen, in lebenslanger Sparsamkeit auf dieses Ziel hingearbeitet zu haben.

Wenn erst die Jüngere hinter den schützenden Mauern von Beaumont in Sicherheit war, würde sie sich dem Schicksal stellen können, das der Fremde für sie plante. Welche Schrecken es auch immer für sie bereithalten sollte. Man konnte nicht um ein Wunder flehen und dann an seinen Einzelheiten herummäkeln.

2. Kapitel

Philippe Vernon hatte die Füße gegen das schräge Bodenbrett des Reisewagens gestemmt und fing so das ständige Schwanken und die unregelmäßigen Stöße der Landstraße ab. Nahezu bewegungslos in die Polster gelehnt, die Arme über dem goldbetressten, dunkelbraunen Wams verschränkt, betrachtete er unverwandt das Mädchen, das ihm gegenüber in der Ecke saß. Sie war endlich eingeschlafen und kein noch so wildes Rütteln konnte ihren erschöpften Schlummer stören.

Die nächtliche Totenwache beim Vater, die Aufregungen, der Hass und der Abschied von der Schwester hatten gemeinsam ihren Tribut gefordert. In einen schweren Reitmantel gewickelt, den er ihr eher zum Schutze seiner Polster, denn aus Mitleid mit ihrem verschlissenen Schultertuch gegeben hatte, verschmolzen ihre Umrisse im Schatten des Dämmerlichtes, das in dem Fahrzeug herrschte.

Der Umhang verbarg die kärglichen, schmutzigen Lumpen die sie trug, die harten, kleinen Hände mit den abgebrochenen Nägeln, die zwar zierlichen, aber lehmgrauen Füße. Schlafend war ihre Ähnlichkeit mit Mauve im diffusen Licht der kleinen Laterne geradezu tragisch. Ohne das Feuer der merkwürdigen Augen, konnte er sich frei von Schwierigkeiten einbilden, es sei seine Gemahlin, die ihn auf dieser Reise begleitete und die von den Strapazen erschöpft eingeschlummert war.

Aber die Marquise von Andelys verließ seit langer Zeit das Schloss in der Normandie nicht mehr. Zehn Jahre war es nun her, dass er auf Befehl seines verstorbenen Vaters die 16-jährige Mauve de Brune zu seiner Frau gemacht hatte. Selbst erst

19 und von Mauves durchsichtiger, feengleicher Schönheit bezaubert, waren die ersten Monate ihrer Ehe ein Geschenk ungetrübten Glückes gewesen. Wenngleich die junge Marquise eher die romantische Seite der Liebe bevorzugte und vor seiner besitzergreifenden Leidenschaft in den Nächten ängstlich zurückschreckte.

Damals hatte er diese Abwehr ihrer Jugend zugeschrieben und auf die Zukunft gehofft. Doch noch vor Ende des ersten Ehejahres erlitt Mauve eine tragische Fehlgeburt, von deren Folgen sie sich nie mehr ganz erholte.

Weder Ärzte noch Wundermittel vermochten ihre Gesundheit wiederherzustellen. Sie verfiel vor seinen Augen, und der quälende Husten, der ihre schmale Brust erschütterte, wurde von Jahr zu Jahr schlimmer. Nur eines blieb in ihrem zerstörten Körper erhalten, die unwandelbare zärtliche Liebe zu ihrem stürmischen, lebenshungrigen Gatten.

Mauve war es, die ihn hartnäckig davonschickte, wenn der König nach ihm rief. Mauve, die ihm sanft aber unnachgiebig klar machte, dass es durchaus in ihrem Sinne war, wenn er seine Leidenschaften in den Armen von Damen austobte, die mehr Gefallen daran fanden als sie.

Auf höchst eigenartige Weise war seine leidende Gemahlin für ihn zu einer Mischung aus angebeteter Mutter, treuer Freundin, liebenswürdiger Schwester und engster Vertrauter geworden. Für immer auf ihr leises Lachen, ihre ebenso spitzfindigen wie amüsanten Ratschläge und ihre melodische Stimme verzichten zu müssen, war die Angst gewesen, die jedes Jahr beschattete.

Hin- und hergerissen zwischen dem Wunsch, sie möge nicht länger leiden, und der Qual sie zu verlieren, hatte er es gelernt, vor anderen seine wahren Empfindungen hinter der galanten Maske des Höflings zu verbergen.

Nur wenige wussten, wie es wirklich in ihm aussah. Amaury

de Brune, sein Schwiegervater, gehörte dazu und vermutlich auch der König. Heinrich von Navarra, den er verdächtigte, dass er trotzdem bereits Pläne für den Tag schmiedete, an dem Mauve für immer die Augen schloss.

Was würde passieren, wenn er erfuhr, dass dieser Moment unmittelbar bevorstand? An der eiligen Botschaft, die Amaury nach Survillier geschickt hatte, war wenig Hoffnungsvolles. Er rief Philippe an Mauves Sterbebett!

Was war in ihn gefahren, just in diesem Augenblick jenes traurige, hoffnungslose Ebenbild seiner Frau von einer Dorfstraße aufzulesen? Wie sollte er Amaury erklären, was er im Schilde führte? Ja, wie überhaupt dieses Geschöpf dazu bringen, die Rolle zu spielen, die er für es im Sinne hatte?

Er musste irregeworden sein, die Sache auch nur in Erwägung zu ziehen. Ob es an dem Wein lag, den er in Survillier in so überreichem Maße getrunken hatte? Es war ein Fehler gewesen, die Abscheulichkeiten dieser Jagdgesellschaft in Alkohol ertränken zu wollen.

Was hatte Survillier mit dieser brutalen Demonstration seiner Lehnsherren-Macht beabsichtigt? Eine Provokation für den ehemals protestantischen König und seine Freunde, die den Religionswechsel bisher verweigert hatten? Oder war es die bloße Rücksichtslosigkeit des Edelmannes gewesen, der seine Bauern und Leibeigenen nicht unter die Spezies Mensch rechnete?

Er kam zu keiner Antwort. Seine Lider senkten sich schwer über die grünbraunen Falkenaugen. Die Müdigkeit erfasste auch ihn, und es entging ihm, dass Féline ein vorsichtiger, erleichterter Atemzug entschlüpfte.

Sie schlief nicht. Angespannt bis in die Spitze des letzten Nervs, wartete sie seit dem Abschied von Blandine, dass er zu sprechen begann. Er musste doch sprechen! Warum sonst hatte er ihr denn befohlen, im Inneren der Kutsche Platz zu nehmen, nachdem sich die Klostertüren hinter ihrer Schwester geschlossen hatten?

Wie erwartet, war Blandine bestürzt gewesen, völlig durcheinander und dann doch wieder glücklich, dass entgegen schlimmster Befürchtungen ihr Herzenswunsch in Erfüllung ging. Die vage Auskunft, dass der Abbé Vidame den Marquis gebeten habe, Féline in Dienst zu nehmen, hatte sie ebenso geglaubt, wie die Eile akzeptiert, mit der ihre Aufnahme im Kloster plötzlich vonstatten ging. Féline wusste nicht, was Andelys der Äbtissin gesagt hatte, aber der Segen, mit dem sie ihre verschüchterte Novizin im Kloster willkommen hieß, hätte nicht freundlicher sein können.

Von ihrem neuen Herrn zu einem hastigen Abschied gedrängt, war keine Zeit zu überflüssigen Reden geblieben. Aus einem ihr unerfindlichen Grunde bevorzugte der mürrische Edelmann eine ebenso eilige wie rücksichtslose Art des Reisens. Zwang er doch seinen Kutscher und seine Eskorte sogar über die nächtlichen Landstraßen.

Wenigstens hatte es endlich zu regnen aufgehört, und eine bleiche Mondsichel ließ zeitweise die Umrisse der Handelsstraße erkennen, die nun dem Ufer der Seine folgte. Ein heller Schimmer im Osten verriet zudem, dass der Sonnenaufgang bevorstand.

Im Schutze des dichten Vorhanges ihrer Wimpern starrte Féline den Marquis an. Allein der Wert der Goldstickereien auf seiner Kleidung hätte Jean und die Seinen einen Winter lang ernährt. Ganz zu schweigen von dem kirschgroßen Smaragd, der in der Mitte der schwergliederigen Goldkette glänzte, die zwischen den Falten seines Wamses hing. Noch mehr faszinierte sie indes die fein gefältete Halskrause, auf deren leuchtend weißen Spitzenenden ein höchst energisch geformtes, glatt rasiertes Kinn ruhte.

Die durchbrochenen, eng verwebten Blüten waren ein Wunder an Schönheit, dessen Zustandekommen sie sich nicht erklären konnte. Dabei war ihr schon das schwere, wärmende Tuch des Umhanges, den er ihr zur Verfügung gestellt hatte, als der Gipfel jeglichen Luxus erschienen.

»Es ist Spitze aus Brabant, die dich so fasziniert!«, unterbrach eine gelassene, dunkle Stimme ihr kindliches Staunen. »Du wirst sie ebenfalls tragen. Spitze, Seiden und Juwelen, wenn du tust, was man dir anschafft ...«

Féline bekreuzigte sich hastig. Konnte dieser Mann Gedanken lesen? Die vertraute, fromme Geste mobilisierte ihren Stolz. Und wenn er der Teufel persönlich wäre, sie würde sich nicht von ihm einschüchtern lassen! Nicht von einem der Mörder ihres Vaters! Sie schwieg und wartete darauf, dass er weitersprach.

Andelys hob maliziös die Brauen. Jedes andere weibliche Wesen, das er kannte, hätte ihn jetzt mit Fragen überhäuft. Diese nicht. Sie saß da in der Haltung einer wütenden Amazone und wartete darauf, dass er von selbst sagte, was er zu äußern hatte. War es, weil es ihr an den nötigen Geistesgaben fehlte oder weil sie über die seltene Tugend großer Selbstbeherrschung verfügte? Wenn er ebenfalls stumm blieb, würde er es nie erfahren.

»Meine Gattin ist schwer krank«, begann er abrupt. »Ich habe eine Nachricht erhalten, dass man stündlich mit ihrem Ableben rechnet. Ihr Tod stellt mich vor ein großes Problem. Der König wird von mir verlangen, dass ich mich umgehend mit einer Dame seiner Wahl vereheliche. Ich weiß, wen er im Sinn hat, aber bei allen unbestreitbaren Reizen dieser Schönen möchte ich doch nicht, dass ausgerechnet sie den Erben von Andelys zur Welt bringt.«

Mit zunehmender Verständnislosigkeit lauschte Féline. Weder empfand sie Mitleid für die leidende Marquise, noch begriff sie, was die mögliche Ehe zweier hoch gestellter Persönlichkeiten mit ihr zu tun haben sollte.

Es war nicht schwer für Andelys, ihr diese Fragen aus den lebhaften Zügen abzulesen.

»Es gibt eine Möglichkeit für mich, diese Ehe zu umgehen, ohne den König zu verletzen und selbst in Schwierigkeiten zu geraten. Mauve darf nicht sterben! Zumindest nicht für den König. Es muss eine Laune der Natur sein, dass du meiner Gattin Mauve wie ein Ei dem anderen gleichst.«

»Tatsächlich?«, spottete Féline gereizt. »Wollt Ihr damit sagen, dass Eure hochwohlgeborene Dame barfuß laufen muss und von ihrer Hände Arbeit lebt?« Sie hielt ihm ihre rissigen Finger hin, die zwar wohl geformt waren, aber nur zu deutlich die Zeichen harter Arbeit trugen.

»Das sind Äußerlichkeiten«, schnitt er ihr ungehalten das Wort ab. »Wasser, Pflege und die nötige Kleidung werden dafür sorgen, dass du ihrem Bild auch in allem anderen entsprichst. Man wird dich unterweisen, was du zu tun hast!«

Féline schnappte entgeistert nach Luft. »Verstehe ich Euch wirklich richtig? Ihr verlangt, dass ich in die Haut Eurer Gemahlin schlüpfe, wenn diese verstorben ist? Erwartet Ihr gar von mir diesen Erben? Der Regen muss Euch den Verstand aufgeweicht haben!«

»Zügle deine spitze Zunge, Mädchen!«, fuhr er sie kalt an, und Féline wich vor dem Zorn in seinen Augen zurück. »Du wirst in einem Schloss wohnen, schöne Kleider besitzen, nie mehr hungern und deine Zeit mit angenehmeren Dingen vertun, als mit Ställen ausmisten. Sollte ich eines Tages die Dame finden, die ich für würdig erachte, an meiner Seite zu leben, wird die Marquise von Andelys offiziell sterben, während du selbst irgendwo unter deinem richtigen Namen eine neue Existenz beginnen kannst, die ich dir selbstverständlich ermöglichen werde.«

»Und wer sagt mir, dass dieser spätere Tod Eurer Gemahlin nicht auch der meine sein wird?«, zischte Féline in dem sicheren Gefühl, nichts mehr verlieren zu können.

»Ich gebe dir mein Wort, dass dem nicht so ist!«

Féline lachte heiser, aber es klang nicht fröhlich. »Das Wort eines Edelmannes! In der Tat, darauf kann man sich verlassen! In etwa so wie auf die Gesetze des Königs. Hat der nicht auch versprochen, dass auf bestellten Feldern nicht mehr gejagt werden darf?«

Solange er denken konnte, war es Philippe Vernon noch nicht ein einziges Mal passiert, dass die Ehrenhaftigkeit seines Schwures angezweifelt wurde. Wäre diese Person dort ein Mann gewesen, es hätte ihn in den Fingern gejuckt, die Beleidigung mit dem Säbel zu rächen. Was jedoch machte man mit einer rebellischen jungen Bäuerin, die einen aus Augen ansah, die wie der scharfe Stahl eines Säbels aus Toledo glänzten?

»Ich pflege nur im Krieg zu töten und auch dann nur, wenn ich angegriffen werde«, wies er sie grimmig zurecht. »Ihr werdet das Risiko wohl eingehen müssen und dem Wort eines Andelys trauen.«

»Und wenn ich mich weigere, Euch zu Diensten zu sein?«

Ein Seufzer puren Überdrusses bewies, dass ihn diese Auseinandersetzung ebenso langweilte, wie seine Vorurteile bestätigte.

»Damit beweist du nur, dass dein Umgang mit Versprechen wesentlich unbeschwerter ist, als der meine. Sagtest du nicht, du würdest alles tun, wenn ich dafür sorge, dass deine Schwester in das Kloster aufgenommen wird?«

Die fiebrige Röte auf Félines Wangen vertiefte sich, aber dieses Mal war Beschämung daran schuld. Verlegen wich sie seinen Falkenaugen aus. Natürlich, wie hatte sie Blandine vergessen können! Dieser Mensch brachte sie noch völlig um den Verstand!

»Auch ich halte mein Wort!«, widersprach sie. »Aber so unwichtig mein Leben für Euch und Euresgleichen auch sein mag, ich messe ihm gewisse Bedeutung bei, und Ihr müsst mir erlauben, dass ich um seinen Fortbestand bange.«

Andelys hob die Lider, und flüchtige Überraschung prägte seine markanten Züge.

»Für ein Bauernmädchen weißt du dich gut auszudrücken, Féline, wer waren deine Eltern?«

Inzwischen hatte sie gelernt, dass es keinen Sinn hatte, ihm Auskünfte zu verweigern. »Mein Vater war freier Bauer, und meine Mutter ist bei den frommen Schwestern von Beaumont aufgewachsen. Sie war ein Findelkind. Sie sollte selbst Nonne werden, aber dann hat sie sich in den Bauernsohn verliebt, der dem Kloster das Holz brachte. Sie hat ihn geheiratet und Beaumont verlassen. Ich glaube nicht, dass sie besonders glücklich wurde. Sie war sehr fromm, und es war ihr größter Wunsch, dass eine ihrer Töchter den Weg wieder aufnahm, von dem sie selbst abgekommen war. Blandine ist wie sie. Sie hat die Enttäuschung gemildert, die ich ihr mit meinem unfrommen Sinn bereitet habe, wenngleich mir die heiligen Bildnisse ihres frommen Buches sehr gefallen haben.«

Verblüfft hörte ihr Begleiter wie anders ihre raue, zögernde Stimme klang, wenn sie von Mutter und Schwester sprach. Die Heiserkeit milderte sich, verschwand und wurde zu einem melodischen, wunderschönen Alt.

»Eines Buches?«, fragte er weiter, als sie schwieg. Einfach nur, um die Erzählung nicht zu unterbrechen. »Willst du sagen, deine Mutter habe ein Buch besessen?«

Féline nickte. »Ihr größter Schatz! Ein schmales Bändchen mit frommen Gebeten und wunderschön gemalten Bildern. Sie hat es bei ihrem Tode dem Abbé vermacht, der sie stets darum beneidete. Blandine war damals sehr jung, und sie hat die Geheimnisse der Buchstaben und Wörter nie so begriffen wie ich.«

»Verstehe ich dich richtig, du kannst lesen?« Sein Erstaunen wuchs.

Féline war ehrlich genug zuzugeben, dass ihre Kenntnisse kaum der Rede wert waren. »Nur wenig, Herr. Ich weiß meinen Namen zu schreiben und die ersten Zeilen des Vaterunsers, aber es ist lange her, dass ich zuletzt geübt habe. Nach dem Tod meiner Mutter war keine Zeit für solche Dinge.«

»Wenn du möchtest, kannst du dich auf Andelys weiter damit beschäftigen«, bot er ihr an. »Vielleicht wird es auch meinen Schwiegervater in seinem Kummer ablenken, wenn er dich unterrichtet.«

»Den Vater Eurer Gattin?« Diesmal siegte Félines Neugier über ihren Stolz.

»Amaury de Brune. Er muss unser Geheimnis teilen, und er wird es tun. Er hat in der Bartholomäusnacht seine Frau verloren. Der Gedanke, dass ich möglicherweise auf höheren Befehl eine Katholikin heiraten muss, ist für ihn ebenso schlimm wie die Tatsache, dass unser König Paris für eine Messe gekauft hat.«

Das Mädchen, dem der spöttische Satz, mit dem die unverwüstlichen Pariser den erneuten Konfessionswechsel Heinrichs von Navarra kommentiert hatten, kein Begriff war, hüllte sich enger in den riesigen Mantel. Die Glaubensquerelen der hohen Herrn hatten der Landbevölkerung nur das Elend des Krieges und marodierender Truppen beschert.

Der König und seine Männer kämpften angeblich um Religionen und meinten damit nur Macht und Einfluss. Den Bauern war es so gut wie egal, wer sie regierte. Sie darbten unter einem katholischen Herrscher ebenso wie unter einem protestantischen, und Féline hatte es sich im Gegensatz zu Mutter und Schwester schon lange abgewöhnt, an die Mirakel des Himmels zu glauben.

Tapfer bekämpfte sie ihre aufkommende Angst. Sie schaffte es, indem sie sich erneut das Bild des armen, zerschmetterten Körpers vor Augen rief, den sie inmitten eines zerstörten

Getreidefeldes gefunden hatte. Wenn nichts anderes sie aufrecht hielt, der Hass vollbrachte Wunder.

Andelys ahnte, das die Schachzüge der königlichen Politik seine Begleiterin überforderten. Zum ersten Male nahm er sie nicht als Mauves Doppelgängerin, sondern als eigenständige Person wahr, und ein ungewohnter Hauch von Mitleid glänzte in seinem Raubvogelblick.

»Zerbrich dir nicht den Kopf über Dinge, die du nicht verstehst«, murmelte er gedämpft. »Meine Gemahlin ist seit langen Jahren leidend, niemand erwartet von ihr, dass sie das Schloss verlässt oder bei öffentlichen Anlässen erscheint. Auch meine eigene Gegenwart wirst du nur beschränkt ertragen müssen, ich werde nach Paris reisen, sobald alles geregelt ist.«

Zu ihrem eigenen Erstaunen nahm Féline diese Nachricht eher mit Bestürzung auf. So schroff und unfreundlich der Marquis mit ihr umging, er bildete doch den einzig sicheren Halt in diesem Wirbel der Ereignisse. Die Ungeduld, mit der er nach draußen sah, ließ sie ahnen, dass sie sich endlich dem Ziel ihrer Fahrt näherten.

Der Regen hatte sich zu feinem, unablässigem, alles durchfeuchtendem Nieseln verringert, das gleich einem grauen Tuch über der Landschaft lag. Die Sonne, die inzwischen aufgegangen sein musste, blieb hinter tief hängenden Wolken verborgen. Die Bohlen einer Brücke polterten unter den eisenbeschlagenen Rädern der Kutsche, dann knirschte Kies. Eine Reihe schnurgerader, hoher Pappeln säumte eine herrschaftliche Auffahrt.

Als die Allee in einem sanften Bogen vor einer flachen Freitreppe hielt, schlug Philippe Vernon den Ledervorhang zur Seite. Féline sah auf ein helles, großes, rechteckiges Gebäude, das in allen vier Himmelsrichtungen von spitz zulaufenden Ecktürmen gekrönt wurde, die mitsamt dem Schloss aus dem saftig grünen Gras zu wachsen schienen, das es umgab. Mit einem leichten Ruck hielt das Fahrzeug, und der Marquis stieß einen seltsamen, unterdrückt klingenden Laut aus.

Erwartungsvoll beugte sich das Mädchen vor, um besser zu sehen, was er so genau und unverwandt beobachtete. Dann entdeckte sie es auch. In der Mitte des Herrensitzes, genau über dem Hauptportal, verjüngte sich die Fassade über den beiden Hauptstockwerken zu einem reich mit Steinmetzarbeiten geschmückten Dreieck, aus dessen mittleren Fenster ein großes, üppig besticktes Banner hing. Die Pracht der Goldfäden wurde jedoch von dem schwarzen Schleier erstickt, der matt und feucht darüber schwebte.

Der Marquis von Andelys war zu spät gekommen.

3. Kapitel

»Komm mit! Aber verbirg dein Gesicht mit der Kapuze!« Ehe Féline den vollen Sinn des gebieterischen Befehles erfasste, wurde sie bereits aus der Kutsche gezogen. Nur der Klammergriff um ihren Oberarm verhinderte, dass sie in den sauber geharkten Kies stürzte, als sich der viel zu große Mantel um ihre Beine wickelte.

Die Ankunft des Marquis war nicht unbemerkt geblieben. Ein Lakai eilte herbei, gefolgt von einer dunkel gekleideten, fülligen Matrone mit steifer, weißer Leinenhaube, deren rötlich überhauchtes Gesicht deutliche Spuren von Tränen aufwies. Ihr respektvoller Willkommensgruß wurde barsch unterbrochen.

»Nehmt den Trauerflor ab!« Eine entschiedene Geste des Kinns ließ keinen Zweifel daran, dass sich diese Anweisung auf das Banner bezog.

»Aber Monseigneur, Ihre Gnaden die Marquise …« Die zurückgehaltenen Tränen flossen erneut. Andelys verlor keine überflüssige Zeit mit tröstenden Worten.

»Tut, was man Euch anschafft, Dame Berthe! Unverzüglich! Wo finde ich Monsieur de Brune?«

»In der Kapelle, bei … bei …«, mit einem Schluchzen brach die Frau ab.

Féline ahnte, dass der Vater am Sarg seiner Tochter die Totenwache hielt, und ebenso erfasste sie, ohne dass man es ihr sagen musste, dass die Frau in engerer Beziehung zur Marquise gestanden hatte, als in der einer bloßen Dienerin. Ihre Trauer war echt und die Verzweiflung in den fassungslosen wasserblauen Augen ehrlich. Aber ihr blieb wenig Muße für genauere Beobachtungen.

Philippe Vernon hatte seinen Griff um ihren Oberarm während seiner Befehle keinen Moment gelockert. Jetzt zog er sie einfach weiter. Mit der freien Hand eilends den voluminösen Umhang raffend, hielt sie unter Mühe das Tempo der hastigen Schritte, mit denen er nun die Freitreppe hinaufeilte. Eine prächtige, marmorgefließte Eingangshalle durchmaß er in derselben, stürmischen Dringlichkeit.

Der vage Eindruck großen Reichtums, polierter Hölzer, reicher Schnitzwerke und leuchtend bunter, orientalischer Teppiche bot sich ihren Augen, bis er jäh von den schwarzen Draperien wieder erstickt wurde, die den Raum, den sie jetzt betraten, in eine Gruft verwandelten. Sogar die beiden Fenster, deren kunstvoll bunte Scheiben Szenen aus dem Leben der heiligen Familie schilderten, waren schwarz verhängt.

Diese Fülle düsteren Schleierstoffs war sicher mit daran schuld, dass Féline den ebenfalls schwarz gewandeten Mann, der neben dem aufgebahrten Mädchen kniete, gar nicht wahrnahm. Sie sah nur die Tote.

In zarte malvenfarbige Seide gekleidet, die dunkelblonden Haare von einem Spitzenschleier bedeckt und die Hände über einer welkenden Blüte auf der Brust gekreuzt, glich die Marquise von Andelys einem schlafenden Engel. Einer überirdischen Erscheinung von märchenhaftem Reiz. Noch nie hatte sie eine so wunderschöne Dame gesehen.

Féline merkte nicht, dass ihr plötzlich jene Tränen in den Augen standen, die ihr beim Tode des Vaters versagt geblieben waren. Die Gefühle, die sie beim Anblick der Verstorbenen überwältigten, waren ihr fremd. Sie fand keinen Namen dafür. Sie wusste nur, dass sie ihr Leben lang bedauern würde, dass sie Mauve Vernon nicht mehr lebend kennen gelernt hatte. Sie teilte den Schmerz der beiden Männer um den Verlust dieser Frau, auch wenn sie selbst keinen vernünftigen Grund dafür wusste. Die Marquise war eine Adelige, eine

Angehörige genau des Standes, den zu hassen sie sich so bitter geschworen hatte.

»Philippe!«

»Vater!«

Es schien beiden Männern nicht gegeben zu sein, ihr Herz auf der Zunge zu tragen. Die schweigende, enge Umarmung, die sie tauschten, war der einzig sichtbare Beweis ihrer inneren Bewegung. Unter gesenkten Wimpern versuchte sich Féline ein Bild von dem Älteren zu machen.

Einen guten Kopf kleiner als der Marquis von Andelys war Amaury de Brune von gedrungener, massiger Gestalt. Über der schmalen Spitzenkrause, die den kurzen Hals völlig verschwinden ließ, erhob sich ein Charakterkopf mit schütterem, grauem Haar. Auch Schnauz- und Kinnbart schimmerten eher grau als dunkel.

Im Verein mit den grauen Augen unter buschigen Brauen erinnerte Féline das harte, von tiefen Furchen durchzogene Antlitz an die grobe Steinfigur des drohenden Heiligen Antonius', der die bescheidene Dorfkirche von Survillier schmückte. Unwillkürlich versuchte sie sich noch tiefer in den Schatten zu drücken und hinter dem Marquis mit der dunklen Wand zu verschmelzen.

Später sollte sie lernen, dass es nichts gab, das diesem Edelmann entging, auch wenn er von tiefem Schmerz gezeichnet die bitterste Stunde seines Daseins durchlitt. Mauve war das letzte Bindeglied zu Marisann gewesen, seiner geliebten Gemahlin. Der Frau, die er mitsamt seinem ungeborenen Erben in jener Nacht verloren hatte, die den Protestanten des Königreiches Frankreich für immer als die ›Bluthochzeit‹ in Erinnerung bleiben sollte.

Die Jahre hatten die Wunde oberflächlich vernarben lassen, aber nicht das schmerzende Gefühl bitteren Verlustes gemildert. Hinzu kam die herbe Erkenntnis, dass Politik und Glauben nie eine erfolgreiche Ehe eingehen würden. Mochte Heinrich von Navarra auch der ideale König sein, um das von Kriegen zerrissene Land zu heilen – einem Mann, der seine Religionen wechselte, wie es ihm in den Sinn kam, würde ein de Brune kein zweites Mal trauen.

»Du bist nicht allein?«, stellte er nun ruhig fest. Die sehr tiefe, tönende und kultivierte Stimme besaß eine natürliche Autorität, die Andelys ein respektvolles Nicken abnötigte und Féline zu einem zwar graziösen, aber ungeschickten Knicks zwang.

Der Marquis ließ die Tatsachen für sich sprechen. Er schlug die Kapuze nach hinten, die bis auf eine blasse Nasenspitze die Züge seiner Begleiterin bislang verborgen hatte.

Féline hob die Lider eben noch rechtzeitig genug, um den Funken ungläubigen Erschreckens zu sehen, der in den grauen Augen des alten Mannes aufblitzte. Dann hatte er sich bereits wieder gefasst. Lediglich ein angestrengter Atemzug weitete die Brust unter dem Samtwams, und das Grau der faltigen Züge schien eine Nuance kalkiger geworden zu sein.

»Wer ist die Kleine?«

»Ein Bauernmädchen aus Survillier. Ihr Vater kam bei der Jagd ums Leben. Sie musste mit ihrer jüngeren Schwester den Pachthof verlassen und hat eingewilligt, in meine Dienste zu treten.«

»Und die Schwester?«

»Lebt seit kurzer Zeit im Kloster der frommen Frauen von Beaumont.«

Wie da über ihren Kopf hinweg verhandelt wurde, weckte Féline endlich aus der Betäubung, in welche die Ereignisse sie versetzt hatten. Für diese Männer war sie augenscheinlich ein Gegenstand und kein lebendiger Mensch! Wie beiläufig Andelys den Tod ihres Vaters abgetan hatte, an dem er doch mitschuldig war! Immerhin hatte Jean mit seiner Hände Kraft eine

Familie versorgt und die Felder des Grafen bestellt. Was hingegen hatte diese tote Prinzessin dort in ihrem nutzlosen Dasein schon geleistet? War sie es wert, um so viel inniger betrauert zu werden?

Sie zwang sich, nicht auf ihr Herz zu hören, das sehr wohl der Meinung war, dass die Welt ohne ein Geschöpf wie Mauve Vernon, die Marquise von Andelys, ärmer geworden war. Edelleute, wie diese beiden da, hatten ihren Vater getötet und Mitgefühl mit ihresgleichen war ein Luxus, den sich eine Bettlerin nicht leisten konnte.

»Was hast du mit ihr vor?«, erkundigte sich Amaury de Brune bei seinem Schwiegersohn.

Unwillkürlich straffte Féline die Schultern. Würde der Marquis seinen unglaublichen Vorschlag wiederholen? Sie wartete und hatte zugleich den Eindruck, dass es gar nicht nötig sein würde. An der Art wie Amaury de Brunes Augen zwischen ihr und der Toten hin und her wanderten, war zu merken, dass er einen Verdacht, wenn nicht gar bereits eine konkrete Ahnung hatte.

»Die Nachricht von Mauves Tod darf diese Mauern nicht verlassen!«, erklärte der Marquis ruhig. »Für den König muss sie weiterleben!«

»Du meinst für Therèse d'Aronet?«, verbesserte der alte Herr viel sagend.

Zum ersten Male hörte Féline diesen Namen. War das die Edeldame, die der König von Frankreich als neue Gemahlin für den Marquis vorgesehen hatte?

»Für wen auch immer!« Eine ungeduldige Handbewegung unterstrich Vernons Ausruf. »Ich habe Dame Berthe befohlen, den Trauerflor wieder zu entfernen. Die Dienerschaft ist uns treu ergeben, und ich nehme an, du erlaubst, dass Mauve in aller Stille beigesetzt wird. Ob ihr Grab nun mit dem Namen der Marquise von Andelys geschmückt ist oder nicht, ändert kein Jota an ihrem Tod. Später soll sie das Grabmal erhalten, das sie verdient.«

De Brune hatte seinen ersten Schock gemeistert und betrachtete das schmutzige Mädchen, dessen bloße Fußspitzen unter dem viel zu langen Mantel zu sehen waren.

»Du willst diese Kleine für deine Gattin ausgeben? Eine Bauernmagd? Ich gebe zu, die äußere Ähnlichkeit ist frappant, aber alles Weitere? Sprache, Benehmen, Bildung, Eleganz? Du träumst, Philippe!«

Andelys presste die vollen Lippen zu einem schmalen Strich aufeinander. »Und du vergisst, dass Mauve seit neun Jahren das Schloss nicht mehr verlassen hat. Niemand kann Vergleiche ziehen. Außerdem bin ich nicht verrückt. Ich werde dieses Kind natürlich nie dem König präsentieren. Es genügt, wenn sie eine Zeit lang hier lebt und ihm den Eindruck vermittelt, meine Frau habe sich auch dieses Mal von ihrem Leiden wieder ein wenig erholt. Unser Herrscher ist gründlich. Er wird seine Spione schicken, die Nachricht zu überprüfen. Sie werden ihm berichten, dass Mauve sich guter Gesundheit erfreut. In diesem Fall muss er seine ehrgeizigen Ehepläne erneut in der Schublade begraben. Diese Magd ist die Dame in meinem Schachspiel, und sie wird mir die Freiheit der eigenen Entscheidung ermöglichen.«

Féline wusste nicht, was ein Schachspiel war, aber sie erfasste genau, dass diese Bezeichnung für sie auf eine Demütigung hinauslief. Der mühsam gebändigte Zorn, der sie beherrschte, war nur in den Augen zu erkennen. Er glitzerte wie silbernes Eis unter ihren dunklen Wimpern und erregte die Aufmerksamkeit des Älteren, der plötzlich genauer hinsah, mehr entdeckte, als nur oberflächliche Ähnlichkeit.

Mit einer fast väterlichen Geste strich er mit dem Fingerrücken über ihre schmutzige Wange, und Féline zuckte zurück, als hätte er sie geschlagen.

»Deine Königin ist momentan nicht viel mehr als ein in die Enge getriebenes Kätzchen, Philippe«, seufzte er. »Du weißt, dass ich auf deiner Seite stehe, wenngleich ich am Erfolg der kühnen Komödie zweifle. Freilich werde ich veranlassen, dass alles geschieht, wie du es wünschst. Inzwischen vertrau dieses müde Spiegelbild meiner armen Tochter Dame Berthe an. Wir können nicht umhin, sie in deine Pläne einzuweihen, und außerdem wird es ihre Aufgabe sein müssen, für dieses Kind zu sorgen.«

Die Güte de Brunes, die fast für einen Moment lang den eisigen Panzer um Félines Herz geschmolzen hätte, war also nur Einbildung. Er kümmerte sich nicht um sie, sondern einzig um den Plan. Sie war ein Nichts. Ein Spielzeug, gerade gut genug, einer Kammerfrau Arbeit zu bereiten. Trotzig hob sie das Kinn. Niemand kam auf die Idee, sie um ihre Meinung zu fragen. Stumm, wie sie der ganzen, erniedrigenden Unterhaltung gefolgt war, schritt sie auch wenig später hinter der Haushofmeisterin her.

Dame Berthe hatte im Gegensatz zu den Männern schnell erkannt, dass Féline schlicht am Rande ihrer Kräfte war. Dass die tiefen Schatten unter ihren Augen nicht vom Schmutz, sondern von tödlicher Erschöpfung herrührten. Es erschien ihr wichtiger, das Mädchen mit einer Mahlzeit und einem Bett zu versorgen, als diesen beiden dort klar zu machen, dass sie eine vollendete Dummheit planten. Dass der begreifliche Schmerz ihre Hirne verwirrt haben musste. Dazu war später noch ausreichend Zeit.

Sie öffnete eine schmale Bogentür und führte Féline in eines der Zimmer, die für die höhere Dienerschaft möglicher Gäste in Andelys vorgesehen waren. Kleine, saubere Räume mit Kastenbetten und bescheidenem, aber gediegendem Mobiliar. Féline sah sich blinzelnd um.

Der schlichte grüne Vorhang des Bettes war an einer Seite

befestigt, sodass man die prallen Kissen und Decken erkannte. Eine Truhe, ein Schemel und ein dreibeiniger Tisch vervollständigten die Einrichtung. Der Boden war mit duftenden Kräutern bestreut, und das Säulenfenster hatte runde, weiße, bleigefasste, milchige Butzenscheiben aus echtem Glas. Nicht einmal Abbé Vidame verfügte im Pfarrhaus von Survillier über solchen Komfort.

Auf das Mädchen, das Strohsäcke, rohe Bänke und Lederhäute vor Fensteröffnungen gewöhnt war, wirkte dieses einfache Quartier wie das Gemach einer Fürstin. Mit großen Augen sah sie sich um.

»Setz dich!«, wies Dame Berthe sie freundlich, aber bestimmt an. »Du wirst Hunger haben, ich bringe dir zu essen. Danach solltest du versuchen, etwas Schlaf zu finden. Scheinst mir ziemlich am Ende zu sein …«

Der zwar mitleidige, aber doch herablassende Befehlston wies Féline unausgesprochen in ihre Schranken. Die Haushofmeisterin von Andelys würde ihrer Christenpflicht gegenüber diesem Kind nachkommen, das der Marquis ins Haus geschleppt hatte, aber sie dachte nicht daran, ihm Achtung entgegenzubringen.

Féline nahm es ihr nicht übel. Sie hätte an ihrer Stelle genauso gehandelt. Immerhin war sie wenigstens so normal und menschlich, dass sie daran dachte, sie mit Nahrung und einem Lager zu versorgen. Ihr Blick fiel auf die schneeweißen, gebleichten Laken, die dicken Kissen und die weiche Zudecke. Dame Berthe folgte ihren Augen und seufzte.

»Man sollte dich schrubben, ehe du dich niederlegst, aber ich fürchte, dass du mir unter den Händen einschläfst. Lassen wir es für dieses Mal gut sein.«

Als sie mit einem Tablett zurückkam, auf dem sich ein zwar flüchtig, aber nahrhaft zusammengestellter Imbiss befand, hatte Félines Erschöpfung trotz des hellen Tageslichtes gesiegt.

Aber es erstaunte die Haushofmeisterin sehr, dass sie die Bettdecke sorgfältig über die Truhe gelegt und die weißen Laken mit dem Reitumhang abgedeckt hatte. In einem dünnen, schlammverkrusteten Rock, einem nachlässig geschnürten Mieder und einer fadenscheinigen Bluse lag sie da, den rechten Arm über die Stirn gelegt.

Erst jetzt konnte man sehen, wie dünn, wenn nicht gar mager die kleine Gestalt war. Der Zopf hatte sich gelöst und ein paar dunkle, wirre Haarsträhnen fielen ihr über die blasse Wange. Sie wirkte sehr jung und sehr verletzlich, und die Anteilnahme, welche Dame Berthe zu ihrer eigenen Verblüffung aus heiterem Himmel für sie empfand, verstärkte sich. Es ging nicht an, dass de Brune und der Marquis ihre alberne Maskerade mit dem Mädchen veranstalteten. Auch wenn sie eine gewisse Ähnlichkeit mit Mauve Vernon hatte, so würde sie doch nie den dümmsten aller dummen Spione täuschen. Sie musste dem Mumpitz Einhalt gebieten!

Sie stellte das Tablett auf dem Tisch ab. Die kalten Speisen würden der Kleinen auch nach dem Aufwachen munden. Sie war schon in der Tür, als sie sich noch einmal umwandte und zögerte. Dann gab sie sich einen Ruck, holte die Zudecke, breitete sie sorgsam über Féline und schloss leise die Bettvorhänge.

4. Kapitel

»Steh auf, Mädchen! Wir müssen uns an die Arbeit machen!« Eine energische Hand, die ihre Schulter rüttelte, im Verein mit dem barschen Kommando, beendete Félines Schlummer rücksichtslos. Aber während sie noch mit geschlossenen Augen, in anerzogenem Gehorsam unter der Decke hervorschlüpfen wollte, begriff sie, dass es nicht der Vater war, der mit ihr sprach. Dass sie nicht auf dem Strohsack neben ihrer Schwester geschlummert hatte. Die Matratze unter ihr war weich wie ein Moospolster, die Zudecke so warm wie die Mittagssonne eines schönes Julitages auf der bloßen Haut.

»Nun spute dich! Die Mägde erwärmen bereits das Badewasser, und du wirst zuvor einen Happen essen wollen!«

Féline hob vorsichtig die Lider. Sie konnte nicht glauben, dass sie mit diesen Worten gemeint war. Doch Dame Berthe, die ihre Arme in die Hüften gestemmt, einem Gebirge gleich vor ihr aufragte, ließ keinen Zweifel daran. »Man hat mir gesagt, du seist bereit, unserem Herrn zu dienen. Also an die Arbeit. Was auch immer er dir versprochen hat, du wirst es nicht erhalten, wenn du wie ein Igel zwischen diesen Kissen deinen Winterschlaf hältst.«

So träumte sie also nicht. Die Erinnerungen brachen über Féline herein, während sie gegen das Licht blinzelte, das die geöffneten Bettvorhänge nun in die warme, schützende Höhle hereinließen. Sie setzte sich erschrocken auf, und noch vor Dame Berthe sah sie die grauen Spuren, die ihre schmutzigen Haare auf dem sauberen Kissen hinterlassen hatten. Würde man sie deswegen zur Rechenschaft ziehen?

Die Haushofmeisterin traf keine Anstalten dazu. Sie zeigte

auf den Tisch und Féline huschte auf bloßen Sohlen über die leise raschelnden Kräuter. Der Anblick knusprig gebratener Hühnerstücke, kleiner Bratenscheiben und einer geräucherten Forelle ließ ihr das Wasser im Munde zusammenlaufen. Dabei waren dies nur die wenigen Dinge, die sie mit Namen benennen konnte. Weder wusste sie womit die kleinen Pastetchen gefüllt waren, noch hatte sie jemals cremeglänzende Kuchen oder gar kandierte Früchte gegessen.

»So iss, greif zu! Es ist alles für dich!«, ermutigte sie Dame Berthe, die ihr Zögern sah, aber nicht verstand. »Du musst doch hungrig sein!«

Féline warf ihr einen misstrauischen Blick zu, ließ sich jedoch kein zweites Mal auffordern. Die Schnelligkeit, mit der sie die Köstlichkeiten vertilgte, sprach für sich.

Die Haushofmeisterin beobachtete sie, während Féline sich die Fingerspitzen ableckte, um kein noch so kleines Krümelchen Kuchen oder Zucker übrig zu lassen. Unter ihrer brettsteif gestärkten Leinenhaube, ging ihr noch einmal das Gespräch durch den Kopf, das Monsieur de Brune mit ihr geführt hatte, indessen der Marquis die Totenwache in der versperrten Familienkapelle hielt.

Es war Wahnsinn. Völlige Tollheit! Dieses Kind war eine Bettlerin, eine bäuerliche Wilde, ein Geschöpf ohne Kultur und Erziehung. Das bewies schon der Umstand, dass es kein vernünftiges Wort von sich gab. Immerhin, sollte es wirklich stumm sein, so würde es wenigstens beim Anblick der gefüllten Badewanne nicht kreischend davonlaufen.

Aber sie täuschte sich in Féline! Das Wort, das diese dem Marquis gegeben hatte, war für sie ein bindender Eid. Wenn sie auch die seltsamen Dinge ängstigten, die mit ihr geschahen, so leistete sie doch keinerlei Widerstand. Mit hoch erhobenem Kopf folgte sie Dame Berthe in die Badestube der Schlossherrin. Auf der Schwelle jedoch blieb sie eingeschüchtert stehen.

Dass dieses Kabinett, in dem sich alles befand, das für die Schönheitspflege einer verwöhnten Edeldame nötig war, im Stile eines alten römischen Bades gehalten war, wusste Féline nicht. Sie war fasziniert von den winzigen bunten Steinchen der Mosaiken, die Wände und Boden bedeckten. Unter ihren Sohlen zog sich ein Ornamentband aus rechtwinkeligen Mäandern rund um eine Fantasielandschaft, in der sich Wasservögel und Fische auf blauem Grund tummelten. An den Wänden sah sie weitere Tiere, Schilf, Blumen, Weiden und die bezaubernde Illusion der Uferlandschaft eines stillen Teiches.

Nur dass dieser Teich ein großes Becken aus rosa schimmerndem Marmor war, in dem dampfend warmes Wasser wartete. Auf das Duftöl der Damaszenerrosen und die getrockneten Blütenblätter, die das Badewasser der Marquise verfeinert hatten, war jedoch verzichtet worden. Berthe vermutete nicht zu Unrecht, dass das Mädchen erst einmal gründlich geschrubbt werden musste.

»Zieh deine Kleider aus, los, mach schon! Zier dich nicht, Kleines!«

Mit Hilfe von zwei drallen, blonden Mägden, die nur mit Mühe ihren Abscheu vor der schmutzigen Fremden verbargen, machte sich die Haushofmeisterin ans Werk. Félines unterdrückter Protestlaut half wenig. Sie lösten die Bänder ihres Rockes und der einfachen Bluse. Sie zogen ihr das einzige Hemd, das sie besaß, so unsanft über den Kopf, dass sie eine Naht reißen hörte.

Da sie sich ihrer Nacktheit schämte, tauchte sie nur zu gerne bis über die Schultern in das Wasser, das wenigstens die Konturen ihrer schmalen Glieder verbarg. Die unerwartete Wärme ließ sie aufstöhnen, dann drang die Wohltat in alle Poren. Ohne dass man es ihr sagen musste, lehnte sie sich zurück und fand die Vertiefung, die für den Nacken der Badenden gedacht war.

Binnen kürzester Zeit verfärbte sich das klare Wasser zu trübem Graubraun. Es wurde abgelassen, dann schleppten die Mädchen erneut Eimer um Eimer herbei. Und dieses Mal musste Féline aufrecht stehen bleiben, während Dame Berthe eigenhändig jeden Zoll ihres Körpers mit einem Leinenlappen bearbeitete, den sie zuvor in eine Schale mit schaumiger Seifenflüssigkeit getaucht hatte.

Féline spürte die kräftige Massage, unter der ihre Haut zu glühen begann, und schloss gequält die Augen. So sah sie nicht die Blicke, die Dame Berthe und ihre Handlangerinnen tauschten. Ergeben ließ sie anschließend die Prozedur über sich ergehen, die dem Reinigungsprozess ihrer Haare galt. Sie konnte sich nicht erinnern, jemals mit so viel Wasser in Berührung gekommen zu sein. Das Wasser aus dem Ziehbrunnen der alten Mühle daheim war nicht nur eiskalt, sondern auch knapp gewesen.

Bis zur Nasenspitze in ein dickes, weiches Leinentuch gehüllt, wies man sie schließlich an, sich mit dem Rücken nach unten auf eine schmale Brücke zu legen. Dann schlugen die Mägde das Tuch zurück und begannen ihren nackten Körper mit einem duftenden Öl zu massieren.

Was Dame Berthe an Befehlen von sich gab, hatte plötzlich nichts mehr mit der notgedrungenen Reinigung einer Bauernmagd zu tun. Mit jedem Eimer schmutzigen Wassers, der von Féline zurückgeblieben war, hatte sie dem Marquis ein Stückchen mehr Abbitte geleistet.

Sie ahnte nicht, wie seine Augen unter einer solchen Schicht aus Vernachlässigkeit und Schlamm dieses Wunder entdeckt haben konnten. Sie sah nur mit atemlosen Erstaunen, dass es vorhanden war. Dass es eine Schande gewesen wäre, es nicht mit allen Mitteln noch vollkommener zu machen.

Während Féline anfangs noch mit ängstlicher Bestürzung jeden Handgriff der drei Frauen verfolgt hatte, verlor sie mehr und mehr den Kontakt zur Wirklichkeit. Unter den pflegenden, sanften Händen, umhüllt von angenehmen Düften und von willkommener Wärme, verlor sie sich in einem angenehmen Tagtraum. Sie merkte kaum, dass man sie in ein Ankleidezimmer führte, in dem ein loderndes Kaminfeuer brannte und dessen Wände mit malvenfarbenem Stoff bespannt waren.

Sie sank auf einen Hocker und sah sich in ihren Fantasien plötzlich in Samt und Seide gekleidet an der Seite des eleganten Marquis von Andelys. Zuneigung erhellte seine Züge, leuchtete in den harten Falkenaugen und galt ihr, ihr ganz allein.

Sie ahnte nicht, dass sie die Flammen anlächelte, während eine Magd mit regelmäßigen Strichen das feuchte Haar bürstete, um den Trocknungsprozess zu beschleunigen. Mehr und mehr tauchten jetzt seidig glänzende, goldene Strähnen in seiner ursprünglichen Farbe auf, letztere hatte bislang zum größten Teil auf Schmutz beruht.

Die andere Dienerin sichtete mit Dame Berthe den Inhalt einer Kleidertruhe, wobei die Ältere ein Gewand um das andere verwarf. Endlich richtete sie sich zufrieden auf und stützte mit einer Hand den schmerzenden Rücken.

»Das gelbe Samtgewand da mit der Silberstickerei! Richte alles her, was dazu nötig ist! Beeil dich, schnell!«, kommandierte sie.

Widerspruchslos folgte die Dienerin, selbst gespannt auf das endgültige Ergebnis der stundenlangen Arbeit. Während draußen der Tag seinem Ende entgegenging und in der Gruft der Herren von Andelys, Mauve Vernon ihre letzte Ruhe fand, starrte Féline in den Spiegel, der ihr eine glänzende Edeldame in eleganter Robe präsentierte. Sie verstand nicht, was sie dort sah.

»Es ist ein Bild«, wisperte sie verwirrt. »So eines wie dort im Kabinett, nur dass die Linien fehlen, mit denen es zusammengesetzt wurde!«

Nach all den Phänomenen dieses Nachmittags konnte es Dame Berthe auch nicht mehr verwundern, dass das Mädchen sprach. Und dass sie es nicht mit dem rauen, unverständlichen

Dialekt der Landbevölkerung tat, sondern in höchst wohllautender, klangvoller Stimme. Sie trat hinter Félines Rücken, und diese zuckte zusammen, als sie das zweite Abbild erkannte, das nun vom Spiegel gleichfalls reflektiert wurde. Dame Berthe ahnte ihre unausgesprochene Frage.

»Du stehst vor einem Spiegel, Kind! Der Marquis hat ihn für seine Gemahlin aus Venedig kommen lassen. Du siehst dich selbst und niemand anderen!«

»Nein!« Ich glaube es nicht.« Und doch wiederholte das Glas die Geste, mit der sie den Stoff berührte, und sie sah sich selbst die Lippen bewegen.

»Du musst es glauben! Du hast später genügend Zeit, dich zu bewundern. Warte hier, bis ich wiederkomme und dich hole. Und ihr Mädchen sorgt für Ordnung, aber schnell!«

Letzteres galt den Mägden, die zwischen ihren Aufräumungsarbeiten immer wieder zu Féline schielten, die vor dem goldgerahmten Spiegel stand und sich nicht bewegte. Wären sie Dienerinnen eines katholischen Haushaltes gewesen, sie hätten sich bekreuzigt, während sie abergläubisch von Hexerei und schwarzen Künsten flüsterten.

Féline überhörte das Getuschel. Sie hatte Angst, das Bild zu zerstören, wenn sie sich bewegte. Sie wollte es behalten, in ihr Herz senken und nie wieder vergessen. Das dort war nicht Féline, die Tochter von Jean. Das war eine Unbekannte, eine Fremde, eine Dame. Sorglos, unbeschwert und nicht von einem bitteren Schicksal um jede Zukunft gebracht. Eine Vision. Ein schöner Traum.

Die Robe, die sich in schweren Falten um ihre Beine legte, zwang sie dazu, ihren üblichen, flinken Gang zu mäßigen. Langsam, fast zögernd, hob Féline den vorderen Saum leicht an und folgte Dame Berthe, die beide Flügel einer mächtigen Tür aufstieß und ihr den Vortritt ließ.

Sie schritt in einen Raum, in dem man gut und gerne die gesamte Dorfkirche von Survillier untergebracht hätte. Aber es waren weder die kostbaren Teppiche auf dem Boden und an den Wänden, noch die Samtportieren und die üppig gepolsterten Stühle, die ihr den Eindruck unendlichen Reichtums vermittelten. Nicht ahnend, dass es eine der größten privaten Bibliotheken des ganzen Königreiches war, die vor ihren Augen lag, empfand es Féline doch als unbeschreiblichen Gipfel des Überflusses, nicht nur mehrere Bücher zu besitzen, sondern so viele, dass sie unmöglich alle zählen konnte.

In großen, geschnitzten Holzregalen, deren Säulen zierlich gedrechseltes Weinlaub schmückte, stand eines neben dem anderen. Die eingelassenen Lederrücken glänzten und auf mehreren Stehpulten lagen besonders sorgfältig illustrierte Exemplare zur Betrachtung aus. Bunte, leuchtende, helle Farben und sorgsam geschriebene Texte fesselten Félines Blick, wohin er auch fiel.

Verwirrt von der Überfülle blieben ihre Augen schließlich an der düster gekleideten Gestalt des Marquis von Andelys hängen, der an einem der Stehpulte lehnte und ihr entgegensah. Das tiefe Braun des Samtwamses, das er trug, verschmolz fast mit dem Ton des Holzes, und auch die engen Beinkleider waren in derselben Farbe gehalten. Kein Spitzenbesatz, keine gefältete Halskrause und keine unterfütterte hellere Seide milderte den strengen Anzug.

Aber auch wenn dem so gewesen wäre, Féline hätte den modischen Putz nicht wahrgenommen. Weit entfernt davon, in die respektvolle Reverenz zu versinken, zu der ihr die Haushofmeisterin geraten hatte, blieb sie hoch aufgerichtet stehen und erwiderte in einer Mischung aus trotzigem Aufbegehren und zitternder Unsicherheit seinen betroffenen Blick.

Es war das silberne Lodern ihrer Augen, das Philippe Vernon entgegen jeder Vernunft davon überzeugte, dass das Mädchen Féline vor ihm stand. Nur dieses durchscheinende, schwarz eingefasste Grau war wie ein unverwischbares Mal des Bauernmädchens geblieben.

Die übrige Person hätte sich König Heinrich in seiner Vorliebe für das weibliche Geschlecht nicht vollkommener und schöner erträumen können. Seiner Meinung hätte sie es sogar ohne weiteres mit seiner augenblicklichen Mätresse, der schönen Gabrielle d'Estrees, aufnehmen können.

Hoch aufgerichtet stand sie da, von der silberbestickten Pracht der Robe umflossen, die sie in eine strahlende Prinzessin verwandelte. In der zierlichen, mit einem Perlengürtel umspannten Taille, weitete sich der Rock in üppigen Falten, während das Oberteil ihre Gestalt wie ein knappes Mieder nachzeichnete. Lange Ärmel bedeckten die Arme und Hände bis auf die Fingerspitzen hinab und bauschten sich von den Ellbogen bis zu den Schultern zu eleganten Keulen. Durch die Schlitze im Samt leuchtete silberner Satin, und der steife Spitzenkragen, den Margarete von Valois erfunden hatte, umrahmte in durchsichtiger Zartheit ein viereckiges, atemberaubendes Dekolleté.

Von der Sonne des Sommers getönt, leuchteten die sichtbaren Hautpartien wie mit Goldstaub überpudert. Auch die aufgetürmten Locken, die mit einem goldenen Band durchflochten waren, schienen diesen Schimmer in sich zu bewahren. Im Verein mit den ungewöhnlichen Augen und dem verführerischen Mund, dessen Farbe Dame Berthe unmerklich vertieft hatte, war sie ebenso fremdartig wie faszinierend.

»Wahrhaftig, Dame Berthe! Ihr habt ein Wunder vollbracht! Mein Kompliment!« Der Marquis zögerte, trat näher zu Féline und verengte nachdenklich die Augen. »Wenngleich die Ähnlichkeit. Wie eigenartig ...«

Er drehte sich um und sah zu einem reich geschnitzten Lehnstuhl, in dem Féline erst jetzt Monsieur de Brune entdeckte. »Was sagt Ihr dazu, Vater?«

Ein Schauer überlief Félines bloße Haut unter seinem grüblerischen Blick. Es war ein höchst eigenartiges Gefühl, die Aufmerksamkeit des Grafen so konzentriert auf sich zu spüren und gleichzeitig zu begreifen, dass sie dieses Mal seinen Spott nicht zu fürchten brauchte.

»Ihr tragt das Bild einer kranken und leidenden Mauve im Herzen, Philippe!«, antwortete sein Schwiegervater, ohne seine Position zu verändern. Sein Antlitz lag im Schatten, und es war nicht möglich, zu sehen, was es ausdrückte. Lediglich die Stimme klang angestrengt, so als fiele es dem Sprecher schwer, die Worte zu formulieren. »Sie ist nicht Mauve, meine arme Tochter. Aber wenn ich nicht meine fünf Sinne beisammen hätte, ich würde schwören, dass meine verstorbene Gemahlin vor mir steht. Der Himmel schickt mir das Bild, nach dem ich mich immer gesehnt habe. Was Ihr auch im Sinn habt, Philippe, Ihr müsst mir erlauben, dass ich sie malen lasse!«

Der Marquis runzelte die Stirn und ging um Féline herum, als habe er ein kostbares Kunstwerk mit ihr gekauft, dessen Wert er im Moment nicht abschätzen konnte.

»Bravo! Dass sie lebendige Gesundheit verströmt, ist genau das, was Heinrich erfahren soll. Ihr meint also, mein Plan verspricht Erfolg?«

»Vermutlich schon, solange sie so schön und so stumm bleibt ...«

»Ihr könnt mir ja die Zunge herausschneiden, um ganz sicher zu gehen!«

Hätte sich Féline vor den Augen Monsieur de Brunes in einen Schwan verwandelt, er hätte nicht verdutzter dreinschauen können, als bei diesem, mit belegter Stimme vorgebrachten Vorschlag. Erst das trockene Lachen des Marquis von Andelys brachte ihn wieder zur Besinnung. Er beugte sich gespannt vor.

»Wahrhaftig, nicht nur, dass sie spricht, sie verfügt auch noch über eine höchst angriffslustige Zunge«, staunte er. »Ich hätte mehr Dankbarkeit von dir erwartet, Kleine!«

»Wofür?« Da sie so lange und so ungewollt geschwiegen hatte, war es Féline mit einem Schlag nicht länger möglich, all die Dinge zurückzuhalten, die wie von selbst aus ihrem Munde sprudelten. »Ich habe meine Dienste verkauft, dafür, dass Blandine ins Kloster konnte. Ich tue, was Ihr mir sagt. Aber deswegen habe ich doch Ohren und kann hören. Ich bin kein Vieh, ich bin ein Mensch! Sagt mir, was ich tun soll, und ich werde meine Schuld bezahlen!«

Für einen kurzen Moment herrschte Schweigen in der großen Bibliothek. Es war weniger die knappe, angriffslustige Rede Félines, die die beiden Männer verstummen ließ, als ihr herausfordernd stolzer Ton und die Haltung, mit der sie vorgebracht worden war. Philippe Vernon betrachtete sie hingerissen. Welch eine Verschwendung, dass diese junge Frau in einer Bauernhütte auf die Welt gekommen war.

Sein Schwiegervater übernahm es, die aufgebrachte Féline zu beruhigen. Er erhob sich, trat zu ihr und griff nach ihrer Hand, die die Falten des Samtkleides umklammerte.

»Nicht nur, dass ich dir zustimme, dass du ein Mensch bist, meine Liebe, ich finde auch, dass sich unser Schöpfer bei dir sogar ganz besondere Mühe gegeben hat. Nun glätte dein gesträubtes Gefieder und setz dich in diesen Stuhl dort. Es gibt eine Menge Dinge, die du lernen musst, wenn es uns gelingen soll, die Spione König Heinrichs zu täuschen. Es wird dein Schaden nicht sein, wenn du dich anstrengst!«

»Ich werde mein Bestes geben, Herr!«, murmelte Féline widerstrebend und folgte seiner Bitte.

»Gut, dann wirst du ab sofort Vater zu mir sagen und nie wieder vergessen, dass du als Mauve Marisann Aurore de Brune geboren wurdest. Du bist jetzt die Marquise von Andelys und trägst den Namen Vernon wie dein Gatte Philippe Sebastien.

Berthe Maubeuge ist deine ehemalige Kinderfrau und jetzige Haushofmeisterin. Da du seit vielen Jahren leidend warst, ist sie die Dame, die diesem Haushalt vorsteht und deren Anweisungen alle Dienstboten befolgen.«

Die Namen, Titel und Aufgaben verstörten Féline, und für einen Herzschlag geriet sie in Zweifel, ob sie dem gewachsen war, was da auf sie zukommen sollte. Unwillkürlich hob sie die Hand, und Monsieur de Brune unterbrach sich. Er deutete die Unsicherheit in den hellen, dunkel umkränzten Augen ohne Probleme.

»Wir werden all das so lange wiederholen, bis du es in deinem Kopf behältst, Kind«, beruhigte er sie. »Du musst keine Sorgen haben, denn niemand kann Rechenschaft von dir fordern. Du spielst die Rolle einer Frau, die von allen zärtlich geliebt wurde und die seit Jahren gezwungenermaßen ein einsames und zurückhaltendes Leben in diesen Mauern geführt hat.«

Neugierig sah Féline zu Philippe hinüber und begegnete dem Blick, der bereits geraume Zeit auf ihr ruhte. Was er wohl dachte? Seinen unbewegten Zügen war nichts zu entnehmen. Aber warum starrte er sie so an? Was hatte das Glimmen in seinen Augen zu bedeuten?

Unwillkürlich reckte sie das kleine Kinn ein wenig höher und versteifte die spitzenumrahmten Schultern. Die Bewegung presste die sanfte Wölbung ihres Busens enger gegen den Stoff, und der Marquis runzelte unwillig die Stirn. Das wäre ja noch schöner, wenn ihn dieses Dorfmädchen auf Gedanken brachte, die im Moment wirklich nicht angebracht waren. Indes, es war nicht von der Hand zu weisen, dass diese reizvollen Wölbungen einen Heiligen in Versuchung führen würde. Sie glich in nichts mehr dem vernachlässigten Geschöpf, das er um seiner Ähnlichkeit mit Mauve willen aus dem Schlamm einer Dorfstraße gehoben hatte.

5. Kapitel

»Gütige Madonna! Dann verratet mir doch eines, was tut eine solche Dame den ganzen Tag?«

Bei Dame Berthe verursachte Félines ratloser Aufschrei in mehr als einer Beziehung Stirnrunzeln. Sie zögerte nicht, ihre Kritik sofort in Worte zu fassen.

»Zum einen ruft eine Dame, die in protestantischem Glauben erzogen wurde, nie in dieser Form die Mutter Gottes zur Hilfe, und zum anderen mäßigt sie unter allen Umständen ihren Ton, mein Kind!«

Ein wenig verlegen und doch aufrührerisch presste Féline die Lippen aufeinander. Innerhalb weniger Tage hatte sie begriffen, dass es keinen Sinn hatte, Dame Berthe zu widersprechen. Im Grunde war sie es, die Schloss Andelys beherrschte. Keine Magd verwendete auch nur ein Scheffel Mehl, ohne dass sie davon wusste. Und einmal bereit, den widersinnigen Plan des Marquis zu unterstützen, tat sie ihr Möglichstes, Féline all jene Dinge beizubringen, an denen es ihr nach Meinung aller so bitterlich fehlte.

»Du wirst den Tagesablauf meiner verstorbenen Herrin einhalten, ob es dich nun amüsiert oder nicht!«, verkündete sie energisch, während sie sich innerlich fragte, wie es wohl möglich war, dieselbe Miene sowohl gehorsam wie widerspenstig erscheinen zu lassen.

Je näher sie Féline, die äußerlich so vollendet dem Bild Mauve Vernons entsprach, kennen lernte, umso mehr musste sie sich eingestehen, dass ihr die junge Frau ein Rätsel war. Sie verfügte über eine innere Kraft, die weit über das normale Maß hinausging. Ihre schnelle Auffassungsgabe, sowie ihr Blick für das Wesentliche, erinnerten Dame Berthe eher an Amaury de Brune, denn an seine zaghafte, leidende und leise Tochter. In diesem bezaubernden Körper steckte ein kriegerischer Geist mit höchst absonderlicher Logik und ausgeprägtem Dickkopf.

»Gehen wir alles noch einmal durch«, verkündete sie, ohne sich ihre Gedanken anmerken zu lassen. »Da die Marquise von Andelys unter ihrer angegriffenen Gesundheit leidet, erhebt sie sich nicht mit den übrigen Schlossbewohnern zur morgendlichen Bibellesung. Sie nimmt im Bett ein leichtes Frühstück ein, lässt sich ankleiden und verbringt den Rest des Vormittags im Damenzimmer des Ostflügels, wo wir uns gerade befinden.«

»Wie?«, warf Féline ebenso kurz wie präzise ein. Es ärgerte sie, beharrlich wieder die gleiche Frage stellen zu müssen, ohne eine befriedigende Antwort zu erhalten.

»Wie?« Leicht irritiert versuchte Dame Berthe Einzelheiten aufzuzählen. »Da sind zum einen ihre Nadelarbeiten, die Briefe an den Marquis, ihre Bücher, ihre persönlichen Aufzeichnungen ... meist jedoch ruhte sie auch einfach und sah aus dem Fenster in den Park hinaus!«

Féline unterdrückte den erneuten Stoßseufzer zur Madonna, indem sie die Hand vor den Mund schlug. Eine Hand, die von kostbaren Ölen gesalbt, nur durch die sehr kurzen Fingernägel einen Hinweis darauf gab, dass ihre Trägerin vor kurzem noch hart und ausdauernd damit gearbeitet hatte. Aber der Anblick des halb bestickten Wandteppichs, auf dem in zartesten Farben, von Blüten umrankt, das Wappen von Andelys Gestalt annahm, wies ihr erneut die Grenzen.

»Nie und nimmer werde ich so feine Stiche machen können«, murmelte sie und berührte ehrfurchtsvoll das glänzende Seidengarn. »Es ist sinnlos Dame Berthe.«

»Du repräsentierst die Herrin dieses Hauses, Kind!« Die Kammerfrau ließ nicht zu, dass sich Féline in eingebildeten Schwierigkeiten verlor. »Niemand wird den Fortschritt oder gar die Qualität deiner Stickereien auch nur in Zweifel ziehen. Mach ab und zu eine Fadenlänge daran weiter, wenn du möchtest oder lass den Rahmen einfach stehen. Der König interessiert sich nicht dafür, ob die Marquise von Andelys plötzlich das Vergnügen an feinen Nadelarbeiten verloren hat oder nicht.«

Féline trat zum Fenster und sah in den Park hinaus, der sich an dieser Stelle von seiner schönsten Seite präsentierte. Auf der Spiegelfläche eines Teiches blühten die letzten Seerosen und zwei majestätische Schwäne zogen leise Kreise, während eine mächtige alte Weide die Spitzen ihrer Zweige ins Wasser senkte. Ein Bild spätsommerlichen Friedens und völliger Harmonie.

Doch wie von selbst schoben sich einmal mehr die Bilder ihrer tragischen Erinnerungen vor das sonnenglänzende Idyll. Der Aufschrei ihres Vaters gellte in ihren Ohren, während er sich dem Reiterpulk der Jagd entgegenstellte. Das Jaulen der Hunde, die Flüche der Jäger, das hässliche Klatschen der Peitschen. Und dann die Stille, die nicht einmal mehr von den schweren Atemzügen des Vaters durchbrochen worden war. Würde sie jemals vergessen können, was passiert war? Wollte sie es überhaupt?

»Wahrhaftig, man könnte meinen, du hörst mir nicht zu, Kind!«, beschwerte sich Berthe, und das Rascheln ihrer steifen Röcke verriet, dass sie näher kam.

Féline zwang sich in die Wirklichkeit zurück. Sie war nicht mehr Féline! Sie war Mauve Vernon, die Marquise von Andelys, sie wollte sie wenigstens sein … aber konnte man so einfach ein Leben abstreifen und in das andere schlüpfen? Alles beiseite schieben und von neuem anfangen?

»Plagt sie nicht, Dame Berthe!«, mischte sich in diesem Moment eine sonore Stimme ein, und Amaury de Brune betrat das heitere Gemach. »Der Marquis ist eben erst dabei, ein Schreiben an Madame d'Aronet zu verfassen. Ehe die Neuigkeit von Mauves wundervoller Genesung die Runde bei Hofe macht, bleibt uns allen noch eine Menge Zeit. Was hältst du davon, mich auf einem kleinen Spaziergang zu begleiten?«

Dankbar für die Unterbrechung, gelang es Féline, sich wieder zu fassen. Sie schenkte dem alten Herrn ein Lächeln, das ihre kühlen, silbernen Augen aufglühen ließ und den Schimmer ebenmäßigster, weißer Zähne hinter den sanft geschwungenen Lippen zeigte.

»Ich stehe Euch zur Verfügung, Monsieur«, murmelte sie leise und legte die Hand auf den bereitgehaltenen Arm. Jetzt erst entdeckte sie den Spazierstock auf den sich de Brune lehnte. »Wäre es nicht besser, Ihr würdet Euch auf meinen Arm stützen?«, bot sie spontan an.

»Ein Kavalier bei einer Dame?«, verwunderte er sich. »Nein, das gehört sich nicht.«

»Welch unsinnige Etikette. Warum sollte eine Tochter ihrem Vater nicht fürsorglich helfen!« Féline antwortete in einer Mischung aus bemühter Ernsthaftigkeit und liebevoller, ungekünstelter Wärme. Ein Leuchten glitt über das strenge Gesicht des alten Mannes.

»Du bringst mich noch dazu, dass ich meinen lästigen Gichtanfällen eine gute Seite abgewinnen, Petite! Nun denn, reich mir deinen Arm, lass uns zu den Schwänen gehen und ein wenig plaudern.«

Philippe Vernon sah das ungleiche Paar über die sauber geharkten Kieswege gehen. Er stand am Fenster seines Arbeitskabinetts und hatte den Brief an seine leidenschaftliche Geliebte nun schon zum dritten Male unterbrochen. Die lindgrüne Seidenrobe die Féline heute trug, kontrastierte frühlingshaft zum schwarzen Habit seines Schwiegervaters. Die Schwerfälligkeit seiner langsamen Schritte verriet dem Marquis, dass er schlimmer denn je von der Gicht geplagt sein musste. Mauves Tod hatte seiner eigenen, angeschlagenen Gesundheit schwer zugesetzt.

Beide wandten ihm den Rücken zu, sodass er nur die zierliche Taille und den stolzen Schwung des Nackens bewundern konnte, den Féline aus dieser Perspektive bot. Warum konnte sie nicht wirklich Mauve sein? Das Geschick, mit dem sie in diese Rolle geschlüpft war und sie nun spielte, erfüllte ihn mit einer Mischung aus Verblüffung und – ja, wenn es nicht lächerlich gewesen wäre, er hätte gesagt, Angst.

Er ahnte keineswegs, dass Féline sehr wohl den hoch gewachsenen Schatten am Fenster gesehen hatte. Der Marquis beobachtete sie. Es war nichts Neues für sie. Jede Stunde des Tages blieb sie sich der Tatsache bewusst, dass ihr seine Blicke folgten. Dem Ausdruck der Falkenaugen ließ sich nichts entnehmen, wenn sie, der ständigen Kontrolle müde, in aufflammendem Trotz zurückstarrte. Kühl und teilnahmslos ruhten sie auf ihrer Gestalt.

Féline gab sich keine Rechenschaft darüber ab, dass es genau diese Gleichgültigkeit war, die sie herausforderte. Die sie dazu anspornte, ihren Part so schnell und so makellos wie möglich zu spielen. Irgendwann musste doch auch dieser arrogante Edelmann eingestehen, dass sie ihre Sache gut machte und dass das Bild, das sie bot, den anspruchsvollsten Wünschen Genüge tat. Sie, ein simples Bauernmädchen!

»So tief in Gedanken versunken, meine Kleine?«, unterbrach Amaury de Brune ihre Überlegungen und registrierte die flüchtige, verlegene Röte, die Félines Wangen färbte.

»Verzeiht meine Unachtsamkeit, Monseigneur«, entschuldigte sie sich eilends. Das fehlte noch, dass sie den einzigen Menschen, der auf Andelys keine unerfüllbaren Forderungen an sie stellte, verärgerte. Die Sympathie, die sie für Mauve Vernons Vater empfand, hatte sich in ihr Herz geschlichen, ehe sie es dagegen verhärten konnte.

»Ich bin mir sicher, dass dir eine Menge Fragen durch den Kopf gehen. Stell sie mir ruhig, aber du darfst nicht vergessen, mich Vater zu nennen ...«

»Es gibt so viele Menschen, die wissen, dass ich eine Lüge bin. Mägde, Diener, der Kutscher. Wie könnt Ihr mit Sicherheit sagen, dass nicht einer von ihnen tratscht? Habt Ihr nicht Angst, dass ein ungerechter Tadel oder ein herrischer Befehl ihre Zunge aus reiner Rachsucht löst?«

Féline umging die Anrede und richtete einen offenen, direkten Blick auf ihren Begleiter, der nun auf einen zierlichen Pavillon deutete, der sich unter den hängenden Weidenzweigen bisher vor ihnen versteckt hatte.

»Dort ist eine Bank, Kind, wir wollen uns setzen.«

Sie half ihm die flachen Stufen hinauf und sorgte dafür, dass er auf den ausgelegten Seidenkissen bequem saß, ehe sie die Röcke um sich breitete, an seine Seite sank und ihn abwartend ansah. Er begriff, dass er dieser jungen Frau nicht mit Allgemeinplätzen kommen konnte.

»Philippe ist ein gründlicher Mann, mein Kind. Er hat noch während der ersten Stunden dafür gesorgt, dass sowohl der Kutscher, wie auch die Eskorte, die euch begleitet haben, auf eines seiner Güter bei La Rochelle geschickt wurden. Sie haben nicht erfahren, was hier geschah. Die arme Mauve war erst eine Stunde tot, als du ins Haus kamst. Dame Berthe und zwei Zofen sind die einzigen, die davon wussten. Beide Mädchen sind Nichten unserer Haushofmeisterin und in strengem Glauben erzogene Protestantinnen. Es ist eine Ehrensache für sie, dem Haus Andelys zu dienen. Von ihnen brauchst du nichts zu fürchten. Hinzu kommt, dass Mauves Leiden keinen Kontakt zu den Nachbarn zuließ. Wir haben ein äußerst zurückgezogenes Dasein geführt. Wenn du nicht selbst in Abrede stellst, dass du Mauve Vernon bist, wird keine Menschenseele auch nur den geringsten Zweifel an deiner Person haben. War es das, was du wissen wolltest?«

Féline nickte schweigend und strich sich eine goldglänzende Locke aus der Stirn, die sich aus dem perlenbestickten Käppchen gelöst hatte, das sie zu ihrem Kleid trug. Dann heftete sie ihren silbernen, nachdenklichen Blick erneut auf Monsieur de Brune.

»Mauve Vernon war schwer krank. Ich habe gehört, dass es in vornehmen Häusern Doktoren gibt, die sich um die Kranken kümmern, die versuchen ihre Leiden zu lindern oder sogar zu heilen …«

Der alte Herr nickte. »Das stimmt, aber auch die klügsten Mediziner wissen kein Mittel gegen die Schwindsucht. Mauve hatte längst die Hoffnung aufgegeben, und sie verbot Philippe schon vor ein paar Jahren, weiterhin einen Doktor nach dem anderen nach Andelys zu schleppen. Sie hasste all die Tränke und sinnlosen Untersuchungen.«

Die junge Frau schwieg lange und schien ganz in den Anblick der Schwäne vertieft. Endlich hob sie den Kopf und versuchte noch einmal die Bedenken und Ängste, die sie erfüllten, in die richtigen Worte zu fassen.

»Es sind nicht nur die Zweifel der anderen, es sind auch meine eigenen, die mich bedrücken«, murmelte sie mit ihrer anrührenden dunklen Stimme. »Ich weiß nicht mehr, wer ich bin. Irgendwo auf dem Weg hierher ist Féline verloren gegangen, aber Mauve bin ich auch nicht. Sagt mir, Monseigneur, wer sitzt neben Euch?«

Die Eindringlichkeit, mit der diese Frage gestellt wurde, verbot von selbst eine oberflächliche Antwort. Der alte Edelmann ließ sich Zeit, seine Worte zu formulieren. Er fasste nach den schmalen Händen, deren kraftvolle Sehnigkeit so gar nicht mit Mauves weichem, entkräftetem Griff zu vergleichen war.

»Es liegt an dir, was du sein willst, Petite! Du kannst eine völlig neue Mauve Vernon erschaffen. Du musst nicht die passiven Tage einer Kranken nachleben, was auch immer Dame Berthe dazu meint. Ergreif die Gelegenheit beim Schopfe und kümmere dich nicht um das Gestern! Gibt es nichts, was du tun willst?«

»Oh doch«, platzte Féline ohne zu grübeln heraus. »Vieles! Ich möchte die Bücher in dem schönen Raum dort lesen können, ich möchte den Gebrauch der Schreibfeder richtig lernen und all die verschiedenen Dinge, die nötig sind, ein Haus wie dieses zu führen. Meint ihr, dass Dame Berthe es mich lehren würde?«

Amaury de Brune bekam einen unerwarteten Vorgeschmack auf das stürmische Temperament seines Schützlinges, nur dass dieses Mal weder Verachtung noch Trotz in Félines Zügen standen. Eine Mischung aus Furcht und Hoffnung verstärkte das Strahlen der hellen Augen.

»Ich werde es ihr befehlen«, schmunzelte er besiegt. »Aber in Sachen Schreibfeder und Lesen solltest du dich eher meiner Führung anvertrauen. Ich werde mit Vergnügen den Lehrer für dich spielen. Willst du mir verraten, warum du so großen Wert auf diese Dinge legst?«

Féline presste die Lippen aufeinander. Noch nie hatte sich jemand für ihre Wünsche interessiert oder gar nach den Gründen dafür geforscht. Würde sie Monsieur de Brune auslachen, wenn sie verriet, was ihr eben so blitzartig durch den Kopf geschossen war?

»Ich denke an die Zukunft«, sagte sie entschlossen. »Wenn Euer Schwiegersohn meine Hilfe nicht mehr benötigt. Vielleicht ist es möglich, dass ich einen Dienstplatz wie den von Dame Berthe erhalten kann, wenn ich klug und geschickt bin. Nach Survillier möchte ich nie wieder.«

Die grauen Augen des alten Herrn verdüsterten sich, dann gab er sich einen deutlichen Ruck.

»Du bist auf Andelys, Kind! Niemand wird dich von hier vertreiben, darauf hast du mein Wort!«

Féline trug einen ausgesprochen skeptischen Zug um die Lippen, aber dieses Mal behielt sie ihre Zweifel am Wort eines Edelmannes für sich. Die Reaktion Philippe Vernons darauf, war ihr eine Lehre gewesen. Außerdem würden die nächsten Tage und Wochen ganz von alleine beweisen, ob Amaury de Brune die Wahrheit sprach. Sie sah auf die Fläche des stillen Wassers, und wie von selbst formte sich vor ihrem inneren Auge das hagere Falkengesicht des Hausherrn.

»Wahrhaftig, könnt Ihr mir erklären, was Ihr hier tut?« Féline machte keine Anstalten, ihre Arbeit zu unterbrechen. Durch halb gesenkte Wimpern warf sie dem Marquis von Andelys einen schnellen Blick zu, während sie Dame Berthe das Bündel der gleichmäßig langen Dochte zureichte.

»Wir ziehen Bienenwachskerzen, Monseigneur!«, antwortete sie ruhig.

»Das sehe ich«, knurrte er ungehalten. »Was ich indes nicht begreife ist, was Ihr mit dieser Sache zu schaffen habt, meine Liebe!«

»Dame Berthe zeigt mir, wie's gemacht wird! Wusstet Ihr, dass wir pro Monat im Schloss mehr als zweihundert Kerzen verbrauchen?«

Philippe Vernon runzelte die Stirn. Machte sich dieses Mädchen, das Mauves Rolle spielte, über ihn lustig? Eigentlich sah es nicht so aus. Eher funkelte schon Empörung über so viel Luxus in den silbernen Augen.

»Werft Ihr uns vielleicht Verschwendung vor?«, spottete er ungläubig.

Féline zog die Brauen zusammen und betrachtete ihn mit leicht zur Seite geneigtem Kopf. Wie immer auf das Eleganteste gewandet, bot er in seinem rostfarbenen Wams, durch dessen geschlitzte Ärmel hellbraune Seide schimmerte, einen höchst imponierenden Anblick. Dunkle Beinlinge bedeckten seine muskulösen Oberschenkel und endeten in kniehohen

Stiefeln, deren Schaft nach außen geschlagen war. Die schmalen, aber kostbaren Spitzenbesätze an Manschetten und Kragen betonten die Bräune seiner Haut und linderten die Schärfe der hageren Züge. Kurz, er war von den Stiefelspitzen bis zur gerunzelten Stirn das Idealbild eines Edelmannes. Ihr Ehegatte. Der Gatte der verstorbenen Mauve Vernon, korrigierte sie sich selbst sofort.

»Das lag nicht in meinem Sinne, Monseigneur«, beantwortete sie seinen Spott sanft in so vollendeter Höflichkeit, dass es schon fast eine Parodie auf das Verhalten einer gehorsamen Gemahlin war. »Ich trage nur meinen Teil dazu bei, dass die Lichter in diesem Haus nicht ausgehen.«

Andelys stutzte. Die herrische Erwiderung, die ihm bereits auf der Zunge gelegen hatte, geriet in Vergessenheit. Was war mit ihm los, dass er hinter jeder Bemerkung Félines einen anderen Sinn, als den gesprochenen vermutete? Sie irritierte ihn in zunehmendem Maße.

Lag es an ihr, dass er seine dringende Abreise nach Paris nun schon zum zweiten Male verzögerte? Begann er sich tatsächlich an die Illusion dieser hinreißenden, schönen Gattin zu gewöhnen, die sie ihm mit so viel Meisterschaft Tag für Tag vorgaukelte?

»Warum verschwendet Ihr Eure Aufmerksamkeit zur Abwechslung nicht ein wenig an mich, anstatt an die Honigkerzen in unseren Leuchtern, meine Liebe? Ich bin gekommen, Euch zu einer Spazierfahrt zu entführen!«

Sogar in Dame Berthes bislang reglosem, rundem Mondgesicht blitzte Überraschung auf, gefolgt von sofortiger Besorgnis. Die vagen Ängste, die sie in den letzten Tagen bedrängten, nahmen plötzlich konkrete Formen an. Es konnte ja nicht gut gehen, wenn ein normaler, gesunder und leidenschaftlicher Mann wie Philippe Vernon, Tag für Tag ein so bezauberndes Geschöpf vor Augen hatte.

Auch die Bereitwilligkeit, mit der Féline die Schürze ablegte, die ihr Gewand aus knisternd leichtem, strahlend blauen Zindeltaft schützte, gab ihr zu denken. Am liebsten hätte sie ihr verboten, Philippe zu folgen, doch das war schlecht möglich, wollte sie den Schein wahren. Sie fürchtete um Féline. Trotz allen Misstrauens und aller Zurückhaltung war sie zu ahnungslos und zu unerfahren, um sich vor der seltsamen Anziehungskraft zu schützen, die der Marquis offensichtlich auf sie ausübte.

Die richtige Mauve Vernon, die nun in ihrem Sarg lag, hätte sie in diesem Moment mit einem Stirnrunzeln, einer Geste oder einem unverbindlichen Wort zum Bleiben überreden können. Féline übersah solche kleinen Winke. Ob mit Absicht oder aus Einfalt, vermochte Dame Berthe nicht zu sagen. Wenn dieses Mädchen gehorchte, dann einzig, wenn sie es selbst wollte. Auch wenn sie Dame Berthe Respekt entgegenbrachte, so änderte das nichts daran, dass sie nur das tat, was ihr richtig erschien.

»Eine Spazierfahrt?«, wiederholte sie jetzt, und ihrer dunklen Stimme war die Aufregung anzuhören. Seit ihrer Ankunft hatte sie Schloss Andelys nicht verlassen. »Wie wunderbar, ich bin bereit!«

Philippe unterdrückte ein Lächeln über diese Begeisterung. »Da Dame Berthe darauf bestehen wird, dass Ihr einen Umhang tragt und Euer Haar bedeckt, erwarte ich Euch vor dem Portal meine Liebe!«

Ein federgeschmückter Hut mit breiter Krempe, die an einer Seite verwegen über den aufgetürmten braungoldenen Locken hochgeschlagen war, vervollständigte den blauen Tuchumhang, den die junge Frau nur lässig über die schmalen Schultern gelegt hatte. Sie kam Philippe auf der Freitreppe entgegen, kaum dass sein Befehl, die offene Kutsche bereit zu halten, in den Ställen angekommen war. Jeder Zoll eine elegante Edeldame.

»Ihr seid nicht nur wunderschön, sondern auch mit der seltenen Tugend großer Pünktlichkeit gesegnet«, begrüßte er sie zufrieden.

Féline nahm das Kompliment hin, ohne besonders beeindruckt zu sein. Da sie selbst ihr eigenes Aussehen nicht einschätzen konnte, glaubte sie, dass das Lob ausschließlich den unzweifelhaft fantastischen Kleidern und nicht ihrer Person galt. Nach außen hin musste der Marquis vermutlich so mit ihr reden. Aber musste er auch Ausfahrten mit ihr machen? Was bedeutete diese jähe, intensive Aufmerksamkeit, mit der er sie in den letzten Tagen bedachte? Sie konnte sich nur eine plausible Antwort denken, und sie stellte ihre Frage, sobald er den leichten offenen Wagen, dessen doppeltes Pferdegespann aus prachtvollen Braunen er selbst führte, in die schattige Allee gelenkt hatte.

»Nehmt Ihr an, dass der König die Nachricht von der wundersamen Genesung Eurer schwer kranken Gattin inzwischen erhalten hat?«

Philipp Vernon stutzte. »Habt Ihr einen Grund für diese Frage, meine Schöne?«

Féline schnob unwillig durch die kleine Nase, was den Marquis einmal mehr an ein Kätzchen erinnerte.

»Auch wenn ich nicht Euresgleichen bin, kann ich doch meinen Verstand gebrauchen«, erwiderte sie beherrscht. »Was gäbe es sonst für einen Grund, dass Ihr ein Bauernmädchen durch die Gegend kutschiert und es ständig mit irgendwelchen Kosenamen bedenkt? Ihr rechnet mit den Spionen des Königs und wollt Ihnen Eure unwandelbare Zuneigung zu Mauve Vernon in aller Öffentlichkeit vorführen …«

»Und was wäre, wenn ich einfach und schlicht nur Vergnügen an Eurer Gesellschaft empfinde? Wenn ich Euch kennen lernen, mit Euch sprechen will?«

Dass Philippe von seiner eigenen gelassenen Feststellung am

meisten überrascht war, konnte Féline der ruhigen, freundlichen Antwort nicht anhören. Sie biss sich nervös auf die Unterlippe und zupfte an ihrem Umhang. Schlagartig kam ihr zu Bewusstsein, dass die Enge des kleinen Wagens dazu führte, dass sich ihre Körper berührten. Die Anspannung seiner muskulösen Schenkel war sogar durch ihre Röcke zu spüren. Sie presste die Beine zusammen. Plötzliche Hitze nahm ihr den Atem, und sie öffnete ihren Mantel.

Abrupt das Thema wechselnd, deutete sie auf den Fluss, dessen weideneingefasstes Band zu ihrer Rechten glänzte. »Wie riesig dieses Wasser ist!«

»Es ist die Seine«, erklärte der Marquis freundlich. »Sie fließt nach Rouen und von dort weiter, bis sie bei Honfleur in das Meer mündet.«

»Das Meer«, murmelte Féline nachdenklich. »Habt Ihr es schon einmal gesehen? Könnt Ihr es beschreiben? Ist es wahr, dass sich an seinem Ende Himmel und Wasser berühren?« Ohne dass sie es ahnte, schwang ihre ganze Sehnsucht nach Wissen und Freiheit in diesen Worten mit. Philippe erlag aufs Neue der rätselhaften Magie ihrer Augen und wählte den nächstliegenden Vergleich.

»Ja, Mignonne, ich kenne das Meer. An manchen Tagen kann man nicht unterscheiden, wo die Wolken beginnen und wo das Wasser aufhört. Seine Farbe gleicht deinen Augen, Mauve! Lichtes, zartes Grau, das sich der Farbe des Himmels anpasst. Blau, wenn die Sonne scheint und das Firmament sich darin spiegelt wie dieses Kleid in deinem Blick. Feurig auflodernd wie flüssiges Silber, wenn die Sonne müde in den Horizont taucht und stürmisch nachtdunkel, sobald der Wind im Herbst die Wogen peitscht.«

Gebannt lauschend war Féline entgangen, dass Philippe Vernon die Zügel angezogen und das Gespann zum Stehen gebracht hatte. Wie in Trance spürte sie nun, dass er die Arme um sie legte und sie an sich zog. Sie sah den zynischen Mund näher kommen, der sich warm und lebendig auf ihre bebenden Lippen senkte. Wen küsste er nun? Mauve oder Féline?

Gefangen zwischen der eigenen Unschuld, die sie ratlos vor dem ersten Kuss eines Mannes zurückschrecken ließ und den vielfältigen Gefühlen, die diese Zärtlichkeit in ihr hervorrief, hielt sie mit rasend klopfendem Herzen still. Die Süße der ungewohnten Zärtlichkeit, der Duft nach Leder, Kräutern und einem unbekannten, fremdartigen Parfüm, das ihn umgab, all das hüllte sie ein, durchströmte ihren Körper und machte sie weich und sehnsüchtig nach Etwas, das sie nicht mit Namen nennen konnte.

Philippe Vernon spürte mit wachen Sinnen ihre Nachgiebigkeit. Die Augen überwältigt halb geschlossen, während jeder ihrer schweren Atemzüge die verführerischen Rundungen des Mieders noch betonte, war sie ein lebendig gewordener, schöner Traum.

»Mauve, Herr des Himmels, Mauve!«, stöhnte er schwer. Seine Küsse wurden leidenschaftlicher, während seine Hände sich kühn ihrer Figur bemächtigten. Sie umfingen die schmale Taille, streichelten unter dem Umhang über den Taft und legten sich über die Brüste, deren Spitzen augenblicklich reagierten, sodass er trotz des Stoffes die harten Perlen unter seiner Handfläche fühlen konnte.

Dass Féline sich, wie von einem Schlag getroffen, gegen diese Zärtlichkeiten wehrte, drang gar nicht durch den glühenden Nebel seiner Begierde. Aber sie war nicht seine leidende Gemahlin! Sie besaß die Zähigkeit und den Überlebenswillen der kleinen Tiere, nach denen sie benannt worden war. Die schmerzenden Kratzer von fünf scharfen Fingernägeln, die sich unbarmherzig über seine rechte Wange zogen, brachten Philippe Vernon schnell wieder zu Verstand.

Die Wunden mit der linken Hand schützend, starrte er sie

verblüfft an. Aus der gefühlvollen, weichen Geliebten war unversehens eine wütende Raubkatze mit glitzernden, engen Pupillen geworden.

»Es war nie die Rede davon, dass ich Euch in meiner Rolle als Mauve Vernon auch eine Geliebte sein soll!«, zischte sie eisig. »Zudem ist es Euch vielleicht entfallen, dass dies eine Landstraße ist und dass das abendliche Angelus-Läuten noch geraume Zeit auf sich warten lassen wird.«

»Und Ihr, Madame, solltet eingedenk sein, dass es hier nicht länger angebracht ist, Eure katholische Zeitrechnung zu pflegen!«

Wie zwei Feinde starrten sie sich an. Féline schloss aufgeregt atmend ihren Umhang wieder bis zum Kinn und rückte den Hut mit einem heftigen Schubs gerade. Dass sie sich diesem arroganten Kerl ohne Bedenken hingegeben hätte, wenn er sie nicht mit dem Namen einer Verstorbenen benannt hätte, musste ihr Geheimnis bleiben. Philippe Vernon Schwäche zu zeigen, war gleichbedeutend mit einer Niederlage!

»Dass Ihr Euch für Euren Überfall entschuldigt, ist bei meinesgleichen wohl nicht angebracht!«, fauchte sie mit schmalen Lippen. »Mir genügt diese Katastrophe einer hochherrschaftlichen Spazierfahrt! Ich möchte zum Schloss zurück! Bitte wendet den Wagen!«

Ernüchtert und zugleich gedemütigt von seinem eigenen unkontrollierten Begehren, suchte der Marquis Zuflucht hinter seiner üblichen, hochfahrenden Maske. Wie sehr ihn die Tatsache verwirrte, dass Féline und Mauve mehr und mehr zu ein- und derselben Person wurden, durfte sie zu allerletzt erfahren.

»Beruhigt Euch, meine Liebe. Eurer kostbaren Person ist kein Leid passiert. Habt Ihr nicht selbst angeregt, dass wir den Spionen des Königs ein wenig Eheglück vorspielen sollten? Ich hoffe, dass Ihr mit Eurer heftigen Gegenwehr meinen Ruf bei

Hofe nun nicht vollständig ruiniert habt …« Mit viel sagend spöttischem Lächeln legte er seine Finger auf die roten Spuren unterhalb der Backenknochen. »Ich gelte normalerweise als galant!«

Die Blässe auf Félines Wangen vertiefte sich. Natürlich, wie hatte sie nur in ihrer Dummheit annehmen können, dass seine Leidenschaft ihr selbst galt! Ja, nicht einmal die demütigende Verwechslung mit der Verstorbenen konnte sie ihm vorwerfen! Sie war wie eine dumme Gans auf ein Theater hereingefallen, dessen Sinn ihr zu spät aufging.

»Ich bin sicher, dass Ihr die Schmerzen in Madame d'Aronets Armen schnell vergessen werdet!«, erklärte sie spitz und erhielt die Befriedigung, dass Philippe Vernon einen ebenso deutlichen wie unfeinen Fluch murmelte.

Die heftige Kurve, zu der er das widerstrebende Gespann zwang, warf sie gegen seine harte Gestalt. Hastig versuchte sie wenigstens ein bisschen Abstand herzustellen.

»Keine Angst, Madame! Ich werde mich zu beherrschen wissen!«, murmelte er zynisch.

Féline antwortete nicht. Die schön geschwungenen Lippen schmal und blass aufeinander gepresst, sah sie streng nach vorne und bot ihm ein Profil von makelloser Vollkommenheit und absoluter Gleichgültigkeit. Dass ihre ineinander verschlungenen Finger eiskalt waren und ihr Herz mit schweren, dumpfen Schlägen gegen das Gefängnis der Rippen schlug, blieb ihr Geheimnis.

Es war nicht gut, wenn sich ein Bauernmädchen in die Spiele der Reichen und Mächtigen mischte. Wenn es noch eines Beweises dafür bedurft hätte, jetzt war er erbracht. Doch die Vorführung war bereits auf der Bühne, keine Macht der Erde vermochte das einmal in Gang gesetzte Rad zu bremsen.

6. Kapitel

Das Bemühen, die Ereignisse des Nachmittages als lästige Bagatelle erscheinen zu, lassen, hatte Féline bis an die Grenzen ihrer Nervenkraft erschöpft. Trotzdem fand sie nun, in der Stille ihres nächtlichen Gemaches, keinen Schlaf. Sogar die leichten Seidendecken, welche die Marquise von Andelys anstelle schwerer Daunenkissen bevorzugte, schienen heute unerträglich warm.

Nachdem sie sich endlose Zeit von einer Seite auf die andere gewälzt hatte, gab sie den Versuch, Schlummer zu finden, endlich auf. Es war zu heiß in diesem verschwenderisch ausgestattetem Gemach, und der Unsinn, sogar in einer lauen Septembernacht ein Feuer im Kamin glimmen zu lassen, trug noch dazu bei.

So sehr sie sich immer wieder in ihrer Rolle als Mauve Vernon verlor, die ständige Angst der Verstorbenen vor Kälte und frischer Luft teilte sie nicht. Im Gegenteil, das bisschen Kühle, das die schmalen, lanzettförmigen Fenster hereinließen, deren bunte Flügel sie weit aufmachte, war nur ein Tropfen auf den heißen Stein.

Sie lehnte die brennende Stirn gegen den geschweiften Mittelbogen aus Stein und schaute sehnsüchtig auf die spiegelnde Fläche des Schwanenteiches hinunter, der im Licht eines halben Mondes silbern und verführerisch kühl glänzte. Jetzt nur ein paar Atemzüge auf der Steinbank im kleinen Pavillon tun können …

Aber warum eigentlich nicht? Wer hielt sie davon ab? Das Schloss lag in tiefem Schlaf. Vom ersten Gedankenblitz bis zum richtigen Handeln, vergingen kaum ein paar Herzschläge. Féline warf lediglich einen leichten Samtumhang über ihr spinnwebfeines Nachthemd aus Musselin und öffnete die Tür. Sie verharrte lauschend. Tiefes Schweigen.

Unter ihren bloßen Sohlen spürte sie den abrupten Wechsel von den samtig weichen Teppichen des Schlafgemaches zu den kühlen Marmorfließen des Ganges. Schon dies war eine kleine Erleichterung und trieb sie vorwärts. Lautlos erreichte sie den Eingang zum großen Salon, dessen bodentiefe Fenster auf die Terrasse hinausführten. Einer ihrer so sorgfältig gepflegten Fingernägel brach am sperrigen Riegel des äußersten Fensters, aber sie achtete nicht darauf. Ihr Schatten verschmolz mit dem der Bäume, als sie über den taufeuchten Rasen zum Teich hinunterlief.

Neben dem Pavillon sank sie am Ufer des Gewässers auf die Knie und tauchte die Hände in das kühle Nass. Die feuchten Finger auf die schmerzenden Schläfen legend, atmete sie tief durch und legte den Kopf in den Nacken. Mit geschlossenen Lidern bot sie ihr Gesicht dem Mondlicht dar.

Für die brennenden Augen, die sie beobachteten, war es eine Szene von geradezu heidnischer Faszination. Da der hindernde Umhang von ihren Schultern geglitten war, schimmerten die Umrisse einer höchst anmutigenden Figur durch das hauchzarte Gewebe, und die losen Haaren flossen in wilden Locken über die Schultern. Eine mitternächtliche Sirene, die den Mond anrief. Ein Geschöpf, wie geschaffen dafür, selbst angebetet und geliebt zu werden.

Féline spürte, dass die Unruhe endlich von ihr wich. Klares Mondlicht lag wie eine wohltuende Berührung auf ihrer Haut und eine unmerkliche Brise bewegte die feinen Härchen an ihrer Schläfe. Sie war sich jäh der kostbaren Seide bewusst, die ihre Gestalt umschmeichelte, der Sehnsucht, die bis in die Tiefen ihrer Seele reichte. Einem Bedürfnis das sie weder benennen noch beschreiben konnte. Einem Gefühl, so verschieden von dem Hass, dem Zorn und der Verzweiflung, die sie kannte, dass es sie ebenso erschreckte wie beglückte.

Verzaubert, magisch angezogen von dem feenhaften Bild, verließ Philippe Vernon die Bank im Pavillon. Die Rastlosigkeit, die auch ihn um den Schlaf gebracht und die ihn in den Park hinausgetrieben hatte, verschwand. Es war nicht länger nötig, sich einen Narren zu schimpfen, der sich in sinnlosen Träumen verlor. Sein Traum war Wirklichkeit geworden!

»Ihr?« Vom Geräusch seiner Schritte aus ihrer Versunkenheit gerissen, sprang Féline auf die Füße. In den weit aufgerissenen silbernen Augen spiegelte sich das Licht des Mondes und an der Säule des schlanken Halses verriet eine heftig pochende Ader ihre plötzliche Panik.

»Ich habe auf dich gewartet«, sagte er schlicht und begriff, als er die Worte aussprach, dass es tatsächlich so gewesen war. Eine Art primitives Gottesurteil hatte ihm vorgeschwebt. Wenn sie kam, wollte sie ihn genauso verzweifelt wie er sie. Wenn nicht, würde er bei Sonnenaufgang nach Paris reisen.

Féline fühlte nur die Aufrichtigkeit dieser Antwort. Das komplizierte Netz der Gefühle, das sie diktierte, blieb ihr verborgen. Wortlos legte sie ihre Hände in die ausgestreckten seinen. Die Wärme des Griffes übertrug sich, fand ein Echo tief in ihrem Innersten. Es war, als habe sie endlich den Teil von sich selbst gefunden, der ihr bisher gefehlt hatte. Völlig entrückt ließ sie sich näher ziehen.

»Mondfee!«, murmelte er heiser und beugte sich über die feucht schimmernden Lippen, die erwartungsvoll und leicht geöffnet dazu einluden. Eine Hand um ihren Hinterkopf gelegt, eroberte er die süßen Tiefen ihres Mundes, zwang sie dazu, die Zähne zu öffnen und erstickte ihre kehligen Seufzer mit immer gierigeren Küssen.

Dieses Mal war Féline besser gegen den Aufruhr gewappnet, den seine Zärtlichkeiten bei ihr verursachten. In der leidenschaftlichen Umarmung geborgen, überließ sie sich dem wilden Taumel ohne den kleinsten Hauch von Widerstand.

Ihre erstaunliche Hingabe und Sanftheit verwirrten Philippe mehr, als es jede noch so raffinierte Verlockung hätte tun können. Weit entfernt von der erfahrenen erotischen Meisterschaft, mit der zum Beispiel die laszive Therèse d'Aronet ihren Geliebten zu reizen pflegte, bildete sie eine verwunderliche Mischung aus völliger Unschuld und purem Feuer. Eine Mixtur, die umso gefährlicher war, da sie mit lockerer Selbstverständlichkeit reagierte und keine Ahnung von der eigenen Verführungskraft hatte.

Durch die hauchfeine Seide ihres Nachtgewandes fühlte er die Umrisse eines zierlichen Körpers, dem man seine rassige Energie so wenig ansah. Die geschwungene Linie des Rückens, die zerbrechlich winzige Taille und die weiche Fülle der straffen, wohlgerundeten Brüste, deren rosige Gipfel sich hart und fordernd gegen das Gewebe drückten.

Seine Küsse wanderten tiefer, zeichneten die gespannte Kurve des Halses nach und fanden den rasenden Puls, der in dem zärtlichen Grübchen neben dem Schlüsselbein schlug. Ein leiser Duft nach Damaszenerrosen lag auf ihrer Haut, die ihm noch glatter und vollkommener als Seide erschien. Ungeduldig löste er die Bänder des Ausschnitts und streifte das Gewand über die weißen Schultern, bis es den ersten Schwung des Busens entblößte.

Féline stöhnte unterdrückt. Sie begriff nicht, was mit ihr geschah, sie wusste nur, dass sich die Glut seiner Küsse wie flüssige Flammen in ihr verbreitete. Dass sie keinen Willen, keine Stärke und keinen Widerstand mehr hatte, dass sie ein einziges, wundervolles Sehnen war. Dass jede Liebkosung nur den Wunsch nach mehr und mehr weckte. Nein, er durfte nicht aufhören …

»Mignonne, meine Mondfee …«

Er trug sie in den Schutz des kleinen Pavillons und bettete sie auf die primitive Unterlage ihrer beiden Umhänge. Féline spürte weder die Härte des Marmorbodens, noch die Kühle der Nacht. Die Erregung wärmte sie ebenso, wie die Leidenschaft in den dunklen Falkenaugen. Sie wehrte sich nicht, als er das Nachtgewand endgültig über ihre Glieder streifte. Es schien ihr das Wundervollste und Elementarste der Welt zu sein, das Mondlicht auf ihrer nackten Haut zu spüren. Keinen hindernden Stoff mehr zwischen sich und seinen Händen zu dulden.

Versunken in unnennbarer Bezauberung unterwarf sie sich der Herrschaft ihrer Sinne, den schmeichelnden Fingern und Lippen, die jede Spanne ihres Leibes erkundeten und streichelten. Hatte schon die Handfläche, die ihre Brüste berührte, ein unkontrolliertes Zittern durch ihre Gestalt gejagt, so schluchzte sie fast, als sich nun heiße Lippen um die harten Knospen schlossen und eine raue, feuchte Zunge wieder und wieder aufreizende Kreise um den einen oder anderen winzigen Berg zog.

Die Muskeln in ihrem Bauch verkrampften sich unter diesem verlangenden Saugen und Knabbern. Ihre leisen Aufschreie verrieten pures Entzücken. Die Finger in den dunklen Locken Philippes vergraben, presste sie seinen Mund noch fester gegen ihre Brüste. Das Sehnen, das sie kaum noch aushalten konnte, schien ihre Empfindungsfähigkeit bis an die Grenzen des Erträglichen zu steigern.

Sanfte Hände berührten das seidige Vlies aus kleinen Locken zwischen ihren Beinen, und wie von selbst gab sie ihnen den Weg frei. In ihrem Wunsch nach völliger Hingabe fand sie in sich instinktiv das uralte Wissen von Liebe und Leidenschaft, und ihre Seufzer verrieten dem Marquis, dass sie seine Wollust ohne Hemmungen teilte.

An erotische Meisterschaft ebenso gewöhnt wie an scheues, verkrampftes Zurückweisen und stilles Dulden, war diese keusche und zugleich heißblütige Jungfrau ein einziges Wunder für ihn.

Mit fiebernden Händen nestelte er seine Kleider auf und im Mondlicht bot er Féline den athletischen Anblick eines Mannes, den das Kriegshandwerk von Jugend an gestählt und geformt hat. Sie küsste voller Zärtlichkeit die Narben alter Wunden auf seinem Körper und fuhr bewundernd die Spuren straff gespannter Muskeln nach. Wie schön er war und wie er sie begehrte! Es lag in ihrer Macht, diesen Falken erzittern zu lassen! Das Gefühl plötzlicher Macht und jubelnden Triumphes ließ ihre silbernen Augen wie zwei Fackeln aufglänzen. Sie zog ihn enger in ihre Umarmung und wölbte sich gegen die harte und zugleich so federnde Gestalt.

Das war mehr als die Beherrschung Philippes ertrug, er zog sie unter sich und presste seine männliche Härte gegen die weichen, verlockenden Lippen ihrer Weiblichkeit. Sie öffneten sich, glitten zur Seite, wiesen den Weg. Das Hindernis das sie dabei störte, beseitige Féline selbst, in dem sie ihre langen, schlanken Beine um seine Oberschenkel legte und sich ihm in brennender Liebeslust förmlich entgegenwarf. Ihr überraschtes Aufschluchzen erstickte er in einem besitzergreifenden Kuss, der sie den Schmerz vergessen ließ.

Die qualvolle Spannung in ihr brach mit jeder Bewegung Philippes ein Stückchen weiter auf. Vereint im Auf und Ab eines lustvollen Tanzes, schien sie sich von innen heraus aufzulösen, zu verglühen, zum Himmel aufzusteigen und eins zu werden, mit dem Mann, der ihr diese unbeschreiblichen Wonnen schenkte.

So eins war sie mit ihm, dass sie das Echo ihrer eigenen Erschütterung bei ihm spürte und sein dröhnender Herzschlag im gleichen Stakkato mit dem ihren hämmerte. Aneinandergeklammert, vereint in einem Höhepunkt leidenschaftlichster Lust, vergaßen sie Zeit und Ort.

»Chérie …«

Eine erstickte, heisere Stimme weckte Féline aus todesähnlicher, schwereloser Benommenheit. Was war passiert? Die Mattigkeit völliger Erschöpfung in allen Gliedern, schmiegte sie sich mit geschlossenen Augen enger in die Wärme, die sie umgab. Sie träumte sicher, aber es war ein so herrlicher Traum. Niemals hatte sie so viel wunschloses Glück empfunden. Warum gerade jetzt aufwachen?

»Wenn du nicht möchtest, dass uns der Sonnenaufgang überrascht, meine leidenschaftliche Liebe, dann solltest du in dein Schlafgemach zurückkehren …«

Féline fühlte das wundersame Paradies entschwinden. Sie blinzelte verblüfft. Ihr Kopf lag an einer breiten Schulter, und vor ihren Augen erstreckte sich eine bloße, muskulöse Männerbrust, deren Mittelteil von einem dichten Teppich dunkler Haare bedeckt war. Abrupt fuhr sie hoch, und mit dem Blick in Philippe Vernons hintergründige Falkenaugen, kehrte die Erinnerung zurück. Ein Lächeln, von dem sie nicht ahnte, dass es ihren Zügen den Glanz vollkommenen Entzückens gab, kräuselte ihre Lippen. Nein, sie hatte nicht geträumt! Es war Wirklichkeit, er liebte sie, wie wundervoll!

»Aber es ist doch noch Nacht …«, murmelte sie versonnen und legte den Kopf zur Seite, während sie mit einer Hand die Fülle der offenen Locken über die Schulter zurückschob. Eine berückende Nymphe in makelloser Nacktheit, vom Scheitel über Schultern und Busen vom Mondlicht überflutet.

»Du bist wunderschön, Mondfee!«, gestand er heiser, wieder völlig im Bann des Erlebnisses und verloren in den silbernen Flammen ihrer ungewöhnlichen Augen. Féline lächelte beglückt. Zum ersten Male wollte sie gut aussehen. Für ihn.

»Du gefällst mir auch«, sagte sie schlicht. »Und die Liebe mit dir macht mich glücklich!«

Es war die Einfachheit dieser ehrlichen Feststellung, die den

Marquis von Andelys schlagartig zur Besinnung brachte. Was hatte er getan? Hatten ihn die Dämonen der Nacht um den Verstand gebracht? Er versuchte, sich seine Bestürzung nicht anmerken zu lassen.

»Ich fürchte, dass dich diese Liebe krank machen wird, Kleines, wenn du nicht auf der Stelle wieder etwas anziehst!«, antwortete er um Lässigkeit bemüht. »Wahrhaftig, es muss an diesem närrischen Mond liegen. Ich hoffe, ich habe dir nicht wehgetan?«

Féline schüttelte ratlos den Kopf. Sie vermochte nicht zu sagen, welche Antwort sie erwartet hatte, diese jedoch nie und nimmer. Nun, sie würde es sicher mit der Zeit lernen, Philippe zu verstehen. Fürs Erste musste es ihr wohl genügen, zu wissen, dass er ihre Liebe erwiderte. Gehorsam schlüpfte sie in den bereitgehaltenen Umhang, den er mit der Gründlichkeit einer besorgten Mutter unter ihrem Kinn schloss.

»Du bist sehr nachsichtig mit mir, hab Dank!«, murmelte er dabei. »Jetzt geh schlafen, Kleines! Ich wünsche dir eine gute Nacht!«

Dass er sie nicht mehr küsste, bedauerte Féline, aber sie hatte keine Zeit, sich diesem Kummer hinzugeben. Obwohl sie sich das Erlebte wieder und wieder vor Augen halten wollte, schlief sie ein, kaum dass ihr Kopf das seidene Kissen im Schlafgemach der Schlossherrin von Andelys berührt hatte.

So glücklich, tief und traumlos hatte sie unter dem Dach dieses Schlosses noch nie geschlummert! Dass zur gleichen Zeit der Marquis seinen Kammerdiener barsch weckte und ihm befahl die Reisekisten zu packen, entging ihr ebenso, wie der Aufruhr, den seine unerwarteten Befehle in den Ställen verursachten.

Philippe Vernon ergriff die Flucht. Zum einen vor sich selbst und zum anderen vor Féline. Es war unentschuldbar, wozu er sich hatte hinreißen lassen. Wo war seine Selbstbeherrschung geblieben? Seine Fähigkeit, Situationen zu beherrschen und zu seinem Vorteil zu wenden? Wachs in den zierlichen Händen einer Frau zu sein, war eine völlig neue Erfahrung für ihn. Noch dazu in den kräftigen Fingern eines ganz gewöhnlichen Bauernmädchens!

Aber nein, er tat Féline unrecht. Das Wunder ihrer Hingabe und Schönheit hatte nichts mit Gewöhnlichkeit zu tun. Und obwohl sie ihm seine verstorbene Gattin mit solcher Vollkommenheit vorgaukelte, gab es doch keine größeren Unterschiede als diese beiden. Niemals wieder würde er die scheue, ängstliche, zurückhaltende und nur den edlen Künsten zugewandte Protestantin wieder mit diesem wilden, unbeugsamen und doch so zärtlichen Geschöpf vergleichen, das er in dieser Nacht in den Armen gehalten hatte.

Indes, es durfte keine Wiederholung dieser Stunden geben. Er konnte nur hoffen, dass sein unentschuldbarer Leichtsinn nicht bereits zu einer Schwangerschaft bei dem Mädchen geführt hatte. Das Haus Andelys brauchte einen Erben aus edlem Blut und keinen namenlosen Bastard! Wenn Mauve eine Nachfolgerin bekam, dann eine Dame aus bestem Hause und keine Mätresse aus dem Bauernstand!

Obwohl im Osten bereits ein zarter, rosiger Schein den Sonnenaufgang ankündigte, lag das Schloss noch in tiefem Schlaf, als der Marquis den Fuß auf den Kutschentritt setzte. Schon im Begriff einzusteigen, wandte er sich noch einmal um und betrachtete die wohl gegliederte, helle Fassade des Hauses. Sein Schwiegervater würde den Brief in der Bibliothek finden, in dem er seine überhastete Abreise mit einer Ausrede erklärte. Auf eine Botschaft an Féline hatte er bewusst verzichtet.

Für ihr Wohl war in jeder Beziehung gesorgt und den Verlust, den sie heute Nacht erlitten hatte, konnte keine noch so geschliffen formulierte Entschuldigung ungeschehen machen.

Sie gehörte nicht in seine Welt. Je eher sie es begriff, umso leichter würde sie sich tun.

Mit einem energischen Ruck schloss er den Schlag des Gefährts hinter sich und stemmte die gestiefelten Füße gegen die schräg ansteigende, gegenüberliegende Wand. Die Pferde setzten sich mit leisem Schnauben und Geschirrgeklingel in Gang und die Bäume der Allee flogen an ihnen vorbei.

Philippe Vernon verschränkte die Arme vor der Brust und lehnte sich mit geschlossenen Lidern zurück. Der Schlaf indes mied ihn, und auch der Versuch, sich das Bild Therèse d'Aronets vor Augen zu rufen, scheiterte. Nichts vermochte die vom Mondlicht umflossene Gestalt Félines aus seiner Vorstellungskraft zu tilgen und das Gefühl zu vertreiben, dass er seinem Stolz oder seiner Pflicht etwas unendlich Kostbares geopfert hatte.

7. Kapitel

Der Wind jagte die braunen, dürren Blätter raschelnd vor sich her und kräuselte die Oberfläche des Teichs zu einem Muster aus kleinen, zornigen Wellen. Die Schwäne hatten sich in ihren Verschlägen in Sicherheit gebracht, und die tief hängenden Weidenzweige standen fast waagerecht im Luftzug. Der ungeschützte Pavillon sah traurig und herbstlich leer aus. Der Gärtner hatte die Polster von den Bänken ins Haus gebracht, und sogar die letzten Blüten der Seerosen waren längst auf den Grund des Wassers gesunken.

Die ersten Novemberstürme, wenngleich im Landesinneren nur harmlose Ausläufer der verheerenden Orkane auf dem Meer, schreckten Féline durch ihre Heftigkeit. Das Heulen des Windes in den Kaminen und die unregelmäßigen Regenschauer, die gegen die bleiverglasten Fensterscheiben prasselten, verkündeten den bevorstehenden Winter. Einen Winter, den sie wenigstens geschützt vor dem Hunger verbringen würde, der den Bewohnern von Survillier unzweifelhaft drohte. Würde es Abbé Vidame gelingen, die ärgste Katastrophe für das Dorf abzuwenden?

Sie war tief in ihre Gedanken versunken, und die Pergamentrolle, mit der sie sich noch eben so intensiv beschäftigt hatte, war zusammen mit den Händen, die sie hielten, in ihren Schoß gesunken. Amaury de Brune verharrte in der Tür des kleinen Damensalons, als er sie so sah.

Das tiefviolette, hochgeschlossene Samtkleid mit den langen Ärmeln das sie trug, umbauschte das Taburett auf dem sie saß. Der leicht zur Seite geneigte Kopf ruhte auf einer schmalen, schneeweißen Halskrause aus feinsten, gefälteten Brabanter

Spitzen. Aus dem gleichen Material war das einzige, kaum handgroße Häubchen, das ihre hoch gesteckten Haare eher schmückte, als bedeckte. Obwohl ihre feinen Züge gleich geblieben waren, fiel Amaury einmal mehr die deutliche Veränderung ihres Ausdrucks auf.

Die maskenhafte Starrheit, die anfangs so sehr an Mauves beherrschtes Antlitz erinnert hatte, war mehr und mehr einem natürlichen, ungekünstelten Charme gewichen. Aus dem trotzigen, widerspenstigen Mädchen, das Philippe nach Andelys gebracht hatte, war eine wunderschöne, elegante und selbstbewusste Frau geworden.

Eine Edeldame mit vielen Gesichtern. Eine die ohne große Umstände mitanfasste, wenn es in Küche oder Haus ein paar geschickte Hände und schnelle Entschlüsse brauchte. Aber auch eine, die ihre Stunden im Studierzimmer voller Ehrgeiz nutzte und die sich mit verbissenem Fleiß auf die Fülle des Wissens stürzte, das ihr geboten wurde.

Es kam selten vor, dass sie müßig vor sich hinträumte. Dann jedoch erschrak er jedes Mal vor dem Ausdruck tiefer Melancholie, der über ihren Zügen lag. Auch jetzt vertiefte ein unbekannter Schmerz den weichen Schwung des Mundes und verdüsterte die Silberaugen zu dämmerschwarzem Grau.

In diesem Moment wurde sie sich seiner Anwesenheit bewusst. Ein Lächeln vertrieb die bedrückende Traurigkeit aus ihrer Miene. »Ihr kommt spät, Monseigneur! Seid Ihr zu der Überzeugung gelangt, dass meine Bildung keines weiteren Schliffes mehr bedarf?«

Die leicht spöttische Mahnung, die sich auf die strikt eingehaltenen, voll gestopften Unterrichtsstunden bezog, die ihr Amaury de Brune zwei Mal am Tage gab, entlockte auch ihm ein Schmunzeln.

»Frecher Naseweis! Solltest du dieses Sonett von Petrarca

tatsächlich gelesen haben oder verwendest du es nur als Alibi, um mich mit deinem Fleiß zu beeindrucken?«

Féline zog eine spitzbübische Grimasse. »Bin ich so leicht zu durchschauen?«

»Nur für einen alten Mann, der dich sehr liebt und dem dein Wohl am Herzen liegt, mein Kind!«, beruhigte er sie. »Aber meine Verspätung hat gute Gründe. Ein Bote ist aus Paris gekommen. Philippe hat geschrieben?«

Die bloße Erwähnung des Marquis ließ Féline erblassen und bestätigte de Brune, was er im Stillen längst vermutete. Zwischen diesen beiden musste etwas vorgefallen sein, in jenen Septembertagen, als sein Schwiegersohn so Hals über Kopf nach Paris geflohen war.

Er zog sich einen geschnitzten Sessel näher an die Wärme des Kaminfeuers und machte es sich bequem, während er einen eng beschriebenen und gefalteten Pergamentbogen auseinander klappte. Inzwischen benötigte Féline ihre ganze Beherrschung, um nicht die Hand auf ihr wild pochendes Herz zu legen. Freude, Zorn, Hass, Wut und Schwermut lagen einmal mehr miteinander im Kampf in ihrem Herzen. Wahrhaftig, wie gnädig von dem edlen Herrn, wieder von den Menschen Notiz zu nehmen, die in seinem Landschloss lebten.

Die ewige Verdammnis sollte ihn verschlingen, diesen Lügner und Betrüger! Bis ans Ende ihrer Tage würde sie den Morgen nicht vergessen, an dem sie so glücklich und voller Sanftmut die Augen aufgeschlagen hatte. Philippe liebte sie! Nicht der kleinste Zweifel hatte ihr Entzücken getrübt, denn die nachschwingende gesteigerte Empfindsamkeit ihres Körpers lieferte jeden Beweis, den sie wollte.

Weder hätte sie auf den leichten Schmerz in den Tiefen ihrer Weiblichkeit verzichten mögen, noch auf das unmerkliche Brennen ihrer so herausfordernd gequälten Brustspitzen. Sie bestätigten ihr, dass alles in Wirklichkeit geschehen war, dass sie nicht träumte! Es waren Philippes Küsse gewesen, die ihre Haut in Flammen gesetzt hatten. Sie hatte sich dem Marquis von Andelys ohne Vorbehalte geschenkt und sie hatte dieser Gabe ihr ganzes, liebebedürftiges Herz hinzugefügt.

Doch im hellen Frühstückszimmer hatte sie seinerzeit nur Amaury de Brune beim Lesen eines Briefes angetroffen. Die steilen Schriftzüge waren dieselben gewesen wie jetzt. Die Worte indes von verletzender Schärfe. Sie erinnerte sich an jedes einzelne. »… scheint mir die Genesung meiner Gattin so weit fortgeschritten zu sein, dass ich mein Hofamt wieder antreten kann. Ich wäre Euch dankbar, lieber Vater, wenn Ihr Mauve auch in den nächsten Wochen beistehen könntet und bin mit den untertänigsten Grüßen an Euch …«

Die glatten, arroganten Formulierungen hatten sich für immer in ihr Gedächtnis eingegraben. Der Marquis von Andelys war abgereist! Ohne einen Gruß, ein Wort, geschweige denn eine Erklärung oder gar Entschuldigung. Er hatte sie verführt, für seine Zwecke ausgenutzt und zutiefst gedemütigt! Wo sie sich für eine Nacht lang in dem Wahn gewiegt hatte, die Frau zu sein, die er liebte, war es ihm nur um die Befriedigung seiner Instinkte gegangen!

Ausschließlich der Hass hatte ihr in diesem Moment geholfen, Haltung zu bewahren. Aber es änderte nichts daran, dass sie in den folgenden Wochen und Monaten eine völlig neue Art von Leiden kennen gelernt hatte. Einen Kummer, der ihr das Herz abschnürte und ihren Körper von innen heraus vergiftete, ohne dass sie sich dagegen wehren konnte.

Wenn sie sich nicht selbst für ihre Dummheit beschimpfte und verachtete, litt sie unter der Sehnsucht und den Wünschen, die diese schreckliche Nacht heraufbeschworen hatte. Sie konnte nicht aufhören, einem sinnlosen Traum nachzutrauern. Die natürliche Leidenschaft ihres Körpers, von der sie keine Ahnung gehabt hatte, ließ sich nicht einfach wieder begraben.

Nur Arbeit, ständige Beschäftigung des Körpers und des Kopfes schenkten ihr manchmal Vergessen.

Jedoch dieser Brief da schärfte den Schmerz, als wäre es erst gestern gewesen, dass sie sich so bitter in Philippe Vernon getäuscht hatte. Sie zwang sich, Amaury de Brune gelassen zu lauschen, der aus dem Schreiben zitierte, was ihm auch für Féline interessant erschien. Aber in ihrer zur Faust geballten Rechten gruben sich die Fingernägel halbmondförmig und peinigend in die Handballen.

»... hat die schöne Gabrielle d'Estrees unserem König einen kräftigen, gesunden Sohn geschenkt, der auf den Namen César de Burbon getauft wurde. Heinrich ist begeistert von dem Säugling und seiner bezaubernden Mutter. Man munkelt davon, dass er sie zur Herzogin von Beaufort machen möchte und Béthune, der vergeblich versucht, so etwas wie Ordnung in die königlichen Finanzen zu bringen, läuft mit einer Miene herum, als sei der König aufs Neue ausgebrochen. Vermutlich rechnet er bereits nach, was diese leidenschaftliche Laune Heinrichs einmal mehr kosten wird.«

Féline runzelte die Stirn. War es eine Laune für Philippe Vernon, dass der König sich einer Frau gegenüber großzügig zeigte, die ihm immerhin einen Sohn geschenkt hatte? Sie nötigte sich erneut zur Konzentration. »Trotz dieser privaten Ablenkungen ist unser Herr jedoch in strenger Zucht mit den Angelegenheiten des Landes beschäftigt. Man spricht davon, dass die neue Brücke über die Seine, die Pont Neuf in Paris, früher als geplant fertig werden soll. Auch wird es Euch vielleicht interessieren, dass der Graf von Survillier eine empfindliche Buße bekommen hat und der König ihm das Jagdrecht in seinen Wäldern für zwei Jahre absprach. Er hat ihn gezwungen, Korn zu kaufen, damit die Bewohner seines Lehens keinen Hungerwinter erleiden müssen. Ich zweifle indes, ob diese Maßnahme auch jene erreicht, die sie benötigen.«

De Brune ließ überrascht das Blatt sinken und suchte Félines Blick. »Ich hoffe, Philippe hat sich keinen Feind geschaffen! Kreaturen wie Survillier können gefährlich werden, wenn man sie reizt.«

Féline fand seine Sorge übertrieben. »Warum sollte der Graf dem Seigneur Schaden zufügen wollen?«

»Kind, was glaubst du, wer dem König davon berichtet hat, dass sein Jagdverbot übertreten wurde?«

»Philippe?«

Der alte Herr registrierte nicht die Vertrautheit der Anrede, sondern den geradezu ungläubigen Tonfall der verblüfften Rückfrage.

»Natürlich er. Wer sonst? Er war unter den maßgeblichen Ratgebern, die dem König zu diesem Edikt rieten. Wie sonst können wir ausreichende Ernten Gewähr leisten? Ohne die Hilfe seiner Bauern wird ganz Frankreich hungern und nie gesunden. Es war immer schwierig, den Regierenden und Mächtigen diese simple Weisheit näher zu bringen. Doch hör weiter.«

Die Schilderung eines prächtigen Empfanges, bei dem Heinrich von Navarra die Diplomaten der englischen Königin Elizabeth in Paris willkommen hieß, plätscherte an Félines Ohr vorbei, ohne dass sie ihr die nötige Aufmerksamkeit schenkte. Mehr und mehr schien Amaury de Brune zu vergessen, dass auch sie dem vorhin erwähnten Bauernstand abstammte. Er nannte sie Kind, Herzchen, Kleines und immer wieder auch Mauve. So, als habe es die Verstorbene nie gegeben. So, als sei sie durch ein Wunder Gottes wiedergeboren worden und trüge nun ihre, Félines Haut. Es war nicht rechtens, sie wusste es und doch war es verführerisch schön.

Weder von ihrer frommen Mutter, noch vom strengen Vater mit überflüssigen Gefühlsbezeugungen verwöhnt, war Féline der unerwarteten Herzlichkeit des alten Protestanten ohne großen Widerstand erlegen. Ihr Leben hatte bisher so wenig Liebe enthalten, dass seine Wärme ihr einsames Herz im Sturm eroberte. Ein Herz, das zudem schwer unter der Kränkung litt, die ihm von Philippe Vernon zugefügt worden war.

Der stolze Marquis selbst, schien sich in den Armen seiner Mätresse zu trösten. Als der Name Therèse fiel, ging förmlich ein Ruck durch Félines reglose Gestalt.

»Therèse hat ihre Enttäuschung über die wunderbare Genesung meiner lieben Gattin auch endlich überwunden. Obwohl sie ihre Freundschaft mit der schönen Gabrielle weidlich ausnützt und ihr Einfluss auf den König beträchtlich genannt wird, muss sie doch einsehen, dass das Schicksal ihren Plänen nicht besonders geneigt ist. Sie ist schöner denn je und ehrgeizig wie ein römischer Kardinal. Was sie sich von dem geradezu abenteuerlichen Vorschlag erhofft, meine liebe Gemahlin endlich an den königlichen Hof zu bringen, vermag ich gleichwohl nicht zu erahnen!«

»Vermutlich möchte die Dame die kranke Mauve Vernon mit der ganzen Macht ihrer glänzenden Schönheit erschlagen, damit sich die Arme wieder aufs Land zurückzieht, vor Gram dahinsiecht und ihr den Weg frei gibt!«, murmelte Féline ebenso sarkastisch wie hellsichtig.

»Damit hast du sicher Recht«, nickte de Brune. »Es würde mich amüsieren, ihre Enttäuschung mitzuerleben. Dabei habe ich mir nach jener schrecklichen Nacht vor 22 Jahren geschworen, Paris nie wieder zu betreten. Ich wollte den Hof meiden, den ein Mann beherrscht, der sich nicht entscheiden kann, zu welchem Gott er nun beten soll!«

Die junge Frau stand jäh auf und setzte sich auf die Lehne des Stuhles am Feuer. Ihre beruhigende Hand legte sich über die Rechte des alten Herrn. »Es ist nicht gut, in diesen Tönen von unserem König zu reden, Ihr wisst es. Und wie auch immer Ihr ihn nennt, Ihr selbst habt mir gesagt, dass es ihm zu verdanken ist, dass unser Land endlich Frieden hat!«

»Mein Kind!« de Brune führte ihre Fingerspitzen an die Lippen. »Willst du einen törichten Greis vor seinen eigenen Dummheiten schützen? In diesem Haus gibt es keine Verräter. Trotzdem sei bedankt für deine Fürsorge. Was würdest du nun in Wirklichkeit davon halten, an den Hof zu gehen? Möchtest du in Paris leben?«

Féline suchte den Blick de Brunes. Im Schatten des Feuers spannte sich seine Haut faltig und tief eingekerbt über die mächtigen Konturen seines Schädels, doch die Augen glitzerten höchst vergnügt.

»Ihr macht Euch über mich lustig«, seufzte sie ergeben. »Habt Ihr vergessen, wer ich bin?«

»Ich weiß, wer du bist!«, unterbrach sie der Edelmann. »Du bist die Tochter, die meinem Herzen nahe steht. Nein, unterbrich mich nicht. Gott allein ist der Richter über unsere Taten, und vor ihm sind alle Menschen gleich!«

»Vor ihm vielleicht«, widersprach die junge Frau. »Aber sicher nicht vor Eurem Schwiegersohn, dem hochwohlgeborenen Herrn von Andelys. Alles, was dieser Seigneur jemals von mir wollte, hat er bekommen. An mehr liegt ihm nicht. Glaubt Ihr, es würde ihn begeistern, eine falsche Gattin bei Hof einzuführen?«

Der bittere Unterton dieser kleinen Rede erregte mehr als nur Neugier. »Alles, Kind?«, wiederholte Amaury de Brune viel sagend.

»Alles«, bestätigte Féline rau. »Und was ihm davon nicht gefiel, hat er mir in Scherben wieder vor die Füße geworfen. Und nun lasst uns von etwas anderem sprechen.«

Der alte Herr beabsichtigte keineswegs, das Thema so schnell fallen zu lassen. »Es reizt dich also nicht, einer Intrigantin wie Therèse d'Aronet das Spiel zu verderben? Und hast du auch noch nie darüber nachgedacht, was du dabei gewinnen könntest?«, forschte er provozierend.

Féline verließ ihren Sitz und ging mit raschelnden Röcken zum Fenster. Der Anblick des sturmzerzausten Teiches, der ihr aus so vielen Gründen etwas bedeutete, trug nicht gerade dazu bei, dass sie sich wohler fühlte. Sie lehnte die Stirn gegen die kostbare Scheibe.

»Gewinnen?«, murmelte sie dumpf. »Was sollte ich schon gewinnen?«

»Den Herrn von Andelys, Kleines! Nein, unterbrich mich nicht. Ich bin alt, aber meine Augen haben das Hinschauen noch nicht verlernt. Ihr seid zwei Hälften von einer Form. In dir findet er das, was ihm meine arme Mauve nie geben konnte. Hol dir dein Herz zurück, das er mitgenommen hat oder räche dich, indem du seins dafür eroberst!«

Fassungslos fuhr Féline auf dem Absatz ihrer zierlichen Lederschuhe herum und starrte Amaury de Brune erblassend an. »Das kann nicht sein! Woher wisst Ihr das alles? Könnt Ihr Gedanken lesen?«

»Ich glaube nicht an den blinden Zufall, mein Kind. Unser Leben geht seinen vorbestimmten Weg, und es muss der Wille Gottes gewesen sein, dass du Philippe begegnet bist. Du liebst ihn, nicht wahr?«

Es bedurfte keiner Bestätigung, allein die Art, wie Féline die verschlungenen Hände rang, sprach Bände. Amaury de Brune erhob sich und nahm die zitternde, junge Frau in seine Arme.

»Hab keine Angst, Kleines! Alles wird gut werden, ich verspreche es dir!«

»Närrisch! Jawohl, ein närrisches Unternehmen ist dies ganze alberne Reise! Könnt Ihr den alten Mann nicht zur Vernunft bringen? Er wird Euch und sich selbst ins Unglück stürzen!«

Dame Berthe war ganz atemlos von der langen, empörten Rede, die sie der jungen Herrin von Andelys hielt, während diese mit einer feinen Nadel die Stickerei malträtierte, auf der das Wappen von Andelys auch in langen Monaten nur zögernd gewachsen war. So viele überraschende Talente Féline in diesen Wochen bewiesen hatte, die Fähigkeit zu feinen Nadelarbeiten besaß sie ebenso wenig wie die Musikalität, die Laute zu schlagen. Die Misstöne des Instruments unter ihren sonst so geschickten Fingern waren vergleichbar mit dem Chaos, das ihre Nadel auf Stoff anrichtete. Jetzt ließ sie die Arbeit seufzend sinken.

»Du weißt sehr gut, dass ich alles versucht habe, Berthe! Aber Monsieur de Brune ist so störrisch wie ein hundertjähriger Maulesel!«

Dame Berthe fand den Vergleich zwar nicht sehr damenhaft, aber dafür umso treffender.

»Es ist gefährlich«, schimpfte sie weiter, dämpfte jedoch unwillkürlich ihre Stimme, wie, immer, wenn sie eine der seltenen Bemerkungen machte, die auf Félines wahre Person hinzielten. »Und es gehört sich nicht, diesen Schwindel sogar bei Hofe aufrecht zu erhalten.«

»Wem sagst du das, Berthe?« Féline hatte sich schnell in die vertraute Anrede gefunden, die Mauve für ihre ehemalige Kinderfrau gebrauchte. »Indes hat keines dieser Argumente Monsieur de Brune überzeugt. Er findet, dass es an der Zeit für ihn ist, wieder bei Hofe zu erscheinen. Willst du nicht mit ihm reden?«

»Ich?« Dame Berthe prustete empört. »Wahrhaftig, wenn es eurer Schönheit und Zuneigung nicht gelingt, diesen alten Starrkopf zum Einlenken zu zwingen, kann ich nur noch für euch beide beten!«

»Das scheint mir immerhin eine bessere Beschäftigung zu sein, als dieses Haus mit deinen zänkischen Tiraden zu füllen, meine beste Berthe!«, mischte sich in diesem Moment das Objekt ihres Zornes ein.

Die Haushofmeisterin lief hochrot an und verhaspelte sich

in einer wirren Entschuldigung, die doch keinen Zweifel daran ließ, dass sie sich nicht für den Inhalt ihrer Predigt rechtfertigte.

»Lass es gut sein, meine Liebe!«, schmunzelte de Brune, der wie durch ein Wunder um Jahre verjüngt wirkte. »Ich gebe dir mein Wort, dass unserer bezaubernden Marquise kein Haar gekrümmt werden wird. Im Gegenteil, da König Heinrich eine ausgesprochene Schwäche für hübsche Frauen hat, nehme ich an, dass ihr die charmantesten Kavaliere Frankreichs zu Füßen liegen werden!«

Verwirrt warf Féline die Seidenfäden ihrer Stickerei in den Korb und glättete die Falten des warmen Hauskleides aus englischem Tuch. Weder legte sie Wert darauf, dass ihr irgendjemand zu Füßen lag, noch … Sie unterbrach sich. Nein, das war gelogen. Nur einen dieser Edelmänner hätte sie nur zu gerne vor sich auf den Knien gesehen. Und sei es auch nur, um ihn ebenso kühl und herzlos abzuweisen, wie er es mit ihr getan hatte.

Die Reisekisten waren gepackt und ihre Furcht mit einer guten Portion Aufregung und Vorfreude durchmischt. Der weite Weg, der sie von Survillier nach Andelys geführt hatte, nahm seine nächste Richtung in die Hauptstadt des Königreiches. Was auch immer sie dort erwarten würde, sie war nicht mehr so ahnungslos, so ängstlich und so unbewaffnet wie auf seiner ersten Etappe!

8. Kapitel

Therèse d'Aronet lediglich eine schöne Frau zu nennen, hätte bedeutet, ihrer ungewöhnlichen Erscheinung keine Ehre angedeihen zu lassen. Sie war mehr als nur ansehnlich. Für eine Frau sehr groß, bildete sie mit ihren nachtschwarzen Haaren und den ebenso dunklen Augen geradezu den Idealtyp der spanischen Edeldame wie ihn die höfische Mode zur Zeit erforderte. Obwohl nicht mehr in der frühesten Blüte ihrer Jugend, war sie mit 27 Jahren ungeachtet dessen auf dem Höhepunkt ihrer Reize.

Die steifen Roben aus Brokat mit ihren voluminösen Röcken und den schweren Halskrausen, die kleinere Edeldamen erdrückten, wirkten an ihr wie das Habit einer regierenden Königin. Aber auch das hochgeschlossenste Gewand war nicht imstande, jene Ausstrahlung von faszinierender, schierer Sinnlichkeit zu verstecken, die sie wie der Hauch eines manchmal zu durchdringenden Parfüms umgab.

Hinzu kam eine Fähigkeit zu logischem Denken, ein höchst ungestümer Ehrgeiz und ein kühles Herz, das sich von keinerlei unkontrollierten Gefühlen aus der Bahn werfen ließ. Sie war perfekt gerüstet für das Dasein einer Edeldame an einem vergnügungssüchtigen Hof. Und vor allen Dingen, sie war entschlossen, ihre Fähigkeiten ausschließlich zum eigenen Vorteil zu gebrauchen.

Philippe Vernon hatte seine ruhmsüchtige Geliebte zwar von Beginn ihres Verhältnisses an durchschaut, aber um des eigenen Vorteils willen ließ er sie im Glauben, auch ihn mit ihrer Maske des hingebungsvollen Weibchens getäuscht zu haben.

Wenn sie sich wie jetzt zwischen den Seidenkissen ihres Bettes räkelte und die Umrisse ihrer verführerisch üppigen Figur durch den Schleierstoff des Hauskleides schimmerten, schenkte sie ihm wenigstens die Augenblicke leidenschaftlichen Vergessens, die er seit geraumer Zeit so bitter nötig hatte.

Heute indes schien sie wild entschlossen, erst eine jener ärgerlichen Szenen zu inszenieren, die er hasste wie die schwarze Pest. Aber er sah keine Möglichkeit, sie davon abzuhalten. Ergeben lehnte er sich zurück, verschränkte die Arme im Nacken und versenkte sich in den Anblick des Betthimmels, der auf verschlungenen Stickereien das Wappen des glücklicherweise verstorbenen Herrn d'Aronet wiederholte.

»Was in Dreiteufelsnamen geht Euch durch Euren Kopf, Therèse?«, murrte er, ein gelangweiltes Gähnen kaum ausreichend unterdrückend. »Ihr schleicht herum wie eine gereizte Katze, und ich wette das neueste Diamantkollier der schönen Gabrielle, dass Ihr etwas im Schilde führt!«

Therèse änderte ihre Pose, damit ihr Busen besser zur Geltung kam. Die rot nachgeschminkten Brustwarzen warfen einen verheißungsvollen Schatten gegen die äußerste Grenze ihres Dekolletés. »Tatsächlich?«, schmollte sie und senkte verheißungsvoll die Lider. »Es ist Euch aufgefallen? Nun, unser Herrscher wenigstens versäumt es niemals, der Dame seines Herzens von Zeit zu Zeit seine unwandelbare Ergebenheit zu beweisen …«

Der Marquis von Andelys hob maliziös eine Braue. In diese Richtung ging also die Beschwerde. »Was vermisst Ihr, Therèse? Treueschwüre? Juwelen?«

»Den rechtmäßigen Status, der einer d'Aronet zukommt, mein Lieber! Auf die Dauer ist es einfach zu demütigend, in den Augen der Welt lediglich Eure Mätresse zu sein, der Ihr Euch nur zuwendet, wenn Eure schwächliche kleine Frau Euch aus den Klauen lässt …«

Obwohl die schöne Therèse diese Forderung in samtweichem Plauderton stellte, hörte Philippe sehr wohl die unausgesprochene Drohung hinter ihnen.

»Ihr meint, Ihr wollt Euch einen anderen Beschützer suchen, meine Schöne? Einen kirchlich abgesegneten Nachfolger für d'Aronet, der so freundlich war, Euch nach vier Ehejahren als wohlhabende Witwe zurückzulassen? Seit wann drängt es Euch nach schaler Ehrbarkeit?«

»Spottet nur!« Die Edeldame sprang temperamentvoll aus dem Bett und trat neben den Kamin, wohl wissend, dass die rötlichen Flammen die Konturen ihrer weiblichen Formen mit schmeichelnden Lichtern nachzeichneten. »Noch bin ich nicht zu alt für Kinder. Für den Erben, den Euch dieses dürre Protestantenmädchen verweigert, das Ihr auf dem Lande verstecken müsst, weil Ihr Euch seiner schämt!«

»Und was schlagt Ihr vor?«, erkundigte sich der Marquis beißend. »Vergiftete Pralinés? Einen heimlich gedungenen Meuchelmörder?«

»Zum Henker, Philippe, Ihr wisst genau, dass ich solche Mittel nie in Erwägung ziehen würde. Sie sind zu primitiv! Ich meine, dass Ihr die Unterstützung des Königs hättet, wenn Ihr die erwiesene Unfruchtbarkeit Eurer Gattin zum Vorwand nehmt, um diesen unsinnigen Spuk einer Ehe annullieren zu lassen!«

Andelys war blitzartig die Lust am nachmittäglichen Liebesspiel vergangen. Er verließ ebenfalls das Bett und begann die Schnüre seines spitzenbesetzten Hemdes zusammenzuziehen, die Therèse noch vor wenigen Minuten so verheißungsvoll gelockert hatte.

»Eine Scheidung«, murmelte er abwesend. »Gratuliere, welch eine wundervolle Idee. Habt Ihr mit der schönen Gabrielle die Köpfe zusammengesteckt? Hat sie Euch versichert, dass König Heinrich mit Vergnügen die Auflösung einer protestantischen Ehe verkünden würde?«

Therèse d'Aronet unterdrückte ein recht unbehagliches Gefühl. Irgendwie verlief dieses Gespräch nicht so, wie sie es ursprünglich geplant hatte. »Warum nicht?«, verteidigte sie sich gereizt. »Philippe, es hieße Eure Klugheit unterschätzen, wollte ich Euch belügen. Ich liebe Euch, ihr wisst es, aber die erniedrigende Position einer Geliebten ist nicht das, was ich mir für den Rest meines Lebens ersehne. So, wie es aussieht, ist Eure Gattin zwar leidend, aber weit davon entfernt, in absehbarer Zeit den Weg für eine andere freizugeben.«

Der Marquis von Andelys schien ganz darin vertieft, die tiefroten Rubinknöpfe seines schwarzen Samtwamses zu schließen, in seine Stiefel zu steigen und das Degengehänge zu befestigen. Mit einer nachlässigen Handbewegung schob er danach den weißen Spitzenkragen zurecht, der seine Oberkleidung anstelle einer Halskrause schmückte, zupfte die Ärmelmanschetten auf die geforderte Länge und griff beiläufig nach dem Samtbarett.

Therèse d'Aronet benötigte ihre ganze damenhafte Beherrschung, um ihm nicht mit allen zehn Fingern in das Gesicht zu fahren. Aber sie würde sich ihre Pläne nicht durch eine so unkluge Explosion zunichte machen.

Schmeichelnd trat sie näher, hüllte ihn in die schwüle Wolke ihres schweren, orientalischen Parfüms und hob das makellose Antlitz mit den halb geöffneten feuchten Lippen zum Kuss. »Ich liebe dich, Philippe!«, hauchte sie, das vertraute Du verwendend. »Ich liebe dich mehr als mein Leben!« Sie verstand es meisterhaft, ihrer Stimme einen rauchigen Ton zwischen Verzweiflung und leidenschaftlichem Flehen zu geben. Im Verein mit dem inzwischen völlig entblößten, schweren Busen musste dies doch, ihrer Meinung nach, einen gesunden Mann um den Verstand bringen.

Vernon indes war dagegen gefeit. Mehr und mehr begann ihn das Wechselbad aus Erotik und Zänkerei zu langweilen, auf das sich seine schöne Mätresse spezialisiert hatte. Immer öfter schob sich ein Gesicht mit sprechenden grauen Augen zwischen ihn und Therèse. Die wollüstigen Formen der heißblütigen Madame d'Aronet vermochten nicht das Bild zierlicher, geschmeidiger Glieder zu vertreiben. Die zärtliche Erinnerung an eine unvergessliche Nacht und an Gefühle, von denen er nicht gewusst hatte, dass er fähig war, sie zu empfinden.

»Woran denkt Ihr?« Therèse schmiegte sich an ihn und ließ ihn voller Bedacht die weiche Fülle ihres üppigen Busens spüren. »Bei allen Heiligen, wenn ich es nicht besser wüsste, ich würde sagen, Ihr seid in eine andere verliebt!«

Andelys lachte freudlos auf und drückte einen eher nachlässigen Abschiedskuss auf die weiße Stirn. »Ihr solltet Euch entscheiden, mein lüsterner Engel, ob Ihr mich nun beschimpfen oder verführen wollt! Ich lasse Euch Zeit, Euren Entschluss in der erforderlichen Ruhe zu treffen. Ich nehme an, wir sehen uns heute Abend beim Bankett des Königs! Ich bin ganz der Eure, Madame!«

Nur mühsam hielt die zornige Edeldame ihre heftigen Gefühle unter Kontrolle, bis sie sicher sein konnte, dass niemand den zornigen Aufschrei vernahm, den sie ausstieß. Dann packte sie die silberne Weinkaraffe, die auf einem Beistelltischchen neben dem Fenster stand, und warf sie mit unbeherrschter Wucht gegen die Tür. Der Deckel sprang auf und roter Malvasier lief in schmalen Rinnsalen über die geschnitzten Kassetten. Das kostbare Behältnis kollerte unbeachtet unter einen Schauschrank, denn Madame d'Aronet war damit beschäftigt, jeden Landsknechtsfluch auszustoßen, an den sie sich erinnern konnte.

Die weitläufigen, düsteren Gänge des Louvre, durch die der Marquis von Andelys in seine eigenen Gemächer heimkehrte, waren nicht dazu angetan, seine Stimmung zu heben. Eine Auflösung seiner Ehe wegen Kinderlosigkeit bei einem König durchzusetzen, der exakt dies bei seiner ersten Frau Marguerite von Valois getan hatte, war nahezu eine bloße Formalität. Nur ein diabolischer Geist konnte diese so nahe liegende Übereinstimmung der Ereignisse erkennen und umgehend für die eigenen Pläne ausnützen.

Sollte Madame d'Aronet über das geneigte Ohr ihrer vertrauten Freundin Gabrielle d'Estrees dem König davon Kenntnis geben, war praktisch schon sicher, dass ihm Heinrich von Navarra den freundschaftlichen Rat geben würde, genau dies zu tun. Was von dergleichen wohlmeinenden Anregungen des Königs zu halten war, wusste jeder bei Hofe. Auch wenn seine Worte noch so gefällig klangen, er erwartete bedingungslosen, sofortigen Gehorsam.

Dabei war Philippe mehr denn je entschlossen, mit Therèse zu brechen. Die gierige Maßlosigkeit ihrer Gelüste stieß ihn fast noch mehr ab, wie die Skrupellosigkeit, mit der sie nach Macht und Einfluss drängte. Hätte sie nur die geringste Chance gesehen, die strahlende Favoritin des Königs auszustechen, sie hätte sie ebenfalls mit beiden Händen ergriffen und jede Freundschaft mit der Dame d'Estrees dafür geleugnet. Aber leider bevorzugte der anspruchsvolle Herrscher Frankreichs im Moment hellhäutige und rothaarige Frauen. Dies allein war der Grund, warum sie mit der bescheidenen Position der Vertrauten der schönen Gabrielle vorlieb nahm. Ein gefährlicher Rang, der offensichtlich seine eigene Freiheit bedrohte. Was war zu tun?

Noch tief in seine Überlegungen versunken, stieß er die schweren Bogenpforte auf, die zu dem kleinen Appartement führte, dass er dank König Heinrichs Gnaden bei seinen Besuchen im Louvre bewohnte. Nicht jedem Edelmann wurde diese Ehre zuteil, und er wusste den Luxus wohl zu schätzen. Doch heute gehörten ihm seine Räume nicht allein!

Die gedrungene Gestalt, die in einem ledergepolsterten Stuhl vor dem wärmenden Kaminfeuer saß und die Füße auf den Feuerrost gestellt hatte, hätte er von allen Menschen unter diesem Dach am allerwenigsten erwartet. Die Finger über einem Silberstock mit Elfenbeinknauf gekreuzt, das kantige Antlitz unter dem schütteren grauen Haar in vergnügte Falten gelegt, nickte Amaury de Brune seinem Schwiegersohn zu.

»Ich bin kein Gespenst, Philippe!«

»Vater! Seid Ihr das wirklich?«

»Habe ich mich in zwei Monaten derart verändert, dass es berechtigte Zweifel an meiner Person geben könnte?«, schmunzelte der alte Herr.

»Aber … gütiger Gott … Ihr bei Hof? Wie ist das möglich? Was ist passiert?« Der Marquis von Andelys widerstand nur schwer der Versuchung, sich in den Arm zu zwicken.

»Nichts, Philippe! Aber es wäre sicher angebracht, wenn du diese Türe hinter dir schließt, damit unser Wiedersehen nicht zum Klatschthema für alle neugierigen Ohren dieses Palastes wird!«

Automatisch gehorchte der Jüngere, die Spanne Zeit nutzend, die eigene Bestürzung endlich zu überwinden. Dann wandte er sich seinem Schwiegervater zu.

»Erzählt!«

Amaury de Brune, den weder die finster gerunzelten Brauen Philippes, noch dessen barscher Ton berührten, lehnte sich bequem zurück.

»Wie du unschwer siehst, haben wir uns entschlossen, deinen Hausstand in Paris zu vergrößern. Ich muss sagen, dass der König meiner Person einen ungemein schmeichelhaften Empfang bereitet hat.«

»Wir? Der König? Wahrhaftig, ich verstehe kein Wort! Könnt Ihr Euch vielleicht verständlicher ausdrücken?« Andelys trat an das Tischchen neben dem Kamin, wo wie üblich der helle Wein von der Loire in einer gläsernen Karaffe für ihn bereitstand, den er wegen seiner leichten Frische so schätzte. Seinem Schwiegervater einen Silberbecher eingießend, bediente er sich auch selbst, um dann, seinen Schock überwindend, die Dinge endlich klarer zu sehen.

»Wir? Ist es möglich, dass Ihr nicht allein seid? Dass Ihr es gewagt habt …«

»Der Gesundheitszustand deiner lieben Frau hat es ihr erlaubt, mich zu begleiten«, unterbrach ihn de Brune süffisant. »Der König war entzückt und hat die Marquise von Andelys als Ehrengast zum heutigen Bankett gebeten!«

»Ich frage mich, wer von uns beiden nun seinen Verstand verloren hat«, murmelte Philipp entsetzt und sank auf die dunkelroten Samtpolster der Fensternische. »Heißt das, der König hat Euch bereits gesehen?«

»Ein günstiger Zufall«, nickte der Seigneur de Brune äußerst befriedigt. »Seine Majestät wollte eben aufbrechen, mit einer Gruppe von Edelleuten, die Bauarbeiten am Pont Neuf mit seiner Anwesenheit zu beehren. Er hat das Wappen auf meiner Kutsche erkannt und ließ anhalten. Er glaubt, dass es deinem günstigen Einfluss zu verdanken ist, dass sich ein alter protestantischer Dickkopf dazu entschlossen hat, Paris und seinen König nicht länger die Schicksalsschläge der Vergangenheit vorzuwerfen.«

Womit zwischen den Zeilen sehr deutlich zum Ausdruck gebracht worden war, dass es keine Möglichkeit gab, die falsche Gemahlin umgehend wieder aufs Land zu schicken, ehe sie jemand zu Gesicht bekam. Philippe Vernon presste die Lippen zu einem schmalen Strich aufeinander.

»Warum habt Ihr das getan, Vater?« hielt er mit seinem Missfallen nicht hinter dem Berg. »Wem wollt Ihr damit etwas beweisen? Ihr werft ein ahnungsloses Kind in ein Wespennest aus höfischen Intrigen und gnadenloser Etikette. Hat sie das verdient?«

»Hat sie es verdient, von dir umworben und wie ein vergessener Stiefel zurückgelassen zu werden?« Plötzliche, völlig unerwartete Feindschaft flammte zwischen den beiden Männern auf, die einander bisher in so verständnisvoller Freundschaft zugetan gewesen waren. Der Marquis musste nicht lange nachdenken, wem er die Schuld dafür geben sollte.

»Hat sie sich beschwert?«, fauchte er ergrimmt. »Dann hat sie das Spiel der Frauen sehr schnell gelernt. Sorgfältig verborgener Ehrgeiz und hemmungslose Gier nach Macht und Einfluss. Eine Träne hier, ein Seufzer da und schon hat sie Euch um den Finger gewickelt. Vater, gerade Euch hätte ich für weiser gehalten …«

»Und ich Euch für menschlicher, Philippe Sebastien Vernon!«

Graue Augen maßen sich mit grünbraunen, dann wandte Vernon unbehaglich den Blick ab. Trotzdem lag es nicht in seiner Absicht, sich für die Geschehnisse zu rechtfertigen! Zum einen war es eine Sache, die nur Féline und ihn etwas anging, zum anderen war er kein marodierender Soldat, der sich dafür rechtfertigen musste, dass er eine widerstrebende Jungfer vergewaltigt hatte.

»Ist es möglich, dass Ihr Euch über die Folgen dieser Tat im Unklaren seid?«, grollte er weiter. »Verordnet Ihr mir so eine Art Sühne für meine Dummheiten? Soll ich mich nun mit einer Gattin gestraft sehen, die der Hof im besten Falle für eine ahnungslose Provinzlerin halten wird?«

Amaury de Brune zuckte in gespielter Gleichgültigkeit seine Schultern und vermied es, zu Vernon hochzusehen. »Du wirst dich fügen müssen, nachdem der König die Marquise von Andelys so hocherfreut willkommen geheißen hat.«

»Und wo steckt sie nun, diese hochwohlgeborene Dame,

der ich in meiner Dummheit selbst die Waffen in die Hand gegeben habe, mich zu erpressen?«, forschte Philippe zynisch, während der Zorn seine Pupillen verengte.

»Sie ruht, mein Lieber!«, erhielt er zur Auskunft. »Die Herzogin von Beaufort, die in Begleitung Ihrer Majestät war, hat sich freundlicherweise erboten, ihr eine geschickte Kammerfrau zu schicken, nachdem Dame Berthe in Andelys geblieben ist. Wir sollten Mauve jetzt nicht stören.«

Dieses Mal behielt der Marquis die Flüche für sich, die sich auf seine Lippen drängten. So großzügig die Räume waren, die der König seinen bevorzugten Edelmännern im Louvre zur Verfügung stellte, die Fläche war zu klein, um sich erfolgreich aus dem Wege zu gehen. Ein Zusammenleben auf so engem Raum, beobachtet von sensationslüsternen Höflingen, würde sowohl zur Gedulds- wie auch zur Nervenprobe für alle Beteiligten werden.

Ganz davon zu schweigen, was Therèse d'Aronet zu der so plötzlich aufgetauchten Ehefrau sagen würde. Dass ihn dieser Besuch ebenso unerwartet traf wie sie, würde ihm diese Dame nie und nimmer glauben.

Gabrielle d'Estrees hatte mit dem sicheren Blick der Erfahrung die angeborene Schönheit in Félines reisemüdem Gesicht entdeckt und gleichzeitig einen unchristlichen Hauch reiner Schadenfreude verspürt. Wie schade, dass Therèse d'Aronet an diesem Nachmittag nicht unter ihren Damen war. Deswegen also reiste Philippe Vernon bei jeder Gelegenheit aufs Land!

Die nagelneue Herzogin von Beaufort wusste genau, dass Madame d'Aronet ihre Freundschaft lediglich suchte, um die eigenen Interessen zu wahren. Es ging ihr um das Ohr des Königs und nicht um die Sympathie der Dame d'Estrees. Sie war eine Gefährtin, der man nur zu gerne einen besonderen Streich spielte.

Der Streich der Herzogin war einen halben Kopf kleiner als Féline und von jener Molligkeit, die noch nicht dick, sondern gerade formvollendet ist. Unter einer steif gestärkten Leinenhaube kringelten sich eine Fülle brauner Locken und flinke, schwarze Augen beherrschten ein herzförmiges Gesicht mit einem rosigen Mund und einer kleinen Nase, die in kessem Schwung nach oben ragte.

Yvette Durosse, wie die junge Frau hieß, war die Schwester der Lieblingszofe von Madame la Duchesse Beaufort, und jene hatte ihrer Herrin glaubhaft versichert, dass unter ihren Händen sogar die hässlichste Frau zu einer erfreulichen Erscheinung werden würde. Mit einem Empfehlungsschreiben der Herzogin versehen, war sie bei der Marquise von Andelys aufgetaucht und hatte sich ohne langes Fragen an die Arbeit gemacht.

Féline, über der die Ereignisse der Reise und erst recht die der Ankunft in Paris wie eine Flutwelle zusammengestürzt waren, gab sich in ihre Hände. Zutiefst dankbar dafür, dass sie wenigstens keine eigenen Entscheidungen treffen musste. Eingeschüchtert von der überraschenden Gnade des Königs, den unvorstellbaren Ausmaßen seiner Hauptstadt und dem Prunk seines Palastes, hatte sie Mühe, sich selbst klar zu machen, dass sie nicht träumte.

Die flinke, energische Pariserin, die in einem strengen, schwarzen Gewand steckte und zwei Mägde wie lästige Ameisen durch die Gegend scheuchte, riss umgehend das Kommando über den Haushalt der Dame von Andelys an sich. Kaum älter als zwanzig besaß sie die Autorität eines Feldherrn und das unschätzbare Wissen um alle raffinierten Geheimnisse weiblicher Schönheit.

»Madame werden beim Bankett alle anderen in den Schatten stellen«, versprach Yvette in einem Ton, der keinen Zweifel zuließ. Dann musterte sie mit kritischem Blick den Inhalt einer Reisetruhe, die Félines, beziehungsweise Mauves Kleider enthielt. Gemessen an der herrschenden Mode bestickter Brokate und perlenübersäter Samte, waren es eher schlichte Gewänder. Man konnte nur hoffen, dass die Schneiderin, die sie entworfen hatte, wenigstens ihr Handwerk beherrschte und keine formlosen Säcke genäht hatte.

Die kleine Zofe zupfte vorsichtig an einem Stückchen silberschimmernder Seide, das ihre Aufmerksamkeit erregt hatte und zog schließlich die ganze glänzende Robe heraus. Ein erfreutes Lächeln weitete ihren großen Mund fast in die Nähe der Ohren, ehe sie nickte. »Es wird gehen, wir werden aus der Not eine Tugend machen, Madame! Verlassen Sie sich ganz auf Yvette!«

Da Féline gar nichts anderes übrig blieb, nickte sie stumm und beschränkte sich darauf, ihrer Zofe zuzusehen und zuzuhören, denn Yvette war ebenso tüchtig wie redselig. An die eher brummige Art von Dame Berthe gewöhnt, lauschte sie mit großen Augen äußerst interessiert. Die wenigen, neugierigen Fragen die sie zu stellen wagte, trugen ihr Yvettes uneingeschränkte Sympathie ein. Dass eine so edle Dame sich nicht zu schade war, mit einer Zofe zu plaudern, kam in diesen Mauern selten genug vor.

Weit über ihre Jahre hinaus reif und erfahren, kannte die geschickte Kammerfrau fast jede der lebenslustigen Schönen, die den Hof König Heinrichs zierten. Dem Beispiel ihres Monarchen folgend, besaßen besonders die Jüngeren ein eher unbeschwertes Verhältnis zu Moral und Treue.

Die meisten dieser Damen hatten jene Ausstrahlung unschuldiger Frische und Jugend, die Mauve Vernon in so besonderem Maße besaß, längst eingebüßt. Die Marquise war bezaubernd, ohne eine Ahnung davon zu haben, und gerade das verlieh ihr einen unwiderstehlichen Reiz. Die schöne Therèse würde einen ihrer berühmten Wutanfälle bekommen, von deren Existenz nur die Dienstboten etwas ahnten, das glaubte Yvette bereits jetzt mit absoluter Sicherheit sagen zu können. Dazu hätte es der verschlüsselten Anweisungen ihrer Schwester nicht einmal bedurft.

Ein wenig außer Atem, aber sehr stolz auf sich und ihre Arbeit, trat die Zofe einen Schritt nach hinten, um ihre neue Herrin zu betrachten. Stumm lächelnd deutete sie auf den Spiegel gegenüber, und Féline tat ihr den Gefallen. Sie erhob sich von dem Bänkchen, auf dem Yvette sie frisiert hatte und betrachtete sich auf der reflektierenden Glasfläche.

»Gütige Mutter Gottes«, rutschte es ihr heraus. »Kannst du zaubern Yvette?«

»Nein, Madame, ich habe Euch nur angekleidet und Euer Haar gerichtet, den Rest habt Ihr unserem Herrgott zu verdanken«, antwortete diese bescheiden, wenngleich sie nicht wenig befriedigt über ihre Dienstleistungen war.

Féline schluckte, und ihre Augen wanderten fasziniert über die silberne Gestalt, die der Spiegel widergab. Yvette hatte bewusst auf den modischen, aber schwerfälligen Hüftwulst verzichtet, sodass sich der schmiegsame Stoff lediglich über einem einzigen, steifen Unterrock bauschte und wie glänzendes Wasser um ihren Körper floss, ehe er in einer kleinen Schleppe auf dem Boden auslief. Es sah ungewöhnlich und höchst verwegen aus.

Aus dem rechteckigen Ausschnitt, der von der äußersten Grenze der Schultern in sanftem Schwung über die Mitte des Busens lief, hob sich, nach hinten fast zwei Handbreit hoch werdend, ein silberner, steifer Spitzenkragen. Dort wo sich die Stege der Stickerei trafen, war auf jedem Kreuz eine zitternde, kleine tropfenförmige Perle befestigt. Dieselbe Perlenborte zierte die Längsschlitze der weiten Ärmel, die mit weißer Seide unterfüttert waren und mit einer Spitzenmanschette am Handgelenk gehalten wurden.

Ein schwerer Gürtel aus länglichen Silbergliedern, in regelmäßigen Abständen von einem funkelnden Saphir unterbrochen, lag um die schmale Taille, traf unterhalb des spitz zulaufenden Mieders zusammen und hing dann in einer funkelnden, silberblauen Spur fast bis auf den Saum hinab.

Die goldbraunen Haare schien der Zufall in einem duftigen Lockengebilde auf dem Hinterkopf zusammengetürmt zu haben, und jede Bewegung ließ die bläulichen Diamanten aufblitzen, welche die Spitzen der Haarnadeln zierten. Auf Puder und Schminke hatte Yvette verzichtet, wenngleich sie Wimpern und Brauen ein wenig nachgeschwärzt und eine geheimnisvolle Paste auf Félines Lippen verrieben hatte. Jetzt leuchtete ihr Mund im Ton einer reifen Erdbeere, und die grauen Augen wirkten tiefer und größer als je zuvor.

»Der Ausschnitt«, murmelte Féline endlich betroffen. »Kann man ihn nicht ein wenig höher ziehen? Es kommt mir seltsam vor, mich halb nackt dem König zu präsentieren. Was soll er von mir denken?«

Yvette kicherte vergnügt. »Seine Majestät wird sicher angetan sein. Wartet nur ab, bis ihr die Roben der anderen Damen seht. Madame d'Aronet zum Beispiel präsentiert ihren Busen stets wie zwei blank polierte Paradiesäpfel. Ich habe sie im Verdacht, dass sie sogar ihr Mieder von unten auspolstern lässt, damit noch mehr Fülle vorgetäuscht wird, als ohnehin bereits vorhanden.«

Das war genau der Name, den Féline nötig gehabt hatte, um ihre Unsicherheit zu überwinden. Ein tiefer Atemzug spannte auch ihr Mieder beängstigend, dann warf sie den Kopf in den Nacken.

»Nun gut, Yvette! Ich bin bereit!«

9. Kapitel

Es lag wohl ein guter Teil Selbstschutz in der Bereitwilligkeit, mit der Philippe Vernon, der Marquis von Andelys, bei Hofe wieder zu der Ansicht gekommen war, dass jenes Mädchen, das die Rolle seiner verstorbenen Frau spielte, abgesehen von ihrer Ähnlichkeit mit Mauve, über keine besonderen Qualitäten verfügte. Den Zauber jenes Liebeserlebnisses hatte er sich vermutlich einzig aufgrund längerer Enthaltsamkeit eingebildet, und vor den Schönheiten des Adels musste ihre bloße Hübschheit doch verblassen. Hinzu kam, dass ihn Therèse zwar neuerdings ermüdete, sie aber wenigstens eine Dame von Kultur und Bildung war. Derart mit Vorurteilen gewappnet, fühlte er sich bereit, Féline an diesem Abend wieder gegenüberzutreten.

In ein absichtlich schlichtes, dunkelgrünes, fast schwarzes Wams und ebensolche Kniehosen gekleidet, hatte er versucht, sich ihrer bescheidenen Aufmachung anzugleichen. Sie musste sich ja Mauves Garderobe bedienen, die zwar kostbare Stoffe und ausgefallene Applikationen geliebt, aber sich nie an die Vorschriften der herrschenden Mode hatte halten wollen. Eine Laune, die sie sich in der Abgeschiedenheit von Andelys leisten konnte, die jedoch ihre Doppelgängerin vor zusätzliche Schwierigkeiten stellen musste.

Dass in den Ärmelschlitzen seiner eigenen Tunika bei manchen Bewegungen goldene Seide aufblitze und eine Goldkette mit einem mächtigen Saphir sich zwischen den Samtfalten des Oberteils verlor, war indes Zeichen einer persönlichen Eleganz, die er völlig selbstverständlich pflegte.

Hinzu kam, dass er während des Ankleidens genügend Zeit

gehabt hatte, sich zu überlegen, dass ihm die überraschende Laune Amaury de Brunes ein Mittel gegen Therèse d'Aronets ehrgeizige Ehepläne in die Hand gespielt hatte. Wenn es ihm gelang, dem König seine unwandelbare Zuneigung zu Mauve zu demonstrieren, wäre die Sache mit der Scheidung schnell vom Tisch.

Heinrich von Navarra hatte eine Schwäche für Liebespaare. Es kam lediglich darauf an, ihn davon zu überzeugen, dass sie eines waren. Dass er in seiner Kleidung absichtlich auf jene prunkvolle Eleganz verzichtete, die ihn sonst auszeichnete, war Punkt eins seines Planes. Es ging nicht an, dass die Marquise von Andelys wie eine graue Maus von seinem Luxus erschlagen wurde. Er konnte nur hoffen, dass sich unter Mauves Gewändern wenigstens eine annähernd zeitgemäße Robe befunden hatte.

»Guten Abend, Monseigneur!«

Das unverwechselbare, dunkle Timbre der leisen Altstimme traf ihn mitten in seiner nachdenklichen Bestandsaufnahme. Er fuhr herum, und sein gelassener Gruß erstarb ihm auf den halbgeöffneten Lippen.

Die blendende Erscheinung, die in den kleinen Salon schwebte, hatte fürwahr keinerlei Ähnlichkeit mit einer bescheidenen Protestantin. Von Kopf bis Fuß in Silber gehüllt, schien sie von innen heraus zu leuchten wie das Mondlicht auf der spiegelnden Fläche des Meeres. Das perlmuttschimmernde Dekolleté entblößte die köstlichen Rundungen eines makellosen Busens, und der rote Mund war eine reife Frucht, nach deren Berührung sich jeder Mann einfach sehnen musste.

Die hellen Augen unter dunklen, halb gesenkten Wimpern verborgen, beobachtete Féline die Wirkung ihres Auftrittes. Yvette hatte sie also nicht getäuscht. Diesen Ausdruck fassungsloser Bestürzung hatte sie auf dem faszinierenden Antlitz ihres angeblichen Mannes noch nie entdeckt. Schweigend ließ sie ihm Zeit, sich wieder zu fassen.

»Wahrhaftig«, murmelte Philippe Vernon endlich und sah zu Amaury de Brune, der ebenfalls eingetreten war. »Ich muss Euch Abbitte leisten, Vater! Es wäre unrecht, so viel Herrlichkeit in der Provinz zu verstecken! Seid willkommen in Paris, meine Liebe und reicht mir Eure Hand. Das Bankett des Königs wartet auf uns. Ich hoffe jedoch inständig, Ihr habt in die erstaunliche Veränderung Eures Aussehens auch Eure spitze Zunge mit einbezogen!«

Féline straffte unmerklich den Rücken. Welch eine Begrüßung! Aber was hatte sie erwartet? Natürlich keine Entschuldigung oder gar falsche Liebesschwüre. Ein Wort der Ermunterung vielleicht, die Versicherung, dass er ihr den Streich nicht nachtrug, den Monsieur de Brune ausgeheckt hatte. Ein Lächeln möglicherweise, das nicht wie das eines eleganten Gecken nur in den Mundwinkeln lag und die Augen so ausdruckslos wie Steine beließ.

»Die Sanftmut meiner Zunge, Monseigneur, hängt ganz von dem Respekt ab, den man mir entgegenbringt«, murmelte sie aalglatt und legte ihre Hand in seine ausgestreckte Rechte. Die Berührung brachte ihr Herz aus dem Takt, aber sie hatte gelernt, ihre Empfindungen zu verstecken.

Der Marquis akzeptierte die Zurechtweisung, die sie ihm so diplomatisch erteilte. Dass er sich lediglich in Zynismus gerettet hatte, um nicht dem ersten, heftigen Impuls nachzugeben und sie in seine Arme zu reißen, konnte er schlecht zu seiner Rechtfertigung anbringen. Er sah auf ihren goldschimmernden Kopf und bewunderte betroffen die königliche Haltung, mit der sie dieses ungewöhnliche Kleid trug. Sie war mit keiner anderen Frau des Hofes auch nur vergleichbar. Therèse d'Aronet würde bei ihrem Anblick vermutlich kurzerhand der Schlag treffen.

Die Dame d'Aronet war zwar aus härterem Holz geschnitzt, als sogar Philippe Vernon es vermutete, aber der Auftritt der jungen Marquise von Andelys verursachte ihr trotzdem erhebliche Gallenbeschwerden. Hinter ihrem lächelnden Gesicht rasten die Gedanken.

Heuchler, Betrüger, Lügenmaul und Schurke waren noch die harmlosesten Bezeichnungen, die ihr für ihren Geliebten so schnell einfielen. Wahrlich ein sehenswertes Paar, diese beiden Protestanten, die nun durch die Gasse neugierig flüsternder Höflinge vor den König traten, gefolgt von dem alten de Brune.

Die gewollte Schlichtheit von Philipps Kostüm bildete einen geradezu herausfordernden Rahmen für das zierliche, silberne Geschöpf an seiner Seite. Dass die Marquise mit allen Regeln der Mode brach und auf den Hüftwulst verzichtet hatte, betonte zwischen den ausladenden, üppig bestickten Brokaträcken der anderen Damen, die schmale Zerbrechlichkeit ihrer Taille, während das Mieder kein Geheimnis aus ihrem wohl geformten, üppigen Busen machte.

Ein Dekolleté von dem auch Heinrich von Navarra nur schwer den verlangenden Blick nehmen konnte. Als Kenner, der seine bezaubernde Geliebte und deren ebenso hübsche Schwester in paradiesischer Nacktheit und erotischer Vertrautheit im Bad hatte malen lassen, beneidete er Vernon unverholen um die verlockenden Früchte, die dieser sein Eigen nannte.

»Willkommen an unserem Hofe, Madame!« neigte er sich über ihre Hand und betrachtete dabei aus unmittelbare Nähe, was ihm so sehr gefiel. »Dem Himmel sei Dank, dass Eure Gesundheit es Euch erlaubt, meinen Hof nun mit Eurer Anwesenheit zu zieren. Gestattet mir zu sagen, dass ich meinen Freund Philippe Vernon beneide.«

Schmunzelnd registrierte Heinrich den unterdrückt zornigen Blick, mit dem der junge Marquis die vertrauliche Inspektion im berückenden Ausschnitt seiner Gattin zur Kenntnis nahm. Eifersucht offensichtlich. Die Aera Therèse d'Aronet war demnach zu Ende. Schade, aus politischen Gesichtspunkten, aber verständlich beim Anblick dieser Frau!

Féline zitterte unter dem Griff des Königs. Eingeschüchtert von der unumschränkten Macht, die er repräsentierte, nahm sie das gesunde, männliche Verlangen nicht wahr, das in seinem Blick funkelte.

»Majestät sind zu gütig«, hauchte sie kaum hörbar und spürte das Kitzeln des schwarzen Spitzbartes, als Heinrich ihre bebende Hand küsste.

»Oh, meine Liebe, ich bin nicht gütig«, schmunzelte er. »Ich bin egoistisch. Ich werde mich jeden Tag über Euren Anblick freuen!«

Mit leicht schmalen Lippen nahm die Herzogin von Beaufort diesen charmanten Flirt zur Kenntnis. Es hatte nicht in ihrer Absicht gelegen, eine künftige Rivalin zu schmücken. Hoffentlich war ihr beim Wunsch, die Pläne der stolzen Therèse zu durchkreuzen, kein Fehler unterlaufen, den sie selbst bereuen musste. Sie konnte nur darauf vertrauen, dass Philippe Vernon über die Tugend seiner Gemahlin wachen würde. Es sah nicht so aus, als würde sich der Falke seine Beute abjagen lassen. Nicht einmal von einem königlichen Adler.

Das Bankett und der nachfolgende Tanz waren ein einziger verwirrend, unglaublicher Traum für Féline. Sich mit ihrem Gatten einen Teller teilend, stellte sie zu ihrem unbeschreiblichen Erstaunen fest, dass mehr als dreißig verschiedene Gänge aufgetragen wurden und dass es, obwohl bereits die Weihnachtszeit vor der Tür stand, eine Fülle köstlichster Früchte und fremdartiger Gemüse gab. Aber auch Wild, Fisch, Geflügel, Braten und köstliches Gebäck folgten einander mit Schaugerichten in bunter Reihe.

Dazu wurde aus silbernen Kannen Burgunder, Bordeaux, Loirewein und Malvasier eingeschenkt. Obwohl Féline nur vorsichtig an ihrem venezianischen Glas nippte, begann sie die Wirkung des Alkohols langsam zu spüren. Ihre Aufregung verschwand, und sie fand den Mut, ihre Umgebung mit mehr Muße zu betrachten.

Der große Saal des Königspalastes war mit einer solchen Menge von Wandteppichen geschmückt, dass sie sich wie zwischen den Seiten eines illustrierten Stundenbuches vorkam. Riesige Kandelaber trugen Bündel von Kerzen und verbreiteten nahezu Tageslicht in dem haushohen Raum. Die hufeisenförmige Tafel an deren erhöhter Stirnseite der König mit seinem Gefolge Platz genommen hatte, versammelte alles, was im Königreich Frankreich in diesen Tagen über einen alten Namen und großen Einfluss verfügte.

Das Stimmengewirr übertönte die leisen Melodien der Musiker, während unablässig neue Delikatessen herbeigeschleppt wurden. Die heitere, unbeschwerte Atmosphäre zog das Mädchen vom Land in ihren Bann. Waren das die Leute, die sie sich so erbittert zu hassen geschworen hatte? Diese fröhlich zwitschernden Damen und ihre eleganten Kavaliere? Dieser König, der ihr mit verschwörerischem Lächeln zuprostete und in dessen heißem Blick so viel Bewunderung stand? Sie begriff sich und die Welt nicht mehr.

Philippe aß wenig. Er war ganz in das bezaubernde Bild vertieft, das seine Gattin bot. Wenn sie mit bestem Appetit an einem Taubenflügel knabberte oder ihre roten Lippen in den Wein tauchte, wurde ihm der Atem knapp. Der brennende Wunsch, sie in die Arme zu reißen und diese schönen Lippen zu küssen, war kaum zu beherrschen.

Therèse d'Aronet erkannte den sehnsüchtigen Goldschimmer in seinen grünbraunen Augen. Dieser Schurke konnte es kaum erwarten, seine Gemahlin für sich zu haben. Kaum, dass er sie, Therèse, eines flüchtigen Grußes gewürdigt hatte! Jetzt wusste sie auch, warum es ihr am Nachmittag nicht gelungen war, ihn zu halten. Hinzu kam, dass er sie mit keinem Hinweis vor der Ankunft seiner Gemahlin gewarnt hatte. Aber sie würde ihm diese Niederträchtigkeit heimzahlen. Es war nicht ihre Art, eine Abfuhr einfach hinzunehmen.

Während sie strahlend mit dem Grafen von Brienne flirtete, dessen Finger sich mehr Freiheiten herausnahmen, als es die Etikette erlaubte, beobachtete sie die Marquise von Andelys ohne Unterlass. Es wäre doch gelacht, wenn dieses Kind nicht eine verwundbare Seite hätte. Und es wäre noch alberner, wenn es ihr nicht gelingen sollte, eben jene Achillesferse zu finden.

Aber vorerst sah sie nur, dass sich Mauve Vernon graziös im Reigen verneigte, während ihr Gatte sie mit sicherer Hand durch die komplizierten Figuren führte. Die durchsichtige Blässe ihres Gesichtes hatte einer sanften Röte Platz gemacht, und beim Lächeln ließ sie zwei perlweiße Reihen makelloser Zähne erkennen. Ihre merkwürdige, lebensbedrohende Krankheit war immerhin spurlos an ihrer Schönheit vorübergegangen, oder hatte der Marquis letztendlich auch darin gelogen? Sie würde es in Erfahrung zu bringen wissen und dann Gnade Gott Philippe Vernon!

Féline war sich der prüfenden Blicke, die ihr aus allen Ecken des großen Saales folgten, nicht mehr so bewusst, wie zu Beginn des Abends. Der Wein verlieh ihr eine trügerische Sicherheit, die es ihr ermöglichte, ihre Rolle Philippe gegenüber in lässiger Keckheit zu spielen.

»Der König ist sehr … charmant«, plauderte sie, während sie auf ihren Platz zurückkehrte und dankend eine der getrockneten, köstlichen Feigen nahm, die ihr der Marquis zuvorkommend reichte.

»Carmant und gefährlich«, bestätigte Vernon mit zusammengebissenen Zähnen. »Ich wäre Euch deswegen dankbar, wenn Ihr künftig bei der Wahl Eurer Festroben nicht nur diese neue Zofe, sondern auch mich zu Rate ziehen würdet. Dieser Ausschnitt ist schlicht anstößig!«

»In der Tat?« Féline riss die silbernen Augen unschuldig auf. »Welches Wort würdet Ihr dann für das prächtige, enthüllende, rubinrote Gewand von Madame d'Aronet wählen? Unzüchtig? Vulgär?«

Nur die Tatsache, dass Amaury de Brune sein Lachen mit einem geschickten Hustenanfall tarnte, bewahrte Philippe davor, etwas Falsches zu sagen. Er tauchte in den hellen Blick und fühlte, dass ihm das Blut in den Kopf stieg wie einem blamierten Klosterschüler. Kein Zweifel, sie wusste, welche Rolle Madame bisher in seinem Leben gespielt hatte. Sie wusste es, und sie wollte sich für einen Verrat rächen, der sie doch gar nichts anging.

»Ihr habt das Spiel von Angriff und Verteidigung trefflich gelernt, meine Schöne«, knurrte er. »Jetzt solltet Ihr nur noch begreifen, wann es besser ist, aufzuhören!«

Féline holte scharf Atem, während er nach ihre Hand fasste, sie umdrehte und die Innenfläche küsste. Sie spürte den deutlichen Druck seiner Lippen und die intime Berührung einer Zungenspitze. Das Echo dieses Kusses alarmierte jedes einzelne Nervenende in ihrem Körper. Auch wenn sie noch so gekränkt, noch so wütend war, sogar Krieg zwischen ihnen dünkte sie besser, als dieses wochenlange, tödliche Schweigen, das hinter ihr lag.

Sie öffnete gerade den Mund, um eine der leichten, spöttischen Antworten zu geben, hinter denen sie ihre Verlegenheit verbergen konnte, da entdeckte sie den Mann am anderen Ende des Tisches. Sie erblasste, und die aufkommende Panik in ihrem Gesicht veranlasste den Marquis der Richtung ihres Blickes zu folgen.

»Der Graf von Survillier, meine Liebe. Kein sehr erfreulicher

Zeitgenosse, aber auch niemand den Ihr fürchten müsst, bewahrt Fassung!«

»Aber ... er ...« Féline biss sich auf die Unterlippe, und Philippe ahnte, was sie sagen wollte. Obgleich keine Leibeigene gehörte sie doch zu seinen Untertanen. War es nicht möglich, dass er sie erkannte?

»Es gibt nichts, was der Graf von Survillier meiner Gattin antun könnte. Ihr seid Mauve Vernon, die schöne Dame von Andelys. Vergesst alles, was sonst Euren hübschen Kopf belasten könnte!«

Obwohl sie die Sicherheit dieser Feststellung fürs Erste beruhigte, konnte sie einen leisen Schauder kaum unterdrücken. Der Graf von Survillier beobachtete sie unzweifelhaft. Oder war es ihr Gemahl, dem seine mürrische Aufmerksamkeit galt? Sann er auf Rache, weil er ihm den königlichen Tadel und das Jagdverbot nachtrug?

Sie spürte das Hämmern beginnender Kopfschmerzen hinter ihren Schläfen. Die Vielfalt der neuen Eindrücke fing an, ihren Tribut zu fordern. Aber sie wusste, dass dieses Fest erst enden würde, wenn der König es verließ. Sie zwang sich zu einem unbeschwerten Schulterzucken und spielte ihre Rolle. Aber war es überhaupt noch ein Schauspiel?

Amaury de Brune bewegten ähnliche Gedanken, und er sprach sie aus, als er ihr Stunden später mit einem väterlichen Kuss auf die Stirn eine gute Nacht wünschte. »Ich war stolz auf dich, meine Tochter!«

Und zum ersten Male ging es ihr ganz leicht über die Lippen, zu sagen: »Habt Dank! Gute Nacht, Vater!«

Yvette, die in den verschwenderisch ausgestatteten Räumen, die der König Monsieur de Brune zur Verfügung gestellt hatte, auf ihre neue Herrin wartete, half ihr beim Auskleiden. Während sich Féline dankbar in einen fehgefütterten, warmen Hausmantel hüllte, löste die Dienerin ihre Frisur. Dann griff sie zur Bürste und entwirrte mit langen, gleichmäßigen Strichen die zerzauste Pracht. Erst nach einer geraumen Weile bemerkte sie die angestrengt gerunzelte Stirn der jungen Frau.

»Lieber Himmel, warum sagt Ihr nicht, dass Ihr Kopfschmerzen habt? Wartet, ich weiß ein gutes Mittel.«

Mit allen zehn Fingern unter die braungoldene, hüftlange Haarpracht fahrend, begann sie den schmalen Schädel, den sie unter ihren Händen spürte, in kleinen, festen Kreisen zu massieren. Féline schloss die Augen, dankbar für die unmittelbar eintretende Erleichterung. Als Yvette aufhörte, schlug sie die Lider wieder auf.

»Was ist los? Warum machst du nicht weiter? Es tut mir so gut!«

Erst jetzt entdeckte sie, dass Yvette in einen respektvollen Knicks versunken war, um Philippe Vernon ihre Reverenz zu erweisen. Er stand unter dem Türstock, und seiner steinernen Miene war keinerlei Gefühl zu entnehmen. Er gönnte Yvette lediglich eine knappe Handbewegung. »Du kannst gehen«, wies er sie an. »Ich werde mich jetzt selbst um deine Herrin kümmern.«

Ein viel sagendes Lächeln stand in Yvettes dunklen Kohlenaugen, während sie bewundernd den hoch gewachsenen Edelmann ansah, der sein Hofkostüm ebenfalls mit einem bodenlangen Samtmantel vertauscht hatte. Die Marquise war in der Tat eine vom Glück gesegnete Frau. Die Zofe unterdrückte einen neidischen Seufzer, dann huschte sie mit einem gemurmelten Gruß nach draußen.

Féline erhob sich und warf die glänzende Fülle ihres Haares über die Schultern nach hinten. Aufflammender Widerstand härtete das Silber ihres Blickes zu mattem Stahl. Womit hatte sie die zweifelhafte Ehre dieses späten Besuches in ihrem Schlafgemach verdient?

»Es ist nicht nötig, dass Ihr Eure Zeit bei mir verschwendet«, sagte sie so kühl wie sie es vermochte. »Ich bin sicher, Madame d'Aronet erwartet Euch!«

»Es muss eine vorausschauende, höhere Gerechtigkeit gewesen sein, die dir den Namen Féline in die Wiege gelegt hat, meine Schöne. Geschmeidige Anmut, die messerscharfe Krallen und unvermutet kriegerischen Geist unter glänzendem Fell verbirgt. Eine Katze, die ständig faucht.«

Wollte er sich über sie lustig machen? Sie spürte den unregelmäßigen Schlag ihres Herzens bis in den Hals hinauf und presste die Handflächen zusammen.

»Sagt, was Ihr sagen wollt und gönnt mir dann die Ruhe meines Schlafes, Monseigneur. Ich bin müde.«

»Mauve ... akzeptiert diesen Namen und lasst uns unseren Frieden miteinander machen!« Der Marquis unterstrich seine Bitte, indem er nach ihren Händen griff und sie leicht an sich zog. »Wir können die Tatsachen nicht mehr außer Acht lassen, die durch Euren Empfang bei Hofe geschaffen worden sind. Es würde seltsam aussehen, wenn wir nicht wirklich wie eine Ehepaar miteinander leben.«

Féline schluckte angestrengt. Sie wagte nicht, in sein Antlitz zu sehen. Die Liebe, die sie so tief in ihrem Herzen verborgen zu haben glaubte, zehrte an ihrem Stolz. Sie sehnte seine Berührung herbei und sträubte sich gleichzeitig dagegen. Aber er war stärker. Von seiner Kraft gefangen, blieb ihr nur der schwache, hilflose Protest mit Worten.

»Erklärt Euch genauer«, zischte sie. »Heißt das, Ihr wünscht den Einsatz meiner Person auch hinter den Vorhängen Eures Alkovens? Welch unverhoffte Ehre, dass Euch erneut nach mir gelüstet, zumal der verführerische Reiz des Neuen doch bereits verflogen ist! Muss ich Euch dafür auch noch dankbar sein?«

»Verdammt, eher gelüstet mich nach einer Tigerin! Du wirst mein Bett mit mir teilen, aber die Hölle soll mich verschlingen, wenn ich einen Zankteufel wie dich auch nur anrühre! Komm jetzt!«

Streitbar starrten sie einander an, keiner bereit, nachzugeben oder die unentschuldbaren Worte zurückzunehmen. Unglücklich senkte Féline die Wimpern, nicht ahnend, dass die Spuren tapfer zurückgehaltener Tränen wie zitternde Perlen an ihren Spitzen hingen.

Einen überdrüssigen Seufzer ausstoßend, nahm Philippe Vernon diese seltsame und doch so hinreißende Gattin auf seine Arme und trug sie hinaus. Es glich einem Wunder, dass er auf dem Weg in die eigenen Gemächer nicht einmal einem Wachsoldaten begegnete. Die geschnitzte Holztür mit der Ferse zuschlagend, ließ er sie erst neben dem pfostenbewehrten Bett wieder zur Erde, dessen goldbestickte Vorhänge an einer Seite einladend aufstanden.

»Hier ist dein Platz, Weib!«, verkündete er grob und zog ihr den Mantel ohne viel Federlesens über die Arme. Dem hauchzarten, silbern bordierten Seidenhemd, das sie darunter trug, keine Aufmerksamkeit schenkend, schob er sie grob zwischen die Felldecken. Dann prüfte er den Kaminschirm, der die letzten Funken gefährlicher Glut abwehren sollte, legte den eigenen Mantel ab, unter dem er empörenderweise völlig nackt war und löschte die letzten drei Kerzen auf der Truhe neben dem Bett. Féline war dankbar für die Dunkelheit, welche die glühende Röte ihres Gesichts verbarg.

Als sich die Matratze unter seinem Gewicht senkte, rückte sie so weit von ihm ab, dass sie um ein Haar auf der anderen Seite wieder aus dem Bett gefallen wäre. Im letzten Moment gelang es ihr, sich abzufangen und sich im äußersten Eck zusammenzurollen.

»Gott befohlen zur Nacht!«

Das war alles. Innerhalb kürzester Zeit verrieten tiefe Atemzüge, dass er schlief. Sie spielte kurz mit dem Gedanken zu fliehen, aber dann blieb sie doch liegen. Der vertraute, unvergessene Duft seiner Haut hüllte sie ein und brachte die schmerzlich-süße Erinnerung an unvergessene Zärtlichkeiten und Küsse mit sich.

Ein stummer Seufzer weitete ihre Brust, während der Schlaf sie auch weiterhin mied. Es war Qual und Entzücken zugleich, hier zu liegen und seinen Schlummer zu bewachen, aber es hätte keinen Ort auf der Welt gegeben, wo sie lieber gewesen wäre.

10. Kapitel

Das sichere Empfinden, nicht allein zu sein, drang durch den leichten, nervösen Halbschlaf, in den Féline gegen Morgen gefallen war. Stimmen, die sich unterhielten, Befehle, die erteilt wurden. Was bedeutete der Aufruhr?

Vorsichtig hob sie den Kopf aus den Kissen und blinzelte im Dämmerlicht des Wintervormittags, das milchig durch die bleigefassten Scheiben des Fensters drang. Eine Szene von höchst häuslicher Intimität bot sich ihren Augen durch einen halb zurückgeschlagenen Bettvorhang. Nur mit einem offenen Leinenhemd und einer eng anliegenden Hose bekleidet, wurde Philippe Vernon soeben von seinem Kammerdiener Antoine rasiert.

Vorübergehend zum Stillsitzen gezwungen, studierte der Marquis währenddessen ein Schriftstück, das er in der Rechten hielt und gab einer Person, die so stand, dass die junge Frau sie nicht sehen konnte, detaillierte Anweisungen.

»Ich vertraue dir, dass du nur die besten Stoffe wählst und die Farben mit Bedacht abstimmst. Sorge dafür, dass sich der Kürschner und der Goldschmied noch heute hier melden. Hast du alles verstanden?«

»Sehr wohl, Monseigneur. Sobald ich Madame angekleidet habe, werde ich mich auf den Weg machen«, antwortete Yvettes Stimme und löste damit ein weiteres Rätsel.

Félines Bewegung war jedoch Philippe, der soeben sein Gesicht mit einem Tuch frottierte, nicht entgangen. Er trat an den Alkoven und schenkte ihr ein so unbeschwertes Lächeln, dass sie es gegen ihren Willen instinktiv erwiderte, ehe sie sich hinter ihrer üblichen Mauer aus Stolz und Misstrauen verstecken konnte.

»Verzeiht die Störung«, entschuldigte er sich im Tone eines galanten Gatten. »Aber die Gemächer hier sind so beengt, dass es kaum möglich ist, Geheimnisse voreinander zu haben. Indes, ich nehme an, dass ich auch in Eurem Sinne gehandelt habe, wenn ich Yvette befohlen habe, Eure Kleidertruhen auf den neuesten Stand zu bringen. Ich werde Euch jetzt verlassen, damit Ihr Euch in Ruhe ankleiden könnt.«

Ehe Féline auch nur antworten konnte, war er mitsamt Antoine verschwunden, und Yvette ging mit derselben Tüchtigkeit ans Werk, welche die junge Frau schon am Vorabend zu schätzen gelernt hatte. Ihr Geplauder ließ keine Verlegenheit aufkommen. Mit keinem Hinweis erwähnte sie auch den Umzug ihrer Herrin in die Räume des Marquis. Dafür wusste sie zu Félines Verblüffung bis in die kleinsten Einzelheiten über das Bankett des Vorabends Bescheid.

Im Gegensatz zu Dame Berthe, die es nicht lassen konnte, während der Morgentoilette Ratschläge, Ermahnungen und fromme Sprüche von sich zu geben, erfreute Yvette die Dame von Andelys mit einer ebenso bunten wie drastischen Schilderung des Wutanfalles, den Therèse d'Aronet vor dem abendlichen Fest bekommen hatte, als sie durch ihre Spione vom Auftauchen der Marquise erfuhr.

»Sie hat das Kristall-Töpfchen mit ihrer kostbaren ägyptischen Lippenpomade durch das Fenster geworfen!«, kicherte die Zofe schadenfroh. »Nicht nur, dass sie dabei ein schönes Glasbild der heiligen Genèvieve zerstörte, sie hätte auch um ein Haar den Botschafter seiner Heiligkeit des Papstes getroffen, der in diesem Moment den Louvre verließ und zu seinem Wagen ging. Man sagt, das Geschoss sei dem frommen Herrn nur knapp am Kopf vorbeigegangen, ehe es auf den Steinen des Cour Carré zerschellte. Der Knall machte die Pferde seiner Kutsche scheu, und der Mönch, der ihn begleitete, fiel mitten auf dem Hof in die Knie und flehte um die Rettung seiner unsterblichen Seele. Kurz, es muss ein rechter Spaß gewesen sein!«

Féline schmunzelte vergnügt, wenngleich sie keinen Kommentar zu dieser Geschichte abgab. Solange die schöne Therèse diese Wutanfälle nicht in der Gegenwart ihres Anbeters bekam, bestand vermutlich wenig Aussicht, dass Andelys ihrer faszinierenden Gegenwart müde wurde. Auch wenn Yvette sie noch so nachdrücklich in dieses steife Korsett zwängte, dessen Schnüre sie unter Aufbietung aller Kräfte auf ein Maximum zusammenzog. Darüber kam ein burgunderrotes, hochgeschlossenes Samtkleid, das der Kälte des Tages trotzen konnte. Eine gefältete, eng gelegte Spitzenkrause zwang sie dazu, das Kinn hoch zu tragen, und drei warme Unterröcke bauschten den weiten Rock.

Obwohl es im Schlafgemach an diesem Morgen angenehm warm war, hatte Féline schon gestern gemerkt, dass die Gänge des Louvre ebenso lang wie verwirrend, zugig und eiskalt waren. Es kam ihr fast so vor, als habe sie barfuß in dünnen Leinenröcken in Survillier weniger gefroren. Zumindest hatte ihr die Arbeit keine Zeit gelassen, über so unwichtige Dinge nachzudenken, gestand sie sich selbst mit einer komischen kleinen Grimasse ein.

Yvette befestigte unterdessen eine lange Schnur roséfarbener Perlen in ihren hochgetürmten Locken und stemmte zufrieden die Arme in die rundlichen Hüften. Auch diese Robe war für höfische Verhältnisse zu schlicht, aber gerade dadurch brachte sie die ungewöhnliche Schönheit der Trägerin voll zur Wirkung.

Nichts lenkte vom goldenen Schimmer der Haare, den fein geschwungenen roten Lippen und den Augen ab, die wie reines Silber funkelten. Das tiefe Rot betonte im Gegenteil den Alabasterschimmer der makellosen Haut und verlieh der schmalen Figur Zerbrechlichkeit, ohne die fraulichen Rundungen zu verbergen.

»Perfekt!«, äußerte Yvette und wurde von überraschender Seite bestätigt.

»In der Tat«, nickte Amaury de Brune, der eben den Raum betrat. »Deine Schönheit bringt Sonne in diesen trüben Tag, meine Tochter. Ich hoffe, du hast angenehm geruht?«

Féline erwiderte sein Lächeln. »Danke der Nachfrage, Vater, ich hoffe das gleich von Euch. Ihr seht heute besonders prächtig aus!«

In der Tat hatte das noble, nachtblaue Samtwams mit dem kurzen pelzgefütterten Umhang nur wenig Ähnlichkeit mit den bescheidenen und praktischen Kleidern, die de Brune normalerweise bevorzugte. Der übliche Stock, dieses Mal aus schwarzem Ebenholz mit Elfenbeingriff, vervollständigte seine Aufmachung und verlieh ihm eine höchst respektgebietende Aura.

»Nun, ich nehme an, dass du die Vormittags-Audienz nicht versäumen möchtest. Man sagt unserem König große Weisheit nach, wenn es darum geht, die vielfältigen Streitigkeiten seiner Untertanen zu schlichten und scheinbar unlösbare Probleme zu klären. Wenn dir also die Begleitung eines alten Mannes nicht zu ermüdend ist ...«

Ihre schmalen Hände in seine ausgestreckten legend, schenkte Féline ihm einen Blick, in dem ihr ganzes liebebedürftiges Herz lag, ohne dass sie selbst davon wusste. »Ich verdanke Euch alles, was ich habe und was ich bin«, antwortete sie ebenso ernst wie vieldeutig. »Seid Ihr sicher, dass die Reise Eurer Gesundheit nicht geschadet hat? Habt Ihr wieder Schmerzen?«

De Brune küsste sie sanft auf die Stirn. »In deiner Gesellschaft sind sogar die lästigen Beschwerden der Gicht ein wenig leichter zu ertragen. Mach dir keine Sorgen.«

Féline ahnte, dass er seine Leiden nicht ganz wahrheitsgemäß schilderte, aber sie verbarg ihr Mitgefühl. Sie wusste, dass ihm jede Wehleidigkeit zuwider war. Sie würde aufpassen, dass er sich nicht überanstrengte. Der Mann, der ihr mit jedem Tag mehr Vater wurde, als es ihr richtiger je gewesen war, verdiente alle Fürsorge.

Yvette sah wenig später gedankenvoll dem ungleichen Paar nach, das sich auf den Weg in die große Empfangshalle des Palastes machte. Sogar in ihrem Herzen, das sich in den Mauern des Louvre längst abgewöhnt hatte, an Wunder oder Menschlichkeit zu glauben, regte sich ein Gefühl der Wärme. Vielleicht war doch etwas an diesem Glauben der Protestanten, wenn er zwischen Vater und Tochter ein solches Maß der Liebe und des gegenseitigen Einvernehmens bescherte.

»Donnerwetter, Andelys, verratet mir, wer dieses kleine Wunder dort ist? Ein neuer Stern, den unser charmanter König in einem Provinzschloss entdeckt hat? Wie er es nur fertig bringt, ständig die Schönsten der Schönen in seinen Bann zu ziehen. Seht Ihr, wie sie ihn fixiert? Welche Farbe wohl diese Augensterne haben, die nicht einen Herzschlag von seiner Herrlichkeit ablassen?«

Der Marquis von Andelys hörte mit einem höchst merkwürdigen Ausdruck im Gesicht der Lobeshymne seines Begleiters zu. Louis de Coligny war nicht nur ein alter Freund von ihm, er war auch ein durchaus ernst zu nehmender Rivale, wenn es darum ging, die neuesten Favoritinnen eines verwöhnten Hofes zu erobern. Dass es sich bei dem aktuellen Opfer seines erfahrenen Blickes jedoch ausgerechnet um Féline handelte, störte ihn erheblich.

»Grau«, antwortete er deswegen trocken auf die Frage des Grafen, der an diesem Morgen erst von einem Besuch auf seinem Landschloss in die Stadt zurückgekehrt war. »Grau, mein Bester. Und vielleicht sollte ich Euch bei der Gelegenheit auch darauf hinweisen, dass Ihr von Mauve Vernon, der lieblichen Marquise von Andelys sprecht!«

»Potzblitz! Sagtet Ihr nicht, sie sei leidend und nicht imstande, bei Hofe zu erscheinen? Wahrhaftig, ich habe selten eine hinreißendere Kranke gesehen!« Der Graf wich einen Schritt zurück, und ein spöttisches Grinsen entspannte seine narbigen, aber doch ansprechenden Züge. »Sehe ich da das rote Aufblitzen von Eifersucht, mein Freund?«

Mit dem deprimierenden Gefühl, dass er nahe daran war, sich lächerlich zu machen, versuchte Philippe Vernon, Haltung zu bewahren. »Ihr redet Unsinn. Sie hat sich erholt. Der lange, sonnige Sommer hat ihre Gesundheit stabilisiert. Es ist ein Wunder, für das wir dem Herrn nicht genügend danken können.«

»Amen!«

Die beißende Antwort seines Freundes entlarvte den letzten Satz als das, was er war, eine Floskel. Andelys ersparte sich eine Entgegnung. Auch er konnte die Augen nicht von der dunkelroten Silhouette nehmen, die unter der Schar der übrigen Höflinge im Audienzsaal Zeuge der morgendlichen Empfänge wurde.

Amaury de Brune war an ihrer Seite. Eine Bemerkung Félines veranlasste ihn zu einem Schmunzeln, wie er es noch nie auf dem harten Antlitz des alten Mannes gesehen hatte. Dass die Zuneigung indes gegenseitig war, konnte niemand entgehen. Die zärtliche Besorgnis, mit der die junge Frau den kranken Edelmann stützte, war unverkennbar.

»Ich frage mich, wie viel überflüssige Zeit Ihr noch benötigen werdet, bis Ihr mich endlich diesem Engel vorstellt?«, machte sich Coligny in gewohnter Unverschämtheit bemerkbar. »Schließlich könnt Ihr die Hilfe eines Freundes brauchen. Ich denke nicht, dass Madame d'Aronet von dem Auftauchen derartig lieblicher Konkurrenz begeistert ist.«

»Und wo wollt Ihr diese Hilfe leisten?«, knirschte der Marquis humorlos. »Eher bei der schönen Therèse oder gar in einem Revier, dass Euch so verschlossen sein sollte, wie das des Königs?«

Louis de Coligny schlug ihm in gönnerhafter Laune auf die Schulter. »Warum überlasst Ihr die Entscheidung in diesem Fall nicht einfach den entsprechenden Damen?«

Noch nach einer ebenso entschiedenen, wie schneidenden Antwort suchend, war Philippe entgangen, dass sich auch die Aufmerksamkeit des Königs seiner vermeintlichen Gattin zugewandt hatte. Jetzt vernahm er das Raunen und erkannte voller Erstaunen, dass die Marquise von Andelys zusammen mit ihrem Vater vor Seine Majestät trat. Die beiden einfach gekleideten Männer, die ihretwegen zur Seite wichen, verneigten sich respektvoll vor der schönen Edeldame.

»Da Ihr bisher in so bedauerlicher Abgeschiedenheit auf den Gütern Eures Gatten gelebt habt, Madame«, sprach der König sie an. »Seid Ihr vielleicht genau die richtige Person, mir bei der verzwickten Angelegenheit beratend zur Seite zu stehen, die diese beiden Herren hier unterbreiten!«

Philippe Vernon wusste, dass es sich bei diesem Ansinnen lediglich um eine charmante Geste des Herrschers handelte, der seinen Favoritinnen oder denen die es werden sollten, gerne den Anschein von Bedeutung gab. Keine der Damen würde es wagen, seinen Richtspruch auch nur in Zweifel zu ziehen oder gar eigene Vorschläge machen. Aber wie in Dreiteufelsnamen sollte dies eine ahnungslose, in Hofdingen völlig unerfahrene junge Frau wissen und richtig reagieren?

Eine Blamage übelsten Ausmaßes befürchtend, machte er einen Schritt vorwärts, wurde aber durch die warnende Hand Colignys auf seinem Ärmel aufgehalten.

»Vorsicht, mein Lieber«, warnte ihn sein Freund. »Könige können empfindlich reagieren, wenn man sich in ihre Eitelkeiten mischt. Zudem macht Eure kleine Gattin nicht den Eindruck, als befände sie sich hilflos in den Klauen eines Ungeheuers.«

Wenngleich Philippe das Beispiel geschmacklos fand, einen gewissen Wahrheitsgehalt mochte er ihm nicht absprechen. Ein unterdrückter Seufzer weitete seine breite Brust. »Wie kann er sie nur an dieser Audienz teilnehmen lassen«, murmelte er, mehr an sich selbst gerichtet, als an den Mann, der neben ihm stand.

»De Brune?«, folgerte der Graf prompt. »Der alte Fuchs ist grau geworden. Aber die Kleine ist bezaubernd. Ihr könnt von Glück sagen, dass Euch eine Konventionsheirat ein solches Schmuckstück beschert hat.«

Philippe überhörte den Neid in seiner Stimme, er bemühte sich vielmehr zu verstehen, worum es bei der Angelegenheit ging, für die Heinrich von Navarra Félines angeblichen Rat erbat. Dass die Bittsteller einfache Leute waren, erkannte man an Haltung und Kleidung. Menschen, die normalerweise nie in den Genuss königlicher Aufmerksamkeit gekommen wären. Entweder hatten sich also ein Edelmann für ihre Sache eingesetzt oder einem von beiden war es gelungen, auf andere Weise die stets wache Neugier des Monarchen zu erregen.

Dass sie sich so plötzlich und unerwartet im Mittelpunkt der allgemeinen Aufmerksamkeit befand, hatte Féline erschreckt, doch es war ihr unter Aufbietung aller Kräfte gelungen, Haltung zu bewahren. Lediglich ein rosiger Hauch auf den Wangen verriet, dass ihr Atem knapp geworden war und ihr Herz unregelmäßig pochte.

»Wenn ich Euch richtig verstanden habe«, wandte sich der König jetzt an die beiden Männer, »geht es um ein Stück Land, das Ihr, Meister Anglet, für Euch fordert. Monsieur Clairon indes begründet seinen Anspruch auf diese beiden Äcker, auf die Mitgift seiner Frau. Da die Ärmste im Kindbett verstorben ist und auch ihr Vater nicht mehr lebt, steht Wort gegen Wort. Ihr habt keinen Beweis dafür, dass Clairons Schwiegervater Euch das Land rechtmäßig verkauft hat, und das Wort des Bauern steht gegen Eures! Ihr fordert beide Gerechtigkeit. Eine schwere Entscheidung, wozu würdet Ihr mir also raten, meine Liebe?«

Féline ließ sich Zeit. Sie warf den beiden Kontrahenten einen prüfenden Blick zu. Maître Anglet, dessen schmale Lippen und tief eingebettete Knopfaugen nicht zu seinem durchaus respektablen Bauch passten, erinnerte sie an eine fette Ratte, die genüsslich auf den richtigen Moment wartet, um die hilflose Beute zu schlagen.

Der verstörte Clairon hingegen, der sichtlich eingeschüchtert von seiner Umgebung kaum wahrnahm, was sich ereignete, trug die abgezehrten Züge eines Mannes, dem Sorgen, Hunger und Not ins Gesicht geschrieben stehen. Obwohl sein Anzug tadellos sauber war, erkannte ihr kundiger Blick die Fadenscheinigkeit, die an manchen Stellen mit reichlich aufgetragener, schwarzer Holzkohle kaschiert worden war. Ein freier Bauer, dessen ehemals bescheidener Wohlstand die Jahre des Krieges nicht überdauert hatte und für den der Frieden nun zu spät kam.

Heinrich von Navarra betrachtete erstaunt die feine, nachdenkliche Falte, welche die Stirn der Marquise von Andelys furchte. Dann richtete sie entschlossen ihre funkelnden Silberaugen auf ihn und reckte das zierliche Kinn in einer Art und Weise, die ihn unangenehm an seine früheren Auseinandersetzungen mit Amaury de Brune erinnerte. Die Tochter ihres Vaters, er zweifelte keinen Moment daran.

»Wenn Ihr erlaubt, Majestät, so möchte ich beide Männer fragen, was sie mit den Äckern zu tun gedenken«, sagte sie nun mit leiser, aber fester Stimme.

Seiner selbst und seines Sieges völlig sicher, knickte Maître Anglet zu einer Bewegung zusammen, die wohl eine Verneigung vor der schönen Edeldame darstellen sollte.

»Es handelt sich um ein Stück Land am Dorfrand, Madame la Marquise. Zwischen der Kirche, dem Anger und der Straße nach Blois gelegen. Viel zu schade, um weiterhin als Rübenacker zu verkommen! Ich werde dort eine Herberge für die durchziehenden Reisenden errichten. Es gibt dergleichen bei uns im Umkreis von einer Tagreise nicht!«

»Kein schlechter Plan«, nickte Féline.

»Verzeiht, Herrin«, mischte sich Clairon mit dem Mut der Verzweiflung ein. »Es ist der letzte Grund, der mir geblieben ist. Wir sind zum Hungertod verdammt, wenn ich auch diese Äcker verliere!«

»Wie viel Kinder hast du?«, setzte Féline zum Erstaunen der Hofgesellschaft ihr Verhör fort.

»Fünf, edle Dame! Das Jüngste ist erst zwei, die Älteste zwölf Sommer!«

Die junge Frau benötigte keine Fantasie, um sich das Elend, das hinter dieser Antwort steckte, vorzustellen. Ein unmerkliches Lächeln spielte auf ihren Lippen, als sie sich dem König zuwandte.

»Eine gut gehende Herberge gibt vielen Menschen in einem Dorf Arbeit, man sollte Maître Anglets Pläne durchaus befürworten, Majestät. Die Art, wie er sie verwirklichen möchte, ist indes nicht besonders christlich. Da keiner der beiden Männer Beweise für seine Behauptung besitzt, schlage ich eine Teilung vor. Maître Anglet errichtet seine Herberge, und Clairon behält den Grund. Da eine Gaststätte an der Straße nach Blois einer Goldgrube gleichkommt, soll Anglet der Familie Clairon eine jährliche Pacht für den Grund bezahlen. Dies wird ihm und seinen Kindern ein gutes Auskommen sichern. Zudem schlage ich vor, dass Anglet sich verpflichtet, ein jedes der fünf Kinder zu einem angemessenen Lohn in Dienst zu nehmen, sobald es alt genug dafür ist.«

Die dunklen, bewundernden Augen des Königs tauchten nachdenklich in den Silberblick der Marquise von Andelys. So lange und intensiv, dass sich die leichte Röte auf ihren Wangen vertiefte. Trotzdem hielt sie dieser Musterung stand, ohne die Lider zu senken. Der gesamte Hof wurde Zeuge, wie Heinrich schließlich den Kopf neigte und nach der Hand Mauve Vernons griff, um sie zu küssen.

»So schön und so weise!«, meinte er, sich wieder aufrichtend, anerkennend. »Ihr seid ein schrecklicher Dickschädel, de Brune, aber die Klugheit Eurer Tochter macht Eurer Erziehung allemal Ehre.«

Er wandte sich an die beiden Bittsteller. »Ihr habt gehört, was die Marquise entschieden hat. Indes wird dieses Urteil in einem königlichen Dekret festgehalten, damit es künftig keinen Zweifel mehr geben kann. Clairon, ein Beutel aus der königlichen Schatulle wird zudem dafür sorgen, dass die Euren keinen Hunger leiden müssen, bis Ihr die erste Pacht von Maître Anglet erhaltet.« Der König winkte einem Schreiber und gab seine Befehle weiter. »Folgt diesem Mann, er wird für alles Weitere sorgen.«

Eine Bewegung zu ihren Füßen riss Féline aus ihrer Erstarrung. Clairon hatte den Saum ihres Gewandes ergriffen und küsste ihn ehrfurchtsvoll. »Ich werde Euch zeit meines Lebens in alle Gebete einschließen. Ihr habt meinen Kindern das Leben gerettet!«

»Sei bedankt«, hauchte Féline in der sicheren Erkenntnis, dass sie jedes Gebet dringend nötig hatte, das für sie gesprochen wurde. War sie nicht eine Abenteurerin, die sich eine Position anmaßte, die ihr nicht zukam?

Freilich, wie leicht es doch war, zu helfen und Gutes zu tun, wenn man nur am richtigen Platz stand und die nötige Autorität hatte. Sie musste nicht einmal den giftigen Blick Maître Anglets fürchten, der sich von dieser Audienz einen völlig anderen Ausgang für seine Angelegenheiten erwartet hatte. Aber auch er wagte gegen den schriftlichen Befehl Heinrichs von Navarra keinen Einspruch zu erheben, wenngleich die Pacht, zu der er verurteilt worden war, eine erhebliche Einbuße seiner Einnahmen darstellen würde.

Es dauerte noch geraume Zeit, bis sich die Aufmerksamkeit endlich anderen Dingen zuwandte und es Philippe Vernon gelang, die Seite seiner Gemahlin zu erreichen, die so plötzlich in den engsten Kreis um den König aufgerückt war. Amaury de Brune, der bisher an ihrer Seite ausgeharrt hatte, machte ihm bereitwillig Platz. Er ahnte als Einziger um die Verwirrung, die Féline hinter der eleganten Fassade seines selbstsicheren Schwiegersohnes verursacht hatte.

»Mein Kompliment, Madame«, begrüßte sie Philippe in einer Mischung aus Spott und widerwilliger Anerkennung. »Ihr habt Euch brillant aus der Affäre gezogen. Ihr seht mich starr vor Bewunderung.«

Félines Hände verkrallten sich nervös in den weichen Samt des rubinroten Rockes, und der Ton ihrer silbernen Iris wechselte zu metallfarbener Kühle. So sehr sie sich wünschte, von ihm bewundert und anerkannt zu werden, diese Bemerkung klang genau nach dem Gegenteil. Sie hasste es, überheblich verlacht zu werden, und etwas anderes konnte sie in seinen Worten nicht entdecken. Schlagartig wich die Erinnerung an die Wärme und Freundlichkeit, die er noch am Morgen für sie aufgebracht hatte.

»Es ist keineswegs nötig, gesunden Menschenverstand zu einer Tugend von größerer Bedeutung zu machen«, erklärte sie spitz. »Es sei denn, Ihr wärt bisher von Damen umgeben gewesen, die darüber nicht verfügen, Monseigneur!«

Das dröhnende Lachen des Königs, der zu Félines Bestürzung diesen kleinen Schlagabtausch belauscht hatte, ließ Féline erstarren. Auch Philippe Vernon hatte beträchtliche, Mühe, gute Miene zu dem kameradschaftlichen Schlag zu machen, den ihm der König auf die Schulter gab.

»Wo sich Schönheit mit Klugheit paart, mein lieber Philippe, sind wir Männer arme Teufel. Habt Mitleid mit uns, Madame, und tragt Eurem Gatten die Fehler nicht nach, die er sicher nur aus Verzweiflung über Eure erzwungene Trennung begangen hat. Ich lege meine Hand dafür ins Feuer, dass Ihr künftig nicht mehr an seiner Treue zweifeln müsst.«

Der Blick des Königs glitt mit unverkennbarem Wohlgefallen über die betonten Rundungen der hinreißenden Marquise, dann wandte er sich wieder Maximilian de Béthune zu und verließ mit ihm den Audienzsaal.

»Hatte ich Euch nicht geraten, Eure Zunge im Zaum zu halten?«, grollte Philippe. »Es spricht nicht für die Erziehung einer Edeldame, mit derartigen Anspielungen die Ohren ihres Gattes zu beleidigen.«

Félines Lachen klingelte die Tonleiter auf und ab. Sie konnte nicht anders. Es war zu komisch. Was dachte er sich nur? Endlich hatte sie sich wieder gefasst und betrachtete ihn höchst mutwillig.

»Und wie steht es mit der Erziehung eines Edelmannes, der seiner Gattin zumutet, am selben Tisch mit seiner Geliebten zu speisen?«

»Madame!«

»Monsieur!«

»Ist es Eure Absicht, im Angesicht des versammelten Hofes einen Ehekrach zu inszenieren, meine Kinder?« Die amüsierte Feststellung Amaury de Brunes brachte Philippe Vernon wieder zur Besinnung. Er zwang sich, seiner Gemahlin ein Lächeln zuzuwerfen, das sie strahlend erwiderte. Ihre kleinen Zähne blitzten zwischen den halb geöffneten, feuchten, roten

Lippen und unter halb gesenkten Wimpern funkelte ausgelassene Schadenfreude.

Doch anstatt zornig zu werden, fühlte er, wie seine Erbitterung mehr und mehr dem verzweifelten Wunsch wich, diesen verführerischen Mund zu küssen. Zu gut erinnerte er sich daran, wie es sich anfühlte, wenn er weich und liebevoll wurde, wenn Félines ganze Gestalt in seinen Armen dahinschmolz. Welche rätselhafte Macht hatte diese kleine Hexe über ihn gewonnen?

»Nein, Vater«, murmelte er schließlich. »Es scheint mir nicht zuzustehen, anspruchsvoller als Seine Majestät zu sein. Wenn er das ungewöhnliche Benehmen der Marquise von Andelys toleriert, muss ich es wohl auch tun. Kommt, meine Schöne, der König möchte sich offensichtlich von der Harmonie unserer Ehe überzeugen.«

Schweigend ließ sich Féline von ihrem Gatten wieder in den Kreis der Hofgesellschaft zurückführen. Sie wusste nicht genau, wie sie seine letzte Bemerkung auffassen sollte. Sie fühlte seine Augen auf sich ruhen und versuchte sich einzureden, dass die Anspannung ihres Körpers noch auf die Aufregung der vergangenen Momente zurückzuführen war.

Allein von dort, wo ihre Hand auf seinem Arm auflag und sie unter ihren sensiblen Fingerspitzen die Kraft seiner Muskeln fühlte, schien pures Feuer auf sie überzuspringen. Diese Robe war sogar für einen Dezembertag im Louvre entschieden zu warm. Sie hätte etwas darum gegeben, wenn sie die eng anliegende Halskrause nur für einen Moment hätte lockern können. Welch eine unsinnige Modegrille, sich den Atem mit mühlradförmigen Spitzenfalten abzuschnüren!

Erleichtert schob sie ihr Unbehagen auf das Meisterwerk, mit dem Yvette ihre Robe an diesem Morgen geschmückt hatte. Die bloße Berührung des Marquis konnte schließlich keine solche Wirkung auf sie haben – oder doch?

11. Kapitel

Dass Gabrielle d'Estrees, die schöne Herzogin von Beaufort, ausgerechnet die Kirche von St. Germain l'Auxerrois für ihre Gebete bevorzugte, war den meisten protestantischen Mitgliedern des Hofes ein ständiger Dorn im Auge. Immerhin hatte das Frühmettegeläut eben jener Kirche, die dem königlichen Palast genau gegenüberlag, am 24. August 1572 das Zeichen zum Überfall auf die Mitglieder des reformierten Glaubens gegeben. Jenes blutigen Gemetzels, dem das Volk die Bezeichnung Bartholomäusnacht gegeben hatte.

Ob es schlicht fehlendes diplomatisches Gefühl der königlichen Mätresse war, oder ob sie die Protestanten absichtlich provozieren wollte, war schwer zu entscheiden. Von den katholischen Damen des Hofes begleitet, fand sie sich indes in schöner Regelmäßigkeit in St. Germain zur Andacht ein. Heute war unter ihnen auch die elegante Therèse d'Aronet zu finden, die sich normalerweise nicht unbedingt durch bemerkenswerte Gläubigkeit auszeichnete.

Das vornehme Profil fromm über die gefalteten Hände geneigt, die der Dezemberkälte wegen in feinste spanische Lederhandschuhe gehüllt waren, ließ sie ihren Gedanken freien Lauf. Es waren hasserfüllte, zornige Gedanken, und sie galten ausschließlich Philippe Vernon und seiner Frau.

Seit er im Herbst an den Hof zurückgekehrt war, hatte sie gespürt, dass die Leidenschaft, die er für sie empfand, auf merkwürdige Weise abgeflaut war. Aber sie wäre im Traume nie darauf gekommen, dies mit einer angeblich todkranken Gemahlin in Verbindung zu bringen, die auf geheimnisvolle Weise von den Halbtoten wieder auferstanden war. Hatten ihr nicht alle

Spione berichtet, dass Mauve Vernon kaum noch ihre Räume verließ und alle Welt stündlich mit dem Dahinscheiden der Schwindsüchtigen rechne? Hatte nicht der König selbst sie auf das Freundlichste ermuntert, den Marquis in den Hafen einer neuen Ehe zu manövrieren?

Nun war auch ihr mächtigster Verbündeter zum Feind übergeschwenkt. Zum Feind? Es fiel schwer, diese mädchenhafte junge Frau mit einem solch gefährlichen Wort zu bedenken. Die Naivität, mit der sie ihren Gatten anstrahlte und kaum von der Seite ihres Vaters wich, veranlasste einen vernünftigen Menschen eher zum Gähnen als zum Hass.

Indes kam es wohl auf die Wirkung an, die diese Einfalt auf einen so erfahrenen Mann wie Vernon ausübte. Sogar der König verzieh der Person, dass sie mit der Etikette des Hofes brach und sich in Dinge einmischte, die sie nichts angingen. Man musste nur an die peinliche Audienz denken, auf der sie sich für diese Bauerntölpel eingesetzt hatte.

Unter halb gesenkten Wimpern suchte ihr Blick die Herzogin. Sie war schön und hinreißend wie immer, aber wer sie so genau kannte wie Madame d'Aronet, spürte eine Unruhe an ihr, eine Hektik, die sie jedes Mal befiel, wenn sie fürchten musste, ihre Position beim König befände sich in Gefahr. Sie war klug genug, um die Wirkung dieser unverdorbenen, reinen Anmut richtig einzuschätzen, mit der Mauve Vernon die verwöhnten Edelmänner des Hofes bezauberte. Würde sie eine Verbündete für Therèse sein, wenn es darum ging, der unerwünschten Dame ihre Grenzen zu zeigen?

Eine Bewegung im Seitenschiff lenkte Therèse d'Aronet für einen Moment ab. Eine Frau hatte die Marienkapelle betreten und bekreuzigte sich voller Andacht. Da sie indes den pelzgefütterten Umhang mit Kapuze bis zur Nasenspitze geschlossen hatte, sah sie nur das Aufblitzen eines Ringes, dessen Feuer sich im Kerzenlicht fing. Es musste sich um ein kostbares

Schmuckstück mit einem großen Diamanten handeln, dass ein solches Prisma überhaupt möglich war. Auch schien der weite Umhang aus feinstem Tuch und war an Kanten und Saum mit einem breiten Pelzbesatz versehen.

Unzweifelhaft eine Edeldame. Aber warum schloss sie sich nicht der Gruppe um die Herzogin an? Warum schlich sie mit allen Anzeichen der Geheimhaltung vor die farbige Statue der Mutter Gottes, wo sie nun in tiefer Sammlung auf den Knien verharrte?

Für einen Herzschlag lang spielte Madame d'Aronet mit dem Gedanken, in die Kapelle zu treten und die Unbekannte näher zu betrachten. Irgendetwas kam ihr bekannt an der Frau vor, aber dann schalt sie sich eine Närrin. Sie hatte wahrhaftig andere Sorgen, als einer dummen, vorübergehenden Anwandlung von Neugier nachzugeben.

Als sie das nächste Mal hinübersah, war die kleine Kapelle wieder leer, und sie vergaß den Vorfall, nicht ahnend, dass ihr Instinkt in diesem Falle durchaus auf der richtigen Fährte gewesen war.

Féline schaute den kleinen Wölkchen nach, die in der klaren Luft aus ihrem Atem entstanden, und blinzelte gegen die helle Wintersonne. Sie zog den pelzgefütterten Mantel enger um ihre Schultern und schmiegte ihre Wange gegen den weichen, braunen Zobel, der die Kapuze ausfütterte. Es war ein eigenartiges Gefühl, an einem so klirrend kalten Wintertag im Freien zu stehen und trotzdem nicht zu frieren.

Ihre Füße steckten in wärmenden Stiefeln, und eine beachtliche Zahl wollener Unterröcke versperrte der Kälte den Weg auch von unten. Ganz zu schweigen von dem wundervollen Mantel, den ihr Yvette gereicht hatte, als sie ihr ihren Wunsch mitteilte, mehr von der Hauptstadt des Königreiches zu sehen, als nur den Ausschnitt, den die Fenster des Palastes freigaben.

Lediglich die Tatsache, dass Yvette darauf bestanden hatte, sie zu begleiten, trübte das Vergnügen dieses unverhofften Abenteuers. Aber immerhin war sie der ständigen Aufsicht ihres Gatten und der manchmal geradezu übertriebenen Sorge Amaury de Brunes entwischt, die beide in einer Ratsversammlung des Königs saßen und ihr diesen freien Nachmittag geschenkt hatten.

»Madame, bitte kommt weiter«, Yvette griff nach ihrem Arm und zog sie mit einem besorgten Blick in die Runde weiter. »Wollt Ihr, dass man Euch sieht, wie Ihr aus diesem Gotteshaus kommt?«

»Seit wann ist es eine Schande, wenn man aus einer Kirche tritt?«, erkundigte sich Féline verblüfft, die schon nicht verstanden hatte, warum Yvette sich eben gesträubt hatte, sie hinein zu begleiten.

Yvette seufzte und wagte die Wahrheit zu sagen. »Man könnte meinen, bei Euch in der Normandie hätten sich die Menschen nicht den Kopf wegen ihres Glaubens eingeschlagen«, verwunderte sie sich. »Habt Ihr vergessen, dass erst seit kurzer Zeit Frieden ist? Euer Gatte zählt zu den Reformierten! Ihr seid Protestantin! Auch wenn es die größte Kathedrale ist, die Ihr bisher in Eurem Dasein gesehen habt, es bleibt dabei, dass es eine katholische Kirche ist und Ihr sie nicht betreten solltet!«

Féline verzichtete darauf, Yvettes Irrtum bezüglich ihres Glaubens zu korrigieren. Mauve Vernon war natürlich im gleichen Glauben getauft wie ihr Gatte. Aber was machte das schon aus? Obwohl Amaury de Brune in den vielen Lektionen, die er ihr erteilt hatte, auch die Beweggründe des zurückliegenden, blutigen Kampfes erklärt hatte, hatte Féline keine Gründe darin zu entdecken vermocht, die gegenseitiges Töten rechtfertigen.

Selbst, wenn sie nicht die tiefe Gottesfürchtigkeit ihrer Mutter und ihrer Schwester empfand, so respektierte sie trotz allem das Leben als ein himmlisches Geschenk, das kein Mensch mit Gewalt beenden durfte. Und war dieser Krieg, der Frankreich so viel Elend beschert hatte, nicht in erster Linie ein Kampf um Macht und Einfluss sowie um den Thron gewesen und erst in zweiter Linie einer um den Glauben?

Mit einer Handbewegung wischte Féline die ketzerischen Überlegungen fort, die weder den Beifall Yvettes, noch den de Brunes gefunden hätten. »Nun beruhige dich, Yvette. Ich bin unbeschadet wieder herausgekommen, und meine Seele wird keinen Schaden leiden. Lass uns zu den Ufergalerien gehen, von denen du mir erzählt hast!«

Katharina von Medici, deren Tochter Marguerite die erste Frau Heinrichs von Navarra gewesen war, hatte den Bau dieser Galerien in Auftrag gegeben. Der überdachte Gang, der eigentlich dazu dienen sollte, unbehindert von den Unbilden der Witterung vom Louvre in den Palast der Tuilerien zu gelangen, war längst zum Tummelplatz für Handwerker und Händler geworden. Die kleinen, exklusiven Läden, die offenen Werkstätten und Verkaufsstände wurden von den Parisern ebenso geschätzt wie von den Mitgliedern der lebenslustigen und mondänen Hofgesellschaft.

Mit Staunen betrachtete die Marquise von Andelys die prächtigen Auslagen dieser Läden. Die Vielfalt des Angebotes betäubte sie förmlich. Neben einem Goldschmied, der fein ziselierte Weinkelche und hinreißend verzierte Schmuckschatullen anbot, verkaufte ein Stoffhändler Seiden, Brokate, Bänder und Spitzen. Ein Handschuhmacher folgte einem Buchbinder, in dessen Auslage ein bunt ausgemaltes Stundenbuch lockte und ein Haubenmacher einem Händler, der in geflochtenen Körben süße Pralinés und Zuckerwerk in allen Farben offerierte.

Vor dem Fenster daneben verhielt sie unwillkürlich den

Schritt. Ein Zobel ruhte dort auf einem schneeweißen Samttuch. Ein von Kürschnerkunst vollendet nachgebildetes Tier, das sie aus Juwelenaugen ansah und seinen eigenen Schwanz mit Zähnen aus Flussperlen umfasst hielt.

»Sieh nur, Yvette, wie reizend das Tierchen ist!«, begeisterte sich Féline.

»Das ist ein Flohpelzchen, Madame«, erklärte die Zofe und auf den fragenden Blick, erläuterte sie seine Verwendung. »Man legt es eng um den Hals. Es soll die lästigen Plagegeister anlocken, damit sie nicht unter die Kleider kriechen. Wenn Ihr mich fragt, die Methode unserer Ahnen einmal pro Woche ins Badhaus zu gehen, ist gegen derlei Viehzeug wirksamer.«

Féline rümpfte schaudernd die zierliche Nase und fand das künstliche Zobeltier mit seinen goldenen Klauen sofort weniger niedlich. Dafür hätte sie nur zu gern eine Hand voll jener verführerisch aussehenden bunten Zuckerstückchen gehabt, die aussahen, als würden sie auf der Zunge zergehen.

Jedoch, wenn sie auch Kleider trug, deren Wert eine Familie mit vielen Kindern einen Winter lang ernährt hätte, sie besaß nicht eine einzige Münze, um sich dieses bescheidene Begehren zu erfüllen. Nun, was machte das schon aus. Ein wenig zu heftig schloss sie mit ihren eigenen Wünschen ab und wandte sich zum Gehen. So unverhofft, dass sie mit einem Kavalier zusammenstieß, der soeben aus der Tür einer Goldschmiede-Werkstätte trat.

»Verzeiht, ich … Fe … oh, Madame?«

Den Blick hebend sah Féline genau in die braun gefleckten Falkenaugen ihres Gemahls, den sie eigentlich in der Ratsversammlung des Königs wähnte. Blass vor Schreck wartete sie auf die Rüge, die nun kommen musste.

Philippe Vernon starrte in die dunklen Pupillen, die vom silbernen Kranz der Iris umgeben, höchst ängstlich auf ihn gerichtet waren. Es war diese kindliche Furcht, die ihn im ersten

Moment daran zweifeln ließ, dass es auch wirklich Féline war, die da vor ihm stand. Eisig, rebellisch, in flammendem Hass, in schweigender Verachtung, spöttisch und auch voller Leidenschaft kannte er sie, allein Angst entdeckte er zum ersten Mal darin. Wovor fürchtete sie sich? Gegen wen oder was sollte er sie beschützen?

»Ich … ich dachte, Ihr seid beim … bei der Ratsversammlung«, stammelte sie schließlich heiser.

»Nicht mehr, Madame! Unser König ist kein Monarch, der lange und sinnlose Diskussionen fördert. Vom Schlachtfeld her gewöhnt, schnelle Entscheidungen zu treffen, überlässt er die Debatten den Philosophen und bevorzugt die Tat. Ich schätze diese Eigenschaft, erlaubt sie es mir doch, Euch an diesem Tage meine Begleitung anzubieten. Welcher dieser Händler weckt Euer Begehr?«

Die Erleichterung, die Féline durchströmte, verlieh ihrem aufblühenden Lächeln einen ganz besonderen Reiz. Philippe sagte sich, dass nicht eines jener kostbaren Schmuckstücke, die ihm der Goldschmied eben angeboten hatte, es an Glanz mit diesem Lächeln aufnehmen konnte.

»Nun, Madame?«, wiederholte er seine Frage, darauf gefasst, auf dem Absatz kehrtmachen zu müssen und dem Goldschmied aufs Neue seine Aufwartung zu machen. Aber Félines Kopfnicken ging einwandfrei in eine andere Richtung.

»Wenn Ihr erlaubt, Monseigneur, eine kleine Menge dieses bunten Zuckerwerks …«

Wenig später tauchten die leicht klebrigen Finger der Marquise von Andelys immer wieder in die Köstlichkeiten eines Spandöschens. Philippe, der völlig vergessen hatte, dass in seiner Tasche ein Saphirring von ungewöhnlicher Größe steckte, den er Therèse d'Aronet als eine Art Abschiedsgeschenk überreichen wollte, schaute ihr fasziniert dabei zu. Mit der unschuldigen Freude eines verspielten Kätzchens genoss sie die Süßigkeiten, während sie an seiner Seite durch die Gasse der Händler bummelte. Ein herrischer Wink des Marquis hatte dafür gesorgt, dass sich Yvette davonstahl.

Später wusste er nicht genau zu sagen, was ihn dazu getrieben hatte, ihr all diese Dinge zu schenken, mit denen beladen sie in den Palast zurückkehrten. Ein Parfüm, das für Félines kritische Nase etwas unvollkommen nach Frühlingswald und frischen Kräutern duftete, ein Kragen aus feinster venezianischer Spitze, eine Garnitur aus einem Elfenbeinkamm und einer weichen Haarbürste, ein paar schneeweiße Handschuhe aus weichstem Rehleder und schließlich, der Gipfel der Torheit – ein schwarzweiß geflecktes, winziges Schoßhündchen, das ihn mit seinem Gekläffe sicher in Kürze an den Rand der Verzweiflung bringen würde.

Aber als sie ihn ansah, den Vierbeiner liebevoll an den Busen gedrückt und auf dem feinen Gesicht jenen Ausdruck uneingeschränkter Freude, begriff er sehr wohl, was in ihm vorging. Er war auf dem allerbesten Wege, sich wie ein liebeskranker Trottel in das Mädchen zu verlieben, das in den Augen der Welt längst seine Gemahlin war.

»Ich danke Euch, Monseigneur!«, sagte sie jetzt sanft. »Ich habe noch nie einen so herrlichen Nachmittag verbracht. Dabei hatte ich schon Angst, Ihr würdet mich schelten.«

»Schelten?« Andelys räusperte sich verlegen und erinnerte sich unbehaglich an ihre anfangs so furchtsamen Augen. »Mir scheint, Ihr habt nicht eben die beste Meinung von mir, Madame.«

»Nun, vielleicht hätte ich Euch fragen sollen, ehe ich den Palast verließ.«

»Das nächste Mal solltet Ihr es tun, Madame«, nickte Philippe. »Und sei es auch nur, damit ich wieder den Genuss haben werde, Euch zu begleiten! Auch ich habe schon lange nicht mehr so vergnügliche Stunden verbracht. Und nun entschuldigt mich bitte, wir sehen uns später beim Bankett des Königs, heute Abend.«

Mitsamt dem Hündchen verneigte sich Féline. Erst als sie die Klinke hörte, richtete sie sich wieder auf und hob das verblüffte Tier auf ihre Augenhöhe.

»Ja, schau mich nur an!«, forderte sie es ausgelassen auf. »So sieht eine Frau aus, in deren Gegenwart ein Mann vergnügliche Stunden verbringt. Ich wüsste zu gerne, ob er das jemals zu dieser arroganten d'Aronet gesagt hat!«

Dann gab sie den Hund frei, raffte ihre Röcke und lief ins Nebenzimmer. »Yvette? Yvette, wo steckst du? Du musst mir helfen, ich möchte die neue Robe tragen, die der Schneider heute geliefert hat und meinst du, dass ich noch ein Bad nehmen kann? Nachdem ich keinen Flohpelz besitze, sollte ich vielleicht vorsichtig sein, damit nicht irgendwelches Getier in meinem Dekolleté herumhüpft. Und damit ich es nicht vergesse, wir brauchen ein Körbchen für diesen jungen Herrn hier. Was meinst du, wie wir ihn nennen sollen?«

Yvette ließ den Wirbelsturm, den ihre lebhafte Herrin verursachte, mit einem Lächeln über sich ergehen. Es sah wahrhaftig danach aus, als wären diese beiden da acht Tage und nicht zehn Jahre miteinander verheiratet. Andelys musste seine Gattin anbeten. Sie betrachtete das Schoßhündchen, das just im Moment nichts Besseres zu tun hatte, als die Visitenkarte seiner nagelneuen Anwesenheit vor dem Kaminschirm zu hinterlassen.

»Das Kerlchen scheint ein rechter Nichtsnutz zu sein, Madame, ein Bastard von merkwürdiger Rasse!« Sie war wenig begeistert von dem Zuwachs des Haushaltes, der nur weitere Arbeit versprach.

Féline lächelte in sich gekehrt. »Ich finde, er ist wunderhübsch, sieh nur seine schönen, traurigen Augen. Was hältst du von Miette?«

Yvette ergab sich. »Immerhin es passt, mehr als ein Krümel ist er nicht!«

Miette hüpfte, von den Aufregungen seines neuen Lebens erschöpft, auf die kissenbelegte Nische vor dem Fenster und rollte sich zum Schlaf zusammen. Er hatte das Gefühl, es mit seiner neuen Herrin gut getroffen zu haben.

Therèse d'Aronets Gefühle hingegen waren wesentlich gemischter. Zum einen befriedigte sie natürlich der Besitz des geradezu gigantischen Saphirringes, der an ihrem Finger funkelte, zum anderen hätte sie dem Marquis von Andelys dieses Geschenk am liebsten mit einer üblen Verwünschung an den Kopf geworfen. Hielt er sie für eine Dirne, die er bezahlen musste? Lediglich ihr gut entwickelter Sinn für Besitz hielt sie von einer stolzen, aber dummen Tat davon zurück.

Ihre ausdrucksvollen Augen verengten sich, während sie die hoch gewachsene Gestalt des Besuchers musterte, der sich bereits wieder zum Gehen wandte.

»Ich hätte mir einen anderen, schlichteren Ring von Euch gewünscht, Philippe!«, murmelte sie.

Vernon ahnte, dass sie auf einen Ehering anspielte, aber er ging nicht auf ihre Worte ein. Seine stumme Reverenz war bereits ein Lebewohl.

Sein kostbares Abschiedsgeschenk mit der Rechten umklammernd, konnte sie sich einen letzten, perfiden Hieb nicht versagen. Man gab einer Therèse d'Aronet nicht einfach so den Laufpass!

»Seid Ihr nicht ein wenig einfältig, mein Freund, wenn Ihr damit rechnet, dass Euer kleiner Schmetterling der Versuchung widersteht, die ein anderer, Mächtigerer, für sie darstellt? Erwartet nicht, dass ich Euch tröste, wenn Euch die Hörner aufgesetzt werden.«

Philippe Vernon ersparte sich eine Antwort. Er gab Madame d'Aronet mit keiner Miene zu erkennen, ob ihr Pfeil getroffen hatte oder nicht. Es hätte sie indes zutiefst befriedigt, hätte sie gewusst, dass ein kleines, hartnäckiges Samenkorn des Misstrauens blieb und über Tage hinweg wuchs.

So wundervoll, ungewöhnlich, bezaubernd und verführerisch Féline auch war, sie blieb ihm ein Rätsel. Was verbarg sich hinter ihrem Lächeln, ihrer Nachdenklichkeit, ihrer spröden Abwehr? Hoffte sie wirklich auf die Gunst des Königs? Schreckte sie deswegen vor jeder noch so harmlosen Berührung seiner Hand zurück?

12. Kapitel

»Welch ein fantastisches Fest!« Féline drehte sich begeistert mit raschelnden Röcken einmal um sich selbst. Sie registrierte den finsteren Blick ihres Gatten nicht einmal. Der Einfall der Königs, das neue Jahr mit einer ebenso prächtigen wie theatralischen Ballettaufführung zu feiern, hatte ihren vollen Beifall gefunden. Und Heinrich von Navarra, nicht zuletzt hingerissen durch die ungekünstelte Freude, mit der die Marquise von Andelys das Spektakel aus Festwagen, allegorischen Tänzen und einem krönenden Feuerwerk im Saale verfolgte, hatte die junge Frau mit Aufmerksamkeiten und Ehren überschüttet. So sehr, dass Gabrielle d'Estrees während des Feuerwerkes den Saal verlassen hatte. Es bedurfte wirklich keiner großen Erfindungsgabe, sich auszumalen, in welche Richtung der Klatsch und das Geflüster in dieser Nacht gingen.

»Welch ein Fest!« bestätigte Philippe sarkastisch und fügte vieldeutig hinzu: »Es scheint, dass Ihr Euch blendend amüsiert habt, meine Schöne!«

»In der Tat«, bestätigte sie ernsthaft, seine trübe Laune weiterhin ignorierend. »Es war aufregender als jedes Erntedankfest, und das erschien mir bisher immer als der Gipfel aller Ausgelassenheit! Ich bin überhaupt nicht müde! Habt Ihr diese künstlichen Vögel gesehen, die den Wagen mit den Musen zierten?«

Sie deutete ein paar Tanzschritte an und blieb dann verträumt mitten im Zimmer stehen. In dieser Nacht zwischen den beiden Jahren kam es ihr vor, als ob sie sich auch selbst am Beginn einer anderen Zeit, eines anderen Daseins befände. Sie war nicht mehr das ahnungslose Mädchen aus Survillier, aber ebenso nicht die verstorbene Edeldame, in deren Rolle sie geschlüpft war. Sie fühlte sich wie eine jener Schlangen, die im Frühling, auf einem warmen Stein liegend, aus ihrer Haut gleiten, um sich wiedergeboren, mit frischer Kraft und in neuer Schönheit den Ereignissen zu stellen.

Philippe Vernon beobachtete sie nachdenklich. War es möglich, dass der König, bezaubert von ihrem natürlichen Liebreiz und ihrem Charme, nicht davor zurückschreckte, eine Ehe zu zerstören? Und war es ihm zu verübeln? Verspürte er nicht am eigenen Leib, wie verhängnisvoll die Anziehungskraft Félines unter die Haut ging?

Sein langes, unheilvolles Schweigen riss die junge Frau endlich aus ihrer Verzückung. Sie hatte in den vergangenen Stunden kaum Gelegenheit gehabt, mehr als ein paar Worte mit ihm zu wechseln. Mit der Vertrautheit, die sich seit jenem Nachmittag zwischen ihnen eingeschlichen hatte, als er ihr Miette schenkte, legte sie fragend die Hand auf seinen Arm und suchte seinen Blick.

»Mir scheint, dass Euch dieser Abend weniger gefallen hat, Monseigneur?«

Der Blitz, der sie aus seinen halb geschlossenen Augen traf, ließ sie frösteln. Ihre Hand sank herab.

»Sollte ich erfreut dabei zusehen, wenn ein anderer mit meiner Frau herumtändelt? Schielt Ihr nach höheren Ehren, Madame? Ist es des Königs Bett, dass Ihr Euch für das neue Jahr erträumt?«

Der unverhoffte, grobe Angriff verschlug Féline den Atem. Meinte er das ernst oder machte er sich über sie lustig? Beides schien gleich schlimm. Sie presste die Handflächen gegeneinander und straffte trotzig die Schultern. Das silberne Feuer ihrer Iris maß sich lodernd mit seinem mörderischen Augenausdruck.

»Gibt es eigentlich keine Beleidigung, die niedrig genug ist, dass Ihr sie mir nicht antut?«, flüsterte sie, und das dunkle Timbre ihrer Stimme klang heiser vor Anspannung und unterdrücktem Zorn.

»Beleidigung? Ihr sitzt auf einem hohen Ross, Madame, wenn man Eure bescheidene Herkunft bedenkt«, schlug er beißend zurück. »Es scheint mir, dass die Position der Favoritin des Königs nicht gerade das ist, was an Eurer Wiege gesungen worden ist.«

»Ich wäre besser nie zur Welt gekommen, wenn es nur dazu gewesen ist, zum Spielball launischer Edelmänner zu werden«, sagte sie tonlos. »Es liegt an Euch, mich jederzeit nach Andelys zu schicken und mich dort eines ehrenvolles Todes sterben zu lassen, wenn Ihr denkt, dass ich dem Namen, den ich trage, Schande mache. Madame d'Aronet und ihresgleichen sind jederzeit bereit, Euch wieder in ihren weißen Armen willkommen zu heißen.«

Es waren nicht allein ihre Worte, die Philippe Vernon zur Besinnung brachten, es war der Anblick ihres blassen, zutiefst verletzten Gesichtes. Wenn Féline auch die Rolle seiner Gemahlin vollendet spielte, vor ihm hatte sie noch nicht gelernt, ihre Gefühle hinter einer Maske zu verbergen. Er tat ihr weh! Er benahm sich wie ein schmachtender Idiot, der die Schönheit, die ihn leiden lässt, aus purer Rachsucht ebenfalls quälen möchte!

Mit einem halb zornigen, halb resignierten Seufzer umschloss er die widerstrebende, zierliche Gestalt in der goldbestickten, nachtblauen Brokatrobe in seine Arme. Sie fortzuschicken vom Hof, aus Paris und aus seinem Leben, ging über seine Kräfte.

»Verzeih mir«, murmelte er, den Mund in ihr lockig hochgestecktes Haar pressend. »Verzeih mir, mein Herz, aber ich fürchte, ich bin verrückt vor Eifersucht.«

Féline glaubte ihren Ohren nicht zu trauen. Sie sträubte sich gegen die Umarmung wie gegen die Hoffnung, die sein unerwartetes Geständnis aller Vernunft zum Trotz wieder in ihr aufflackern ließ.

»Lasst mich«, flehte sie. »Genug des Unsinns. Ihr habt vermutlich dem Wein zu viel zugesprochen und wisst nicht mehr, was Ihr sagt. Lasst mich, ich rufe Euren Kammerdiener, dass er Euch zu Bett bringt.«

»Ich habe nie besser gewusst was ich sage!« Philippe atmete den Blumenduft ein, der ihrem Haar entströmte und verstärkte seinen Griff voller Leidenschaft. »Du hast mich verhext, Féline, Mauve oder wer immer du bist. Du hast deinen Bann über mich geworfen und mich mit deinen Nixenaugen gefesselt. Ich habe weiß Gott mit allen Mitteln versucht, dich zu vergessen, aber die Sehnsucht nach dir ist wie Gift in meinem Blut. Ich kann nicht mehr leben ohne dich, ich brauche dich wie die Luft zum Atmen! Wie die Sonne, wie den Mond, dessen nächtliches Silber sich in der Farbe deiner Augen spiegelt.«

Féline hatte das unwürdige Gezappel längst eingestellt. Eng an seine Gestalt geschmiegt, spürte sie unter ihrer Wange die Goldstickerei des dunkelbraunen Wamses, das zu seinem Festkleid gehörte. Träumte sie? War es wirklich Philippe Vernon, der diese unvorstellbaren Worte zu ihr sagte? Dessen Herz dumpf und schwer den Takt zu diesem ungestümen Geständnis schlug?

»Verlass mich nicht, Geliebte …«

»Aber ich will dich doch gar nicht verlassen«, wisperte Féline kaum hörbar. »Du hast mich verlassen, damals, nach der Nacht in Andelys.«

»Tröstet es dich, wenn ich dir sage, dass ich der größte Dummkopf des ganzen Königreiches war? Ich bin davongelaufen, weil ich Angst hatte, mich zu verlieren. Ein Narr, der nicht begriffen hatte, dass du sein Herz in den Händen hieltest.«

»Philippe!«

Die Geste, mit der Féline den Kopf hob und ihm ihren Mund zum Kuss darbot, war so alt wie die Menschheit. Er senkte seine Lippen auf die ihren. Es war Versprechen und Kapitulation zugleich.

»Ich liebe dich, mein Herz! Du darfst mich nie verlassen, versprich es mir!«

Ein zärtliches Lächeln erhellte Félines Augen zu purem Licht. »Ich gehöre dir, wie könnte ich dich verlassen? Ich bin dein, solange du mich willst!«

»Für immer! Für unser ganzes, wundervolles, ewiges, gemeinsames Leben!«

Miette, den das Geflüster aus seinem Schlaf im Korb neben dem Kaminschirm geweckt hatte, fiepste leise. Die beiden Liebenden hörten es nicht. In die Leidenschaft ihrer Küsse verloren, hatten sie beide nur ein Ziel. Das nachzuholen, auf das sie aus falsch verstandenem Stolz und eigener Kurzsichtigkeit verzichtet hatten.

Diese Nacht zwischen den Jahren gehörte nur ihnen! Von solchen Stunden hatte Féline geträumt, seit sie, ihren Stolz hintenan stellend, mit Amaury de Brune nach Paris gekommen war! Aber vielleicht war all der Kummer und all die Sehnsucht nötig gewesen, damit sie das Geschenk dieser Nacht auch richtig würdigen konnte.

»Sagtet Ihr nicht, dass es keineswegs Eure Absicht sei, eine zänkische Person in Euer Bett zu nehmen?«, neckte sie Philippe ausgelassen, der sich in kühner Rücksichtslosigkeit daran gemacht hatte, sie aus der prächtigen, steifen Festrobe zu schälen.

Der Marquis rächte sich für diese Dreistigkeit mit einem glühenden Kuss und riss die letzten hindernden Schlaufen kurzentschlossen einfach ein. »Ich beginne zu ahnen, welche Art von Dressur nötig ist, Euch zum Schweigen zu bringen, meine Schöne!«, raunte er, hob sie aus dem schwarzgoldenen Stoffberg und trug sie zum Bett, dessen einladend zurückgeschlagene Decken die sorgsame Hand geschulter Diener verrieten.

Nur noch mit einem zarten, kniekurzen Seidenhemd bekleidet, dessen spitzengesäumter Ausschnitt ihren Busen herausfordernd zur Schau stellte, ergriff Féline dieses Mal nicht die Flucht an die äußerste Kante der Matratze. Vom honigfarbenen Licht der Kerzen umflossen, die der vielarmige Leuchter auf der Truhe neben dem Lager trug, bot sie ein Bild, das Philippe Vernon gebannt innehalten ließ.

Die üppigen Röcke und breiten Spitzenkrägen, welche die Mode den Damen im Moment vorschrieb, schenkten Féline eine zerbrechliche Zartheit, die dazu verführte, sie für ein vermeintlich schwaches, schutzbedürftiges Geschöpf zu halten. Vom Prunk der Stoffe und Stickereien befreit, entdeckte man in den vollendeten Linien ihres Körpers indes die geschmeidige Stärke einer biegsamen Weidenrute. Die Eleganz natürlicher Kraft, die sich in straff gespannten Kurven und seidig leuchtender Haut zeigte.

»Wie wundervoll du bist ...«

Ein Kompliment, das Féline nur zurückgeben konnte. Die Leichtigkeit, mit der sich bei Philippe Eleganz und Kraft verbanden, betörte und bezauberte sie. Ihn zu berühren, dem Lauf der sehnigen Muskelstränge mit den Fingern zu folgen, die unverhoffte Zartheit zu entdecken, mit der die Spuren kriegerischer Narben in samtige Glätte übergingen, entzückte ihre Finger und ihr Herz.

»Nein, löscht das Licht nicht!«, bat sie und hielt seinen Arm fest, als er sich zum Leuchter wandte. »Es gefällt mir, wenn du mich so ansiehst!«

Das helle Feuer ihrer silbernen Augen im Verein mit der dunkel lockenden, kehligen Stimme, war mehr, als ein Mann mit kühlem Verstand hinnehmen konnte. Philippes leidenschaftlicher Kuss ließ sie die Lippen öffnen und der Eroberung seiner drängenden Zunge Einlass geben. Sie presste sich temperamentvoll an ihn, verloren in der sinnlichen Welle purer Lust, die er in ihr entfesselte.

Suchende Finger streiften die Spitze über ihre Schultern und fanden die zugleich feste und weiche Rundung ihres Busens. Die korallenroten, begehrlich verhärteten Spitzen, die sich unter dieser Berührung erschaudernd zusammenzogen, während sich Féline, instinktiv Erleichterung suchend an dem harten Männerkörper rieb, der wie ein Fels in der Brandung jedem Sturm standzuhalten schien.

Philippe bewegte sich sacht, bis sie auf dem Rücken lag, dann wanderte sein Mund über die straff gespannte Kurve des weißen Halses. Er streute Küsse entlang einer pochenden, blauen Ader, fand die empfindsame Mulde entlang des Schlüsselbeines und senkte sich schließlich heiß und erregend über den wartenden rosige Gipfel ihrer Brust. Seine Zungenspitze umschmeichelte die Perlen, rieb sich an ihnen, presste sie in ihr Nest zurück und lockte sie abwechselnd zu neuer, spitzer Größe.

Féline fühlte sich von einem Feuer verzehrt, das tief aus ihrem Inneren kam, durch jede Pore der Haut drang. Sie war sich der Seufzer und der rauchigen Laute des Verlangens nicht bewusst, die sie ausstieß und die Philippe nur noch mehr anstachelten.

Er streifte das Hemd über die Hüften nach unten, aus dem banalen Entkleiden ein erotisches Streicheln machend, das die Frau in seinen Armen vom Kopf bis zu den Zehenspitzen erbeben ließ. Wie vollkommen sie war und ohne jede Verstellung, überlegte er. Wie geschaffen für die Liebe, die sie rückhaltlos schenkte und empfing.

Féline war jenseits jedes Nachdenkens. In einen Wirbelsturm rein sinnlicher Empfindungen geworfen, gab sie sich ganz und ohne Hemmungen dem Mann hin, der ihr Herz besaß. Er allein hatte das Recht, sie zu erobern, jeden Winkel und jedes sorgsam gehütete Versteck ihres Leibes zu erkunden. Und wie er es tat! Noch nie hatte sie solches Entzücken verspürt. Seine Lippen wurden zur köstlichen Folter, seine Zunge zum Instrument nie geahnter Wonnen.

Sie wusste nicht, wie ihr geschah, als er mit sanfter aber unnachgiebiger Hand ihre schlanken Beine öffnete und den Kopf dazwischensenkte. Die intime, rau streichelnde Zärtlichkeit seiner Zunge in den geheimsten Tiefen ihres Schoßes war Feuer, Qual, Wonne, nie erlebte Lust und erschrecktes Erschauern zugleich. Ein Teil von ihr scheute schamhaft diese totale Auslieferung an den Mann, während der andere längst kapituliert hatte und sich der Leidenschaft preisgab.

»Hab keine Angst«, raunte Philippe, ihr Zurückweichen spürend. »Du bist so wunderschön, so süß …«

Féline löste die Hand, die sie in einer Aufwallung von Widerstand in seine Haare gekrallt hatte und ertappte sich stöhnend dabei, dass sie sich drängend der streichelnden Zunge entgegenwölbte, die siegte, eindrang und sie in ein zitterndes Bündel schluchzender Ekstase verwandelte. Eine weiß glühende Lohe reinster Lust erfasste ihren Körper von diesem Punkt aus und trug sie in wirbelnde Höhen, wo sie in einer rauschhaften Explosion die Grenzen aller menschlichen Empfindungen erreichte.

Philippe, der nur von dem Wunsch beseelt gewesen war, ihr dieses Erlebnis zu schenken, spürte sein eigenes, drängendes Verlangen, aber er fasste sich in Geduld. Er barg seine zitternde Geliebte sanft in den Armen und betrachtete das hingegebene, wehrlose Antlitz der Lust, das sie ihm darbot. Die leisen Schatten ihrer Wimpern bewegten sich, und er tauchte in die gleißenden Silberaugen, die seinen Blick suchten.

»Ich liebe dich, mein Herz!«

Sie wusste, dass es zutraf. Dass das Schicksal sie füreinander bestimmt haben musste. Anders war es nicht möglich, dass sie diese unbeschreiblichen Gefühle für ihn empfinden konnte.

»Ich liebe dich, Philippe!«

Glücklich tauchte sie aus dem Sturm der Lust auf, mit blanken Augen und zärtlichen Lippen. Warum hatte sie nur gezögert, sich zu ergeben? Hatte sie vergessen, dass es in ihrer Macht lag, ihn geradeso zittern zu lassen, wie er sie? Die Nacht war noch nicht vorbei, und schon empfand sie wieder aufregendes Vergnügen daran, wie sich im Rhythmus der Atemzüge seine muskulöse Brust hob und senkte. Die leicht kratzigen Kräusel dunkler Haare, die sie bedeckten, berührten dabei herausfordernd ihre empfindsamen, rosigen Brustwarzen, bis sie sich verräterisch aufs Neue verhärteten. Ah, wie sie sich nach ihm sehnte!

Félines Hand glitt auf Wanderschaft, streichelte den flachen Bauch und umfasste das Wunder der aufgerichteten, stolzen Männlichkeit. So hart und gleichzeitig von so vollkommener Glätte und Schmiegsamkeit, schien es ihre Finger förmlich anzuziehen, die sanft dem Verlauf der starken Adern folgten, ehe sie sich darum legten.

»Madame«, murmelte ein Mund an der Muschel ihres rosigen Ohres. »Ich muss Euch warnen, Ihr spielt höchst aufreizend mit dem Feuer!«

Féline lachte leise und verheißungsvoll. »Tue ich das Monseigneur? Vielleicht suche ich eine Fackel, um selbst wieder Feuer zu fangen.«

Es war neu für sie, nicht nur zu lieben, sondern auch zu lachen. Die Freude, die sie erfüllte, war so intensiv wie die Liebe, und es war keine falsche Scham und kein Ausweichen mehr in der gleitenden, seidigen Bewegung mit der sie sich auf ihn schob und sich mit gespreizten Beinen über ihn senkte. In genussvoller, verrückt machender Langsamkeit, die ihn jeder Beherrschung beraubte. Er war nicht länger imstande, sich zu meistern. Seine kraftvollen Hände umfassten ihre Hüften und rissen sie schonungslos in einen leidenschaftlichen und furiosen Tanz der Wonne.

Ihn so tief und riesig in sich zu spüren, entlockte ihr ein heiseres Stöhnen. Sie warf die Wolke ihrer gelösten Haare in den Nacken und nahm ihn in voller Größe in sich auf. Sie waren eins! Schon dieses Bewusstsein stachelte Félines Empfindungen zu neuer, verschärfter Begehrlichkeit an. Es war, als enthielte jede ihrer Vereinigungen bereits den Keim zu stärkerer, noch tieferer Sehnsucht. Sie tauchte in die glutvolle Flamme dieser feurigen Gelüstes und ließ sich aufs Neue mitreißen in den unbegrenzten Taumel, den sie einander bereiteten.

Es waren Stunden köstlichster Erotik, die sie wieder und wieder zusammenführten, bis sie bereits im Morgengrauen erschöpft, mit ineinander verschlungenen Gliedern, von der Müdigkeit und der Erschöpfung überwältigt, einschliefen.

13. Kapitel

»Ich muss sagen, mein Freund, es beglückt mich, zu sehen, dass Euer unruhiger Geist an der Seite Eurer bezaubernden Gemahlin zur Ruhe gefunden hat!«

Der Marquis von Andelys versagte es sich, darüber nachzudenken, ob er die Wünsche des Königs in der Silvesternacht fehlgedeutet hatte oder ob es der entschiedenen Haltung seiner Gattin in den letzten Wochen zu verdanken war, dass sich Heinrich von Navarra inzwischen lediglich um ihr Wohlergehen sorgte. Sogar Gabrielle d'Estrees gönnte der ungefährlich gewordenen Marquise ein freundschaftliches Lächeln.

»Werdet Ihr uns beide zur Jagd nach Fontainebleau begleiten?«, erkundigte sie sich an Féline gewandt.

Eine Jagd? Féline meisterte ihren Schrecken. Wenngleich sie in Andelys die Anfangsgründe der Reitkunst erlernt hatte, für die Teilnahme an einer königlichen Jagd reichte es wahrhaftig nicht.

»Ich bedaure unendlich, Madame«, suchte sie nach einer Ausrede. »Aber ich fürchte, Ihr werdet mit meinem Gemahl vorlieb nehmen müssen. Obwohl meine Gesundheit wieder hergestellt ist, hat mich der maurische Arzt, dem wir dieses Wunder verdanken, doch inständig vor zu großen körperlichen Anstrengungen gewarnt.«

Der König und seine Favoritin akzeptieren die Entschuldigung, und so kam es, dass Féline zusammen mit den Edelleuten, die das Vergnügen einer Wolfsjagd im feuchtkalten Februar ablehnten, allein im Louvre blieb. Sie war dankbar für diese Unterbrechung des ständigen Kreises von Festen, Banketten und königlichen Unterhaltungen. So sehr sie es genoss, mit

Philippe daran teilzunehmen, im Grunde hatte sie unbegreiflicherweise damit begonnen, sich nach der ländlichen Stille von Andelys zu sehnen.

Die Tage in der Hauptstadt, die sich nur darauf beschränkten, die Zeit herumzubringen, hatten ein wenig von ihrem anfänglichen Glanz verloren. Sowohl Philippe als auch Amaury de Brune waren ständig in irgendwelchen Ratssitzungen oder in Dingen unterwegs, die den Erhalt ihrer Güter betrafen, und sie blieb allein zurück.

Sicher, es gab die Nächte, in denen sie sich leidenschaftlich liebten, die zahllosen Zerstreuungen, die ein lebenslustiger König an seinem Hof schätzte, aber über all dem blieben viel zu viele Stunden der Leere. Manchmal kam es ihr vor, als sei sie auf der Suche nach etwas, das sie nicht benennen konnte.

Weder die Handschriften und Bücher, die sie las, noch die Diskussionen mit Amaury de Brune oder die heimlichen Besuche, die sie der Mutter Gottes in St. Germain abstattete, besänftigten ihre unverständliche Beunruhigung. War es ihr drückendes Gewissen? Lag es daran, dass sie zu heftig versuchte, nur noch Mauve Vernon zu sein? Dass sie jede Erinnerung an das Vorher tilgen wollte, damit sie dem Bild entsprach, das sich Philippe von ihr machen wollte?

Sicher war nur, dass dieses ständige Sinnieren ihre Gesundheit langsam untergrub. Die Müdigkeit, die sie seit einigen Tagen verspürte, hatte etwas Lähmendes. Es kostete sie alle Kraft, sich des Morgens überhaupt aus dem Bett zu erheben. Zudem schien sie jeden Appetit verloren zu haben, und der Anblick der reich gedeckten königlichen Tafel, die auch in Abwesenheit des Souveräns hergerichtet wurde, bereitete ihr geradezu Übelkeit. Sie brachte es an diesem Abend kaum über sich, ein paar Bissen zu essen und wartete voller Ungeduld auf das Ende der Mahlzeit.

Ihr Versuch, die fröhliche Tischgesellschaft frühzeitig zu verlassen, wurde aber von einer Frau vereitelt, die im Gegensatz zu ihr nicht freiwillig der Jagd ferngeblieben war. Therèse d'Aronet hatte zu ihrem Zorn keine Einladung erhalten, die Damen der Herzogin zu begleiten, und sie glaubte sicher zu sein, dass sie dem Marquis von Andelys diesen Affront verdankte. So närrisch wie dieser sich seit neuestem wegen seiner albernen Frau aufführte, wollte er ihr vermutlich keinen Anlass zur Eifersucht geben.

Mit unverhohlener Freude konstatierte Madame d'Aronet deswegen die unübersehbare Blässe der jungen Marquise, die bläulichen Schatten der Erschöpfung unter ihren klaren Augen und den nachlassenden Appetit. Endlich glich sie ein wenig dem Bild der kränklichen Ehefrau, das Philippe von ihr gemalt hatte. Zudem konnte sie sicher sein, dass derjenige, an dessen Seite sie saß, ihre spitzen Bemerkungen würdigte.

Der Graf von Survillier war ebenfalls von der Jagd ausgeschlossen worden, und er wusste sogar mit Sicherheit, dass die königliche Ungnade durch einen Bericht des Marquis von Andelys bedingt war. Diese verteufelte Jagd im vergangenen Jahr hatte ihm nichts als Ärger eingebrockt.

»Wie es sich grämt, das liebe Kind«, flötete Madame d'Aronet voll falscher Freundlichkeit absichtlich in Félines Hörweite. »Ganz leidend und blass sieht unsere Dame d'Andelys aus. Kein Wunder, dass Philippe Vernon neben den Wölfen von Fontainebleau auch die pikanten Reize der Schwester von Madame Gabrielle würdigt. Stellt Euch vor, Graf, man sagt, dass er nach dem Jagdessen gesehen wurde, wie er in ihrem Gemach verschwand. Nun ja, welcher lebensvolle Krieger möchte schon immer während nur ein blasses, ständig kränkelndes Pflänzchen pflegen müssen.«

Es dauerte ein paar Herzschläge lang, bis Féline begriffen hatte, was die Edeldame da so unverschämt andeutete. Dann hörte sie das dröhnende Gelächter, mit dem der Graf von Survillier dieses saftige Stückchen Bosheit würdigte und vergaß für einen Moment schlagartig alle Beschwerden. Die zwei Menschen gegen sich verbündet zu sehen, die sie beide aus tiefster Seele verabscheute, war zu viel für ihre ohnehin strapazierte Selbstbeherrschung.

»Was seid Ihr nur für eine gehässige, abscheuliche, alte Hexe!«, platzte sie ganz und gar nicht damenhaft heraus, und ihre silbernen Augen glitzerten wie pures Eis. »Schade, dass man Euch nicht wie einer geschwätzigen Sklavin im Orient die Zunge herausschneiden kann!«

Erst an der betonten Stille bemerkte Féline, dass rings um sie her längst jedes Gespräch erstorben war. Heilige Jungfrau, war sie verrückt geworden, ihrem Mundwerk solche Freiheiten zu erlauben?

Glitzernde, neugierige Augen registrierten jede Bewegung der beiden Rivalinnen und den sich anbahnenden, interessanten Skandal. Therèse d'Aronet stützte sich auf den Arm des Grafen und riss die schwarzen Augen in gespieltem Entsetzen weit auf. Scheinbar einer Ohnmacht nahe, konnte sie gleichzeitig ihr Entzücken über Félines ungeschickte Reaktion kaum ausreichend verbergen.

Die Marquise von Andelys fühlte, dass eine tiefe Röte über ihr Gesicht flutete und bis in das spitzenverzierte Dekolleté auslief. Am liebsten wäre sie auf der Stelle in den schwarz-weiß gefliesten Boden versunken. Wie unentschuldbar von ihr, sich derart provozieren zu lassen! Und noch dazu von einer Frau, die mit Gewissheit log! Philippe würde sie nie hinter ihrem Rücken betrügen. Dazu war er viel zu stolz und zu ehrlich!

Sie wagte nicht, die Lider zu heben. Aber als sie die Röcke raffte und die Tafel verließ, glaubte sie das hämische Geflüster und das heimliche Gekicher wie Nadelstiche in ihrem Rücken zu spüren. Madame d'Aronet hatte sich mit sicherer Hand genau den Moment zu ihrem Angriff ausgesucht, in dem sie ungeschützt und allein dastand. In Philippes Gegenwart hätte sie es nie gewagt, sie derart herauszufordern. Dass an diesem Abend ausgerechnet Amaury de Brune, von einem schlimmen Anfall der Gicht heimgesucht, sein Bett der Hofgesellschaft vorzog, kam noch dazu.

Aber was würde ihr aristokratischer Gemahl sagen, wenn er von diesem unentschuldbaren Auftritt in aller Öffentlichkeit erfuhr? Sie konnte sich unschwer die Antwort vorstellen. Man machte eben aus einem Bauernmädchen keine Edeldame, egal wie viel Mühe man sich auch dabei gab …

Yvette hatte ihre Herrin zu dieser frühen Stunde noch nicht erwartet, aber sie wagte keine Fragen zu stellen. Das melancholische Gesicht Félines verbot von selbst jede Vertraulichkeit.

»Hilf mir aus diesem Gewand«, befahl die junge Frau gereizt und zog die Nadeln aus der Frisur, welche die Locken auf dem Hinterkopf bändigten. »Ich will …«

Sie brach ab. Die Übelkeit, die sie schon den ganzen Tag geplagt hatte, kam wieder. Würgend versuchte sie den Anfall zu beherrschen, aber dieses Mal fehlte ihr die Kraft dafür. Ihr rebellierender Magen gab die sparsame Nahrung in einem Schwall wieder von sich. Das Zimmer drehte sich vor ihren erschrockenen Augen in einem wirren Kaleidoskop aus Farben, ehe es von den Rändern ihres Blickes aus zur Mitte immer schwärzer zu werden begann. Sie fiel, ohne dass sie den Aufprall spürte.

Als sie wieder zu sich kam, lag sie mit geöffnetem Mieder auf dem Bett. Yvette hatte die Verschlüsse gelockert und massierte eben ihre Schläfen mit einer kühlen Essenz, die nach frischer Minze und wildem Rosmarin duftete. Verwirrt versuchte sie sich zu erinnern. Was war eigentlich geschehen?

»Yvette …? Was ist … hat Madame d'Aronet mich hierherbringen lassen?«

Die Zofe schüttelte verblüfft den Kopf mit der adrett gestärkten Leinenhaube. »Von der Dame weiß ich nichts, Madame. Euch ist übel geworden, entsinnt Ihr Euch nicht mehr? Ihr habt für einen Moment das Bewusstsein verloren. Warum habt Ihr mir denn nicht gesagt, dass Ihr in der Erwartung seid? Man darf das Mieder nicht mehr so straff binden. Kein Wunder, dass Euch der Atem knapp wurde.«

Yvettes besorgte Stimme rauschte an Félines Ohren vorbei. Der bittere Geschmack von Galle und Magensäure war noch in ihrem Mund, und sie schluckte mechanisch. Es war ebenso ekelhaft wie der Zusammenstoß mit Therèse d'Aronet, an dessen Folgen sie im Moment besser nicht denken wollte.

»Gib mir etwas zu trinken, Yvette!«, bat sie heiser. »Einen Schluck Wasser oder was auch immer. Ich hätte nicht essen sollen.«

»Aber Ihr müsst essen, Madame!«, lächelte Yvette aufmunternd. »Jetzt besonders. Aber macht Euch keine Sorgen um Euer Wohlbefinden, gleich morgen Vormittag werde ich meine Tante aufsuchen. Sie ist Hebamme, drüben auf dem anderen Seineufer. Sie wird mir einen Tee für Euch geben, damit die Übelkeit nachlässt. Ihr werdet sehen, danach ist alles halb so arg. Man sagt allgemein, dass die ersten drei Monde, oft die schlimmsten sind.«

Féline trank das klare, kühle Wasser in kleinen Schlucken und versuchte vergeblich, sich einen Reim auf die unverständlichen Dinge zu machen, die Yvette da von sich gab.

»Was faselst du da für ein Zeug?«, murmelte sie verwirrt. »Warum sollte ich essen, wenn mir übel ist, und welche drei Monde sind schlimm?«

Yvette war nicht weniger entgeistert. Konnte es sein, dass ihre Herrin den Vorgängen in ihrem eigenen Körper so wenig Aufmerksamkeit schenkte? War sie so ahnungslos oder machte sie sich einen Scherz mit ihr? Nein, danach sah sie eigentlich nicht aus.

»Ich rede von dem Kind, das Ihr erwartet, Madame!«, wählte sie behutsam ihre nächsten Worte. »Ich nehme an, dass Ihr zum Ende dieses Sommers den Erben von Andelys zur Welt bringen werdet!«

»Heilige Mutter Gottes!«

Wenn das nicht unbedingt die Reaktion war, die Yvette von einer protestantischen Edelfrau erwartet hatte, so behielt sie diese Meinung für sich. Ihre Herrin war noch eine Schattierung blasser geworden und lag regungslos in die Kissen gelehnt vor ihr. Eigenartig für eine leidenschaftlich verliebte Ehefrau, die doch seit fast einem Jahrzehnt vergeblich darauf gehofft haben musste, endlich das ersehnte Kind zur Welt zu bringen.

Die Wucht des Schocks hatte Denken und Fühlen ausgelöscht. Féline lauschte in sich hinein. Gelähmt, sprachlos, atemlos. Nicht fähig, auch nur die kleinste Bewegung zu machen. Sie war sich der fragenden Augen Yvettes und des Unverständnisses der Zofe bewusst, aber der Schlag war zu plötzlich gekommen.

»Ihr müsst Euch keine Sorgen machen«, schob Yvette die rätselhafte Betroffenheit ihrer Herrin auf die ganz natürliche Angst jeder Frau vor der ersten Geburt. »Wenn Ihr die Übelkeit überwunden habt und nicht mehr ständig müde seid, werdet Ihr Euch so wohl fühlen wie ein Fisch im Wasser. Denkt nur an die Freude Eures Gemahls, wenn er diese Neuigkeit erfährt!«

Féline zuckte zusammen, als wäre sie aus heiterem Himmel geschlagen worden. Sie umklammerte den Arm ihrer Zofe mit solcher Heftigkeit, dass sich die Fingernägel schmerzhaft in das weiche Fleisch gruben. »Du wirst ihm nichts sagen, hörst du?«, keuchte sie angestrengt. »Du wahrst dieses Geheimnis – oder ich werde dafür sorgen, dass du es dein Leben lang bereust! Hast du das verstanden?«

In einem unerwartet kraftvollen Griff gefangen, starrte Yvette in die angstvoll verzerrten, feinen Züge und die weit aufgerissenen, sturmgrauen Augen. Die unverhüllte Drohung in ihnen erschreckte sie noch mehr, als das verblüffende Benehmen Félines, die ihr bisher stets mit Freundlichkeit und Nachsicht begegnet war. »Verzeiht, ich ... ich wollte Euch nicht zu nahe treten«, entschuldigte sie sich betroffen. »Natürlich hüte ich Euer Geheimnis. Ihr könnt mit meiner Verschwiegenheit rechnen.«

Den freigebenen, misshandelten Arm massierend, wich die Kammerfrau vorsichtig vom Bett zurück. Dass die Tatsache, dass sie ein Kind erwartete, ihre liebenswürdige, freundliche Herrin in eine Wilde verwandelte, war ebenso befremdlich wie beängstigend. Er ließ für ihre Lebenserfahrung nur einen einzigen, logischen Schluss zu – der Vater dieses Kindes hieß nicht Philippe Vernon! Das allein erklärte das mysteriöse Verhalten Félines.

»Ihr könnt Euch ganz auf mich verlassen«, erklärte sie nun mit neuem Verständnis. Sie war bereit, auch in diesem Falle zu helfen. »Solltet Ihr Probleme haben oder den Rat einer Hebamme brauchen ...«

»Schon gut«, unterbrach Féline ungeduldig die fürsorgliche Rede. »Ich gebe dir Bescheid. Du kannst gehen. Ich möchte allein sein.«

Sichtlich widerstrebend kam Yvette diesem brüsken Befehl nach. Erst als sie den Raum verlassen hatte, erlaubte sich die junge Frau einen Seufzer, der aus der Tiefe ihres bedrückten Herzens kam. Sich die schmerzenden Schläfen mit den Fingerspitzen massierend, versuchte sie das Gefühl der nicht wieder gutzumachenden, endgültigen Katastrophe zu verdrängen, die über sie hereinbrechen wollte.

Sie durfte sich jetzt keinesfalls gehen lassen. Sie musste ihren Verstand bewahren, nachdenken, eine Lösung, einen Ausweg finden. Aber es gab nur eine Möglichkeit. Wenn sie ihre Liebe retten wollte, durfte das Kind nicht zur Welt kommen! Jener winzige Hauch von Leben, der in ihr wuchs und das aus eben dieser Liebe und Zärtlichkeit entstanden war, die sie und Philippe miteinander geteilt hatten.

Sie versuchte zu rechnen, aber noch ehe sie zu einem logischen Ergebnis kam, glaubte sie schon sicher zu sein, dass das Kind in jener Nacht zwischen den Jahren gezeugt worden sein musste. Die vollkommene Hingabe ihres ganzen Seins war mit dem Geschenk werdenden Lebens belohnt worden. Eine Gabe, die sie verweigern, herausreißen, töten wollte! Hatte sie zu allem Übel auch noch den Verstand verloren?

Leider nein. Sie sah nur zu klar. Philippe Vernon, der edle Marquis von Andelys, so stolz auf die lange Reihe seiner Ahnen aus adligem Blut, würde nie und nimmer den Bastard einer Bauerntochter als Erben anerkennen können. Es war eine Sache, dieses namenlose Mädchen zu lieben und eine völlig andere, ihr Kind zum Erben eines alten, blaublütigen Geschlechtes zu machen.

Auch wenn er nie ausdrücklich mit ihr darüber gesprochen hatte, es schien doch so etwas wie eine stillschweigende Übereinkunft in den Stunden ihrer Liebe zu geben, eine Schwangerschaft möglichst zu vermeiden. Nur in der Silvesternacht waren sie beide fern jeder vernünftigen Überlegung einfach der Stimme der Leidenschaft gefolgt. Nein, in einem konnte sie absolut sicher sein, Philippe wollte dieses Kind nicht!

Féline hatte sich erhoben und streifte endgültig die lose Robe ab. In dem bereitgelegten, fehgefütterten Hausmantel schlüpfend, in dessen breiten Pelzmanschetten sie ihre fröstelnden Finger verbarg, nahm sie eine nervöse Wanderung durch das Schlafzimmer auf. So sehr sie die vorübergehende Trennung von Philippe bedauert hatte, jetzt war sie froh darüber. Im Moment konnte sie ihm nicht unter die Augen treten, ohne dass er ihr ansah, dass sie sich am Rande einer Panik befand.

Obwohl in der Weltabgeschiedenheit eines winzigen Dorfs aufgewachsen, war sich die junge Frau über die Konsequenzen einer ungewollten Schwangerschaft bewusst. In Survillier hatte es eine weise Frau im Nachbardorf gegeben, die gegen den Willen des Abbés verzweifelte Frauen mit einem bestimmten Kräutertee versorgte. Ihr war es zu verdanken, dass manch eine erschöpfte Bäuerin nicht noch ein weiteres hungriges Mäulchen stopfen musste, während schon die Lebenden kaum Chancen hatten, viel älter als ein paar Jahre zu werden. Nicht alle von ihnen überlebten die Folgen der Fehlgeburt, aber den meisten war es das Risiko wert.

Sie zweifelte durchaus nicht daran, dass ihr die tüchtige Yvette eine solche Frau auch in Paris benennen konnte. Unwillkürlich legte Féline prüfend die Hände auf ihren flachen Leib. Nein, noch war nichts zu sehen, nichts zu spüren, aber die Zeit arbeitete gegen sie.

Sie hatte es sowieso nur dem Zufall der Jagd und der Krankheit Amaury de Brunes zu verdanken, dass die beiden Männer, die so eifersüchtig über ihr Wohl wachten, die Zeichen ihres Unwohlseins bisher nicht bemerkt hatten. Wie lange würde sie ihnen noch Sand in die Augen streuen können?

Das Knistern einer aufflackernden Kerze brachte sie in die Wirklichkeit zurück, und mit den sparsamen Bewegungen der sorgsamen Hausfrau kürzte sie die Dochte, ehe sie ihren ruhelosen Marsch wieder aufnahm.

Das Problem war nicht die Durchführung des Planes, sondern die Erkenntnis, dass sie gar nicht fähig war, ihn zu seinem schmerzlichen Ende zu bringen. Philippes Kind töten? Nie und nimmer! Dieses kostbare, winzige Leben, das allein ihr gehörte! Dieser entzückende kleine Junge mit den goldbraunen Falkenaugen oder das charmante kleine Fräulein, das die Schönheit seines Vaters zu einem Wunder machen würde.

Sie verharrte mitten im Schritt und presste erregt die Handflächen gegeneinander.

Verspätet, aber umso intensiver und eindringlicher, überflutete sie heiß und allumfassend die Freude. Sie war sich stets der grausamen Realität bewusst gewesen, dass ihre Liebe zu Philippe nicht von Dauer sein konnte. Schon von kommender Verzweiflung überschattet, hatte sie jeden Kuss, jedes Streicheln umso intensiver genossen, weil sie sich mit dem ständigen Abschied konfrontiert sah.

Ein Edelmann wie der Marquis von Andelys würde ihrer irgendwann müde werden. Eines Tages würde er trotz aller gegenteiligen Beteuerungen eine andere, Würdigere heiraten wollen und müssen, damit das Geschlecht seiner Familie nicht ausstarb. Sie empfand deswegen keinen Groll gegen ihn. Es war sein Recht, seine Schuldigkeit, dies zu tun. Man beugte sich irgendwann solchen Pflichten, und dann wäre alles vorbei. Sie bliebe allein, mit leeren Händen, mit nichts als Träumen und Erinnerungen.

Aber nun hatte ihr der Himmel einen Trost in diese künftige Einsamkeit geschickt. Ein Kind! Ein Kind, welches das Andenken an seinen Vater lebendig halten würde. Ein Geschöpf, das ihr gehörte und dem sie all diese Liebe schenken konnte, die Philippe dann nicht mehr wollte.

»Nein, mein Liebes, du sollst leben«, flüsterte sie sanft, das neue Leben zum ersten Mal bewusst als ihr eigenes Kind wahrnehmend. »Du wirst mir die Kraft geben, zu tun, was nötig ist!«

Sie löste die Finger voneinander und strich sich müde die goldbraune Haarflut aus der Stirn. Zwischen übergroßer Freude und nachtschwarzer Verzweiflung hin- und hergerissen, wusste sie, dass ihr nun nur noch ein Weg blieb, den sie ehrlicherweise gehen konnte.

»Ich muss Philippe verlassen, ehe er merkt, dass ich schwanger bin!«

Aber wohin konnte sie gehen? Wo Zuflucht suchen oder eine Heimat finden? Eine junge Frau allein, gesegneten Leibes und ohne jeden Schutz? Sie musste überlegen, Zeit gewinnen und genau nachdenken. So schnell wie möglich, wenn ihr Kopf nicht mehr schmerzte und sie klarer denken konnte.

Die Müdigkeit, gegen die sie schon seit Tagen kämpfte, überkam sie mit neuer, stärkerer Macht. Sie war ermüdet, ausgelaugt bis in die Tiefen ihres Seins. Aber jetzt, da sie wusste, woher die Schwäche rührte, wehrte sie sich nicht mehr dagegen. Das neue Leben forderte sein Recht. Sie fand kaum noch die Kraft, den Funkenschirm vor dem Feuer zurechtzurücken und die Kerzen zu löschen, ehe sie unter die Decken schlüpfte. Der rötliche Schimmer der Glut im Kamin leuchtete weiter, während sie bereits in einen unruhigen, von wirren Träumen gestörten Schlummer sank.

14. Kapitel

»Ah, dieser Winter! Du kannst mir glauben, mein Kind, ich sehne die Wärme des Frühlings mit jedem Lebensalter mehr herbei!«

Amaury de Brune ließ sich schwer auf seinen Stock mit dem silbernen Knauf gestützt in den Lehnstuhl vor dem Kamin im Apartment der Marquise fallen. Er zog eine Grimasse, mit der er die eigene Unbeweglichkeit verspottete.

»Trinkt diesen Gewürzwein, Vater! Er wird Euch die Kälte besser ertragen lassen, und Yvette hat ein wenig Mohnsamen beigefügt, damit Eure Schmerzen leichter werden.«

Féline reichte ihm fürsorglich den dampfenden Silberbecher, ehe sie sich wieder auf die gepolsterte Bank am Fenster setzte, wo Miette bereits darauf wartete, dass sie ihn wieder zu streicheln begann.

»Du siehst aus, als könntest du ebenfalls etwas Wärmendes vertragen«, konstatierte der alte Edelmann trocken und furchte die breite Stirn über den buschigen Brauen. »Oder möchtest du der durchsichtigen Schönheit von Madame Gabrielle nacheifern? Ich kann mir keineswegs vorstellen, dass Philippe daran Gefallen finden wird, wenn er endlich die Wölfe von Fontainebleau verlässt! Fühlst du dich nicht wohl?«

Féline, die trotz Yvettes Kräutertee noch immer unter Anfällen bösartiger Übelkeit litt, hatte tatsächlich ein wenig von ihrer strahlenden Frische eingebüßt. Aber sie überspielte diese unleugbare Tatsache, mit der Meisterschaft, die sie in den zurückliegenden Tagen geübt hatte.

»Eine kleine Magenverstimmung, die schon im Abklingen

ist. Besorgt Euch nicht. Ich habe eine Hechtpastete gegessen, die ich besser Madame d'Aronet überlassen hätte.«

Da sie Amaury de Brune den peinlichen Vorfall von neulich gebeichtet hatte, wusste er den ironischen Seitenhieb zu würdigen und schmunzelte.

»Du misst der Dame eine Bedeutung zu, die sie kaum verdient«, tröstete er sie väterlich. »Jedermann weiß, dass sie sich ehrgeizige Hoffnungen gemacht hat, die durch deine Person vereitelt wurden. Dass sie nun ihre Krallen zeigt, ist unwichtig! Inzwischen klatscht man längst über andere Nichtigkeiten!«

Noch vor wenigen Tagen hätte diese Bemerkung ihren heftigen Widerspruch herausgefordert, aber inzwischen gab Féline dem alten Herrn aus vielen Gründen Recht. Therèse d'Aronet und ihre kleinlichen Intrigen waren wirklich unwichtig geworden. So bedeutungslos wie die Frage, ob die Marquise von Andelys sie auch weiterhin im Schach halten konnte. Die Tage der letzten Edeldame waren ohnehin gezählt.

Sie presste in tiefem Nachdenken die vollen Lippen aufeinander, und der Ausdruck ihrer klaren Augen verdüsterte sich. Bis jetzt war sie der Lösung ihrer Schwierigkeiten keinen Schritt näher gekommen. Wohin sollte sie fliehen? Konnte sie es wagen, Yvette um Hilfe zu bitten? Immerhin kannte diese eine Hebamme, die ihr in ihrer schweren Stunde zur Seite stehen würde. Aber bisher hatte sie nicht den Mut zu einer solchen Frage aufgebracht.

Wie sollte sie auch einleuchtend erklären, weswegen sie das luxuriöse Dasein an der Seite ihres angeblichen Gatten aufgab? Das Geheimnis ihrer eigenen Person zu lüften, verbot sich von selbst. Die Gefahr für Philippe und Amaury de Brune wäre zu groß. Der König würde es beiden Edelmännern nie verzeihen, dass sie ihn mit einer Bauernmagd zum Narren gehalten hatten.

Aufschreckend bemerkte sie, dass der alte Edelmann sie seit geraumer Zeit beobachtete und zwang sich zu einem angestrengten Lächeln. »Verzeiht, Vater. Ich bin unaufmerksam. Was habt Ihr mir vorhin von diesen neuen Seidenmanufakturen erzählt, mit denen der König das Handelsmonopol der Venezianer schwächen will?«

Ihr Gesprächspartner zögerte, ob er auf diese offensichtliche Ablenkung eingehen sollte oder nicht. Yvette nahm ihm die Entscheidung ab. Nachdem sie wohlerzogen mit dem Fingernagel an der Tür gekratzt hatte, um sich anzukündigen, ließ sie einem emsigen, dunkel gekleideten Männchen den Vortritt, der zwei Mägde scheuchte, die behutsam in weißes Leinen gehüllte Gewänder trugen.

Amaury de Brune erhob sich, seinen Stock zur Hilfe nehmend. »Ich weiche dem weiblichen Frontalangriff aus Seiden und Spitzen, meine Liebe! Pass gut auf deine Herrin auf, Yvette, mir scheint, ihre Gesundheit lässt ein wenig zu wünschen über in diesen Tagen!«

Da er sich sogleich zur Tür wandte, entging ihm der viel sagende Blick, mit dem Yvette die angespannten Züge der Marquise prüfte. Féline wich dieser Musterung aus und grüßte Monsieur Aurél, der ihr mit der prahlerischen Geste eines Zauberkünstlers die beiden Roben präsentierte, die er für sie geschaffen hatte.

Meisterwerke, sie gestand es ihm in ehrlichem Lob zu. Ein feuerfarbenes Kleid, dessen durchsichtige Seide über einem schweren Satinunterkleid schwebte und so die Illusion bewegter Flammen hervorrief, wenn sich die Falten veränderten. Ein steifer, perlenbestickter Schulterkragen gehörte dazu und eine federgeschmückte Kopfbedeckung, die einem verspielten Barett glich.

Die Aufsehen erregenden Farben würden indes nur einer Dame mit gesundem Teint und leuchtenden Augen stehen.

Heute fühlte sie sich bei der Anprobe von dem lodernden Rot erdrückt. Trotzdem hatte sie nicht den Mut, das Kleid abzulehnen. Sie bekundete ihr Einverständnis ebenso damit, wie mit dem tiefvioletten Samtgewand, das nahezu völlig schmucklos nur eine Silberborte am Saum trug, und von einem silbernen Gürtel in der Taille gehalten wurde.

Obwohl die Mode steife Stoffe, starre, aufgeplusterte Ärmel und einengende spitze Mieder vorschrieb, hatte Maître Aurél es gewagt, den schweren, wunderbar weichen Samt der natürlichen, sehr weiblichen Figur seiner Trägerin anzupassen. Schmale, lange auf die Fingerspitzen laufende Ärmel bedeckten die Arme, und zwei Unterröcke bauschten den verschwenderisch weiten Rock nur andeutungsweise. Die Veilchenfarbe betonte das cremige Alabaster der Brüste, die sich verführerisch im rechteckigen Dekolleté wölbten. Es war im Gegensatz zur aufdringlichen Flammenpracht des ersten Festgewandes ein Kleid, in dem sie sich nur zu gerne ihrem Gatten präsentiert hätte.

»Ihr habt Euch selbst übertroffen, Maître!«, sagte sie dem stolzen Schneider das, was er hören wollte. Sie wies Yvette an, die nötige Summe aus der Schatulle zu begleichen, die Philippe ihr während seiner Abwesenheit so großzügig zur Verfügung gestellt hatte.

Obwohl es unsinnig war, in ihrer Lage noch Kleider zu kaufen, fand sie es schwer, der Versuchung zu widerstehen. Und würde es nicht überflüssigen Verdacht erregen, den Auftrag zu widerrufen, den Maître Aurél vor wenigen Wochen erhalten hatte? Vielleicht würde die Frau, die später einmal mit Recht den Rang der Marquise von Andelys einnahm, diese Roben tragen können. Der Gedanke schmerzte, und sie musste einen Moment die Lider schließen, damit sie nicht in Tränen ausbrach.

Mit Erleichterung sah sie Schneider und Mägde das Apartment verlassen. Yvette schien ganz in die schwierige Aufgabe vertieft, die rote Robe in einer der Truhen zu vergraben, die der Aufbewahrung ihrer Garderobe dienten. Féline konnte sich nicht entschließen, das bezaubernde Samtkleid auszuziehen.

Der Farbton erinnerte sie an den Mantel, den die bunt bemalte Marienstatue in der Seitenkapelle von St. Germain l'Auxerrois trug. Sie mochte die Ausstrahlung naiven Gottvertrauens, die von der bodenständigen Figur ausging, die ihr Kind wie eine weltliche Mutter, eher zweckmäßig als heilig auf dem Arm trug. In den vergangenen Tagen hatte sie sich wieder und wieder davongestohlen, um im Gebet bei ihr Trost zu suchen.

Wenngleich die Stille des Gotteshauses sie beruhigt und mit Zutrauen erfüllt hatte, war ihr dabei doch einmal mehr bewusst geworden, dass es ihr völlig an der fatalistischen, ergebenen Frömmigkeit ihrer Mutter und ihrer jüngeren Schwester fehlte. Es schien ihr vielmehr so zu sein, dass der Allmächtige seinen Geschöpfen schließlich Verstand und Hände gegeben hatte, damit sie ihre Aufgaben selbst lösten und nicht apathisch auf eine höhere Gewalt hofften. Leider musste er bei diesem Schöpfungsplan die Gewitztheit und die Kraft seiner Christenkinder überschätzt haben.

Zumindest so weit es sie betraf. Obwohl sie sich den Kopf zermarterte, bis er schmerzte, sie wusste nicht, was sie beginnen, wohin sie die Flucht ergreifen sollte. In einer Art Taubheit aller Empfindungen verharrend, fürchtete und sehnte sie zugleich Philippes Rückkehr herbei. Wohin immer sie sich auch wandte, wenigstens wollte sie ihn vorher noch einmal sehen, die Erinnerung an ein letztes Mal mitnehmen, dass er sie küsste und in den Armen hielt.

Bis auf das leise Rascheln der Stoffe und das Knacken des Holzes im Kamin, war es still in dem Gemach. In Kürze würde man die Kerzen anzünden müssen, denn draußen über dem Fluss vermischten sich bereits Dämmerung und Nebel zu einem grauer und dichter werdenden Mantel. Das Einschnappen der Truhe verkündete, dass Yvette ihre Arbeit beendet hatte und auf weitere Befehle wartete.

Das gedämpfte Geräusch riss Féline aus ihren trüben Erwägungen. Sich zu einem plötzlichen Entschluss aufraffend, sagte sie zu der wartenden Zofe: »Bring mir meinen Umhang, den dunklen, mit dem Pelzfutter. Ich muss ein wenig an die frische Luft, die Gärten sind so schön einsam um diese Zeit.«

Die seltsame Grille ihrer Herrin, in sinkender Dunkelheit durch kahle Parkanlagen zu wandern, bewog Yvette zu einem besorgten Widerspruch. »Ihr werdet Euch erkälten, Madame. Es ist gefährlich bei diesem Nebel nach draußen zu gehen! Und noch dazu in Eurem Zustand.«

Féline zuckte unwillig mit den Schultern, die Erwähnung des Geheimnisses, das sie mit Yvette teilte, machte sie zudem besonders ärgerlich. »Unsinn! Ich bin schließlich nicht krank. Bis zur Nasenspitze in Zobel gehüllt, werde ich die Kälte kaum spüren. Außerdem ist es unnötig, dass du mich begleitest. Ich werde Miette mitnehmen, es tut ihm gut, ein wenig Auslauf zu bekommen.«

So strikt auf ihren Platz verwiesen, wagte Yvette keinen weiteren Widerspruch. Sie starrte auf die Pforte, die sich hinter der jungen Frau geschlossen hatte. Sie hatte Angst. Plötzliche, beklemmende Furcht.

Mit beiden Beinen in der Wirklichkeit stehend, von spöttischer Zunge und flinkem Geist, gehörte sie wahrhaftig nicht zu den Träumerinnen, die von Hirngespinsten bedrängt, in jeder kleinen Ahnung gleich eine Katastrophe wittern. In diesem Moment jedoch hätte sie am liebsten die elegante Edeldame mit Gewalt festgehalten, die eben, ihr Hündchen auf dem Arm, hinausgegangen war. Obwohl sich ihr Verhältnis in den vergangenen Tagen merklich abgekühlt hatte, war ihre Zuneigung für Féline unverändert stark. Eine innere Stimme sagte ihr, dass die Marquise von Andelys dabei war, sich in Gefahr zu begeben.

»Welch unbezahlbare Geste der Stunde! Schenkt mir ein wenig Eurer Aufmerksamkeit, Madame. Ich suche schon geraume Zeit nach einer Möglichkeit, einmal ungestört mit Euch zu plaudern.«

Féline starrte in die dunkelglühenden Augen Therèse d'Aronets und hätte um ein Haar vor lauter Schreck den kleinen Miette auf die Steinfliesen des Ganges stürzen lassen. Sich so unverhofft ihrer Feindin gegenüberzusehen, bedeutete eine schwere Prüfung ihrer Haltung. Sie presste die Lippen aufeinander und signalisierte mit einem schweigenden Nicken des Kopfes ihre Zustimmung, die sie ja schlecht verweigern konnte, ohne ausgesprochen unhöflich zu sein.

Madame d'Aronet lachte siegessicher.

»Aber doch nicht hier, meine Schöne. Habt die Güte, mich ein paar Schritte zu begleiten.«

Zu spät sagte sich Féline, dass sie sich hätte weigern sollen. Welches Gesprächsthema gab es schon, dass sie mit dieser Frau erörtern konnte? Ihre Abneigung war umfassend und mit Sicherheit gegenseitig.

Der Raum, in den sie traten, war indes so bezaubernd, dass Féline einen leisen Laut der Bewunderung nicht unterdrücken konnte. Die Wände, ringsum mit Holz vertäfelt, zeigten in geschnitztem Relief fromme Szenen aus der heiligen Schrift. An der Stirnseite befand sich ein kleiner, dreiflügeliger Altar auf einem silbernen Podest. Die einzelnen Tafeln waren in italienischer Manier bemalt und verherrlichten die Verkündigung Marias. Kein Zweifel, sie befanden sich in einer winzigen, exquisit eingerichteten Kapelle.

»Gefällt es Euch?«

Sie hörte den lauernden Ton in der Frage Madame d'Aronets, aber in ihrer Arglosigkeit konnte sie sich nicht vorstellen, worauf die andere hinauswollte. »Natürlich. Es ist wunderhübsch! Wollt Ihr damit sagen, dass Ihr im Louvre Euer eigenes Betzimmer besitzt?«

Wieder dieses schadenfrohe Lachen, das dafür sorgte, dass sich die feinen Härchen in ihrem Nacken wie von selbst aufstellten.

»Nein, meine ahnungslose Freundin, diese Gunst genieße ich nicht. Die Königin von Frankreich wäre die Herrin dieser frommen Stätte. Solange der König nicht wieder heiratet, verrichtet die Herzogin von Beaufort hier ihre mehr oder minder innigen Gebete.«

»Es ist freundlich von Euch, mir dieses Kleinod zur Kenntnis zu bringen, habt Dank. Wie Ihr seht, ist dieser kleine Kerl hier sehr unruhig und verlangt nach seinem Spaziergang.«

Mine hatte in instinktiver Abwehr die Schultern unter dem eleganten Umhang gestrafft. Das gnomenhafte, lebhafte Hündchen auf dem Arm, drehte sie dem Altar den Rücken zu und wandte sich energisch zum Gehen.

»Nicht so hastig, Madame! Wollt Ihr die Gelegenheit zur Andacht nicht nützen, so wie Ihr mit frommem Fleiß in den vergangenen Tagen die Heilige Jungfrau in St. Germain aufgesucht hattet?«

Miette fiepste protestierend, so fest krallte die Marquise von Andelys plötzlich die Finger um seinen kleinen Körper. Sie verengte die Lider und warf Therèse d'Aronet einen fragenden Blick zu. Noch war sie sich der Tragweite dieser spitzen Bemerkung nicht ganz bewusst.

»Spioniert Ihr mir nach, Madame?«, erkundigte sie sich mit tonloser Stimme.

»Hätte ich geahnt, wie lohnend es ist, hätte ich es vermutlich getan. So aber ist mir lediglich der Zufall zu Hilfe gekommen. Ihr habt da einen schönen, höchst ungewöhnlichen

Umhang, meine Liebe. Als ich ihn neulich wiedererkannte, schenkte ich Euren täglichen Wegen ein wenig mehr Aufmerksamkeit und begann mich zu wundern. Wie erstaunlich, dass die Tochter eines frommen Protestanten das Knie in einer katholischen Kirche beugt: Wollt *Ihr* dem Beispiel unseres Herrschers folgen und den Glauben wechseln? Eine fürwahr pikante Neuigkeit!«

Die Fülle der verschiedensten Erwiderungen, die sich alle gleichzeitig über Félines Lippen drängen wollten, verhinderte, dass sie eine davon vorschnell artikulierte. In ihrer Verzweiflung und Ratlosigkeit hatte sie dort Trost gesucht, wo man die Hilfsbedürftigen immer hinschickte, in der Kirche. In einer katholischen Kirche, denn sie war schließlich in diesem Glauben getauft worden und aufgewachsen. Sie zwang sich, ihren Schreck zu verbergen.

»Ihr redet Albernheiten, Madame. Für wen wäre es von Interesse, an wen ich meine Gebete richte?«

»Für Seine Majestät den König von Frankreich, Kindchen. Er hat das reformierte Erkenntnis abgelegt und sich wieder der Heiligen Kirche Roms zugewendet. Jeder Protestant, der seinem Weg folgt, stärkt seine Position. Bestätigt, dass er richtig gehandelt hat …«

Wenngleich Féline die Gründe des blutigen und langen Krieges, der das Land in den vergangenen Jahren aus religiösen Gründen zerrüttet hatte, sehr wohl kannte, so bedeutete das doch nicht, dass sie für seine Folgen Verständnis aufbrachte. Einander umzubringen, obwohl man denselben christlichen Gott anbetete und sich nur über die Art uneinig war, wie man es tat, zeugte für sie von starrköpfiger Dummheit und Menschenverachtung.

Sie entsann sich wieder der langen und philosophischen Diskussionen, die sie in Andelys mit Amaury de Brune über das unbegreifliche Thema geführt hatte. Sie witterte förmlich die

Gefahr, die von der intriganten Person ausging, die vor ihr stand. Was hatte sie vor? Sie wappnete sich instinktiv für den nächsten Schlag.

»Wollt Ihr in dieser heiligen Umgebung mit mir eine religiöse Debatte führen, Madame?«, erwiderte sie kühl.

»Das liegt mir fern, beste Marquise!« Therèse d'Aronet verbarg ihren Triumph nicht länger. »Ich möchte Euch lediglich die unausweichlichen Folgen Eures Handelns vor Augen führen.«

»Sprecht Euch aus.«

»Es wird darauf hinauslaufen, dass der König, wenn er von Eurer offensichtlichen Vorliebe für den Glauben Roms erfährt, Euren Vater und Euren Gatten dazu zwingt, Eurem Beispiel zu folgen. Ihr spielt sozusagen die fromme Missionarin in einer protestantischen Familie. Die ewige Seligkeit wird Euch sicher sein. In diesem Bewusstsein werdet Ihr auch die verständliche Reaktion Eures Gatten und Eures Vaters in frommer Demut ertragen können.«

»Nein, das könnt Ihr nicht machen!«

Das mühsam unterdrückte Verlangen, dieser eleganten Person in ihrem kostbar bestickten Brokatkleid kurz entschlossen den Hals umzudrehen, war für ein paar Herzschläge lang das einzig beherrschende Gefühl Félines. Der Hass verlieh der grauen Iris ihrer Augen die Farbe eines gezückten Schwertes. Gewarnt trat Madame d'Aronet einen vorsichtigen Schritt nach hinten.

»Wollt Ihr mich daran hindern?« Ihr Lachen klang schrill, während sie in betonter Gelassenheit die Spitzenmanschetten ihres Kleides zurechtschüttete. »Euer Gatte hat mich gedemütigt und gekränkt. Ich bin keine Dirne, die man mit ein paar Juwelen abspeist und vergisst. Es würde mir das größte Vergnügen bereiten, ihn bis zum Scheitel in Schwierigkeiten zu sehen. Diesen hochfahrenden, arroganten Protestanten, der so stolz darauf ist, die Freundschaft des Königs zu besitzen. Wie besonders delikat, dass ihm seine kleine Frau als Verräterin in Sachen Glauben in den Rücken fällt!«

»Was wisst Ihr schon?« begehrte Mine auf. »Ich bin keine Verräterin! Ich bin Katholikin wie Ihr!«

»Ihr seid heimlich konvertiert? Das wird ja immer interessanter ... Nein, nein, jetzt dürft Ihr keinen Rückzieher mehr machen. Erzählt!«

Verwirrt über die eigene Unvorsichtigkeit und eingeschüchtert von dem barschen Befehlston der anderen, fand sich Féline in einer ausweglosen Situation gefangen.

»Ich habe meinen Glauben nicht gewechselt. Ich bin katholisch getauft«, resignierte sie.

»Die Tochter Amaury de Brunes? Ihr seid närrisch!« So viel offensichtliche Lüge vermochte Madame d'Aronet beim besten Willen kaum zu glauben. Sie packte Féline an den Schultern und schüttelte sie wütend.

Ihr schwüles, nach Moschus und Flieder duftendes Parfüm bereitete der jungen Frau Brechreiz. Sie kämpfte mit letzter Kraft gegen eine drohnende Ohnmacht.

»Lasst mich!«, keuchte sie um Atem ringend. »Ihr täuscht Euch in meiner Person! Ich bin nicht wirklich die Tochter Amaury de Brunes!«

Die Plötzlichkeit, mit der sie freigegeben wurde, ließ sie taumeln. Der kleine Hund entglitt ihren Fingern und versteckte sich ängstlich unter dem nächsten Betstuhl. Als sie sich wieder gefangen hatte, begegnete sie trotzig dem glitzernden, neugierigen Blick ihrer Feindin.

»Verstehe ich das richtig, Ihr seid gar nicht Mauve Vernon? Nicht die Marquise von Andelys?«, wiederholte diese langsam und rau.

»Ja!« Es klang wie ein Seufzer. »Mauve Vernon ist tot, an der Schwindsucht gestorben. Angeblich sehe ich ihr ähnlich. Ich sollte ihre Rolle spielen, damit der König nicht auf den Gedanken kommt, Philippe zu einer neuen Ehe zu zwingen. Einer Ehe mit Euch …«

Den letzten Hieb tat sie mit Bedacht, wenngleich sie längst besiegt war und es wenig später bereuen würde. Die zwei scharfen Falten, die daraufhin die Mundwinkel Madame d'Aronets kerbten, bewiesen, dass sie ins Schwarze getroffen hatte. Ein schwacher Trost.

»Ihr seht, niemand wird Amaury de Brune oder seinen Schwiegersohn zum Glaubenswechsel zwingen können, nur weil ich zur Mutter Gottes gebetet habe.«

»Welch ein Schurkenstück!« Es hörte sich fast bewundernd aus dem rot geschminkten Mund an. »Der König wird kaum besonders erfreut sein, wenn ich ihm davon berichte. Philippe Vernon darf froh sein, wenn er lediglich auf seine Güter verbannt wird. Ich könnte mir aber auch vorstellen, dass ihm Heinrich von Navarra gerne Gelegenheit geben wird, zusammen mit seinem Schwiegervater hinter den Mauern eines Kerkers über seine Tat zu meditieren! Der alte Herr leidet unter Gicht, soweit ich weiß. Wie bedauerlich, dass Seine Majestät so wenig Verständnis dafür hat, dass man seine Autorität zum Narren hält!«

Féline schluckte. Alles war ihre Schuld! Hätte sie sich diese intrigante Frau nicht zur Feindin gemacht, niemand wäre jemals hinter den Schwindel gekommen. Es musste eine Möglichkeit geben, wenigstens das Schlimmste abzuwenden.

»Warum sollte Philippe bestraft werden«, versuchte sie verzweifelt das Herz der anderen zu rühren. »Ich bin doch die Schwindlerin. Und außerdem, Ihr habt den Marquis von Andelys angeblich geliebt. Ist nichts von diesem Gefühl für ihn geblieben? Würdet Ihr eiskalt seinen Untergang planen? Wenn Ihr schon auf Rache sinnt, rächt Euch an mir!«

»Ein interessanter Vorschlag.« Man sah Therèse d'Aronet

förmlich an, wie sich die Gedanken hinter ihrer glatten Stirn überschlugen. »In der Tat sogar eine noch bessere Idee. Was haltet Ihr davon, meine junge Freundin, wieder dorthin zu verschwinden, wo Ihr hergekommen seid? Ich nehme an, dass du nicht von Adel bist und diese Rolle unter anderem deinem Talent als Bettschätzchen des Marquis verdankst?«

Féline schwieg. Was zählte jetzt schon persönlicher Stolz. Wenigstens wusste die andere nicht, dass sie ausgerechnet zu den Leuten des Grafen von Survillier gehörte. Dass sich der zynische Vorschlag, sich zu entfernen, mit ihren eigenen Plänen sogar deckte, würde gleichfalls ihr Geheimnis bleiben. »Verschwinden?«, wiederholte sie dennoch erstickt. »Wie stellt Ihr Euch das vor?«

»Nichts einfacher als das, Kleine. Mauve Vernon wird einen Rückfall erleiden und sich umgehend schwer krank auf ihre Güter zurückziehen, so klingt es zumindest in der offiziellen Version für den König. In Wirklichkeit wirst du noch in dieser Nacht Paris verlassen und bei deinem ärmlichen bisschen Leben schwören, dass du diese Stadt kein zweites Mal betrittst.«

Der herablassende Befehlston, der ihrer sarkastischen Höflichkeit gewichen war, bekundete deutlich, dass sie die junge Frau als Gegnerin plötzlich nicht mehr ernst nahm. Das bewiesen auch die nächsten Anordnungen, die sie mit der beschwingten Sicherheit eines Feldherrn traf, der die Schlacht gewonnen hat.

»Ich werde das Gerücht verbreiten, dass die Marquise von Andelys einen Schwächeanfall gehabt hat und nun krank darniederliegt. Ich möchte wetten, dass de Brune und Philippe aus diesem Gerüst einen schnellen und plötzlichen Tod der Dame auf den Familiengütern zimmern, wenn du einfach verschwunden bist. Du selbst packst dein Bündel und bist um Mitternacht an der Pforte, die zur Ufergalerie führt. Ich werde dafür sorgen, dass man dich dort erwartet. Sei versichert, dass ich eine Möglichkeit finde, damit du im ersten Morgengrauen diese Stadt verlassen kannst. Wenn du auf meinen Rat hören willst, bringst du eine möglichst große Entfernung zwischen dich und Andelys. Sollte ich jemals wieder von dir hören, könnte es leicht möglich sein, dass meine Vergesslichkeit nachlässt und ich dem König dieses Schurkenstückchen berichte.«

»Ich stehe zu meinem Wort«, sagte Féline mit jener natürlichen Noblesse, die Amaury de Brune vom ersten Tag an bei ihr aufgefallen war. »Tut Ihr das Eure und bewahrt den Marquis vor Schaden.«

»Dessen kannst du sicher sein«, lächelte Madame d'Aronet zufrieden. »Wie könnte ich einen so attraktiven, wohlhabenden und amüsanten Witwer verleumden?«

Dass sie bereits in allen Einzelheiten von ihrer bevorstehenden Hochzeit träumte, die jetzt in gefährliche Nähe gerückt war, ahnte Féline zu ihrem Glück nicht. Trotz aller Schlechtigkeiten, die sie der anderen zutraute, sie wäre nie auf die Idee gekommen, dass die bereits konkret die Erpressung plante, mit deren Hilfe sie endlich die Marquise von Andelys werden würde.

»Und nun spute dich, Mädchen. Und kein Wort zu irgendjemand, keine heimliche Nachricht, verstanden? Man wird dich im Auge behalten.«

Féline nickte schweigend, während sie den kleinen Hund aufnahm, der sich ängstlich gegen den Saum ihres Umhanges drückte. Sie war tödlich blass, als sie das Apartment des Marquis von Andelys betrat. Völlig apathisch ließ sie sich von der besorgt schimpfenden Yvette auskleiden und zu Bett bringen.

Sie sah so elend aus, dass sogar Amaury de Brune seinen Besuch abkürzte. »Du brauchst Ruhe, Kleines«, stellte er fest. »Ich werde dich beim Bankett heute Abend entschuldigen. Du darfst diese Magenverstimmung nicht länger auf die leichte Schulter nehmen. Schlaf dich gesund und sei Gott befohlen! Sollte es dir morgen nicht besser gehen, werde ich nach einem Arzt schicken.«

Sie dankte ihm leise. Was morgen geschah, würde sie nicht mehr betreffen. Allein geblieben, richtete sie sich nach geraumer Zeit schwerfällig auf, um zu tun, was unvermeidlich war. Der Schmerz war so groß, dass er jedes andere Gefühl betäubte.

Mit klammen Fingern öffnete sie zwei Truhen, ehe sie ein ebenso einfaches, wie warmes und zweckmäßiges Gewand gefunden hatte. Die Tage der Seidenstoffe und bestickten Brokate waren zu Ende. Beunruhigt stolperte Miette zwischen ihren Füßen umher, und endlich nahm sie ihn auf den Arm und schmiegte ihre Wange gegen sein seidiges, warmes Fell.

»Nein, mein Kleiner, du musst hier bleiben«, wisperte sie heiser. »Da, wo ich wieder hingehe, ist kein Platz für Schoßhündchen und vergnügte Spiele.«

Sie setzte ihn zwischen den Kissen des Bettes, wo er verblüfft sitzen blieb. Da er bisher noch ein jedes Mal mit einem kleinen Klaps aus diesem Paradies vertrieben worden war, konnte er sein Glück kaum fassen. Aus großen, zufriedenen Hundeaugen beobachtete er seine Herrin, wie sie ein Stück Pergament beschrieb und ein letztes Mal durch das Zimmer sah, ehe sie den Umhang unter dem zierlichen Kinn mit bebenden Fingern schloss.

»Adieu Miette«, wisperte sie erstickt. »Adieu, Philippe!«

15. Kapitel

»Sie ist was?«

Philippe Vernon sah seinen Schwiegervater an, als trage dieser durch ein makaberes Versehen der Natur plötzlich zwei Köpfe auf seinen Schultern.

»Ihr habt mich sehr wohl verstanden, Philippe. Hier, diese Nachricht habe ich gefunden!«

Der Marquis von Andelys starrte auf das Stückchen feinen Pergaments, dessen wenige Worte höhnisch auf und nieder zu tanzen schienen.

»Ich gehe fort. Sucht mich nicht. Es war nicht recht, was wir getan haben. Lasst Mauve Vernon sterben. Habt Dank.«

»Wann war das?«

»Am Morgen des Lichtmesstages. Am Abend zuvor fühlte sie sich nicht wohl. Eine Magenverstimmung, sagte sie. Sie wirkte erschöpft und krank und ging früh zu Bett ohne am Essen teilzunehmen. Ihre Zofe bat mich um Rat, als sie die Räume verlassen fand!«

Philippe knüllte das Papierstück zu einer harten Kugel zusammen. Unter düster gerunzelten Braunen sah er sich um. Die Truhen waren verschwunden, jeder Hinweis auf ihre weibliche Gegenwart getilgt. Erst jetzt fiel es ihm auf. So hatte er sich das Wiedersehen nicht vorgestellt, nach dem er sich seit über einer Woche sehnte.

»Kann ich mich so in ihr getäuscht haben?«, murmelte er fassungslos. »War sie wirklich nicht mehr, als ein kleines, raffiniertes Weibchen, das mich in Sicherheit gewiegt hat und dann mit einem Vermögen an Kleidern und Schmuck auf und davon ist?«

»Nein, Philippe!« Amaury de Brune betrachtete besorgt den jungen Mann, der soeben mit einem Lächeln auf den Lippen in dieses Zimmer gestürmt war, um die geliebte Frau in seine Arme zu schließen. Jetzt hatten die Ereignisse die Freude in seinen Augen gelöscht, die lebendigen Züge des Gesichts waren in gemeißelten Stein verwandelt. »Ich bin dafür verantwortlich, dass Ihre Truhen nach Andelys gebracht wurden. Ich wusste mir nicht anders zu helfen. Ich musste vor allen anderen so tun, als wäre sie erneut schwer erkrankt und habe sich nach Hause zurückgezogen. Ihre Zofe hat mir dabei geholfen. Ich denke, wir können uns auf ihr Stillschweigen verlassen. Féline ist wie vom Erdboden verschwunden. Sie scheint nur das Gewand und den Mantel mitgenommen zu haben, den sie in diesem Moment trug. Es gibt nicht den kleinsten Hinweis darauf, wie oder mit wem sie den Palast in jener Nacht verlassen hat.«

»Mit wem? Was zum Henker, wollt Ihr damit andeuten? Dass sie mich wegen eines anderen Mannes verlassen hat? Nein! Unmöglich.«

Die Entschiedenheit, mit der Philippe Vernon diese Möglichkeit ausschloss, entwaffnete de Brune. Und doch, er vermochte sich nicht vorzustellen, dass Féline aus eigenem Antrieb gehandelt hatte. »Irgendetwas muss sie in Panik versetzt haben«, folgerte er.

»In Panik? Sie trägt den Titel einer Marquise von Andelys, was sollte sie in Panik versetzen können? Außerdem ist sie kein Kind, und sie verfügt über eine flinke Zunge und einen schnellen Verstand!«, protestierte Philippe.

Amaury de Brune stützte sich schwer auf seinen Stock und rieb sich mechanisch den rechten Oberschenkel.

»Mir war, als ob ein geheimer Kummer sie seit geraumer Zeit bedrückte, Philippe. Diese junge Frau hat ein besonders ausgeprägtes Empfinden für Recht und Gerechtigkeit. Ich nehme an, dass sie nicht länger als lebende Lüge existieren konnte! Dafür spricht auch, dass sie keinen einzigen Gegenstand von Wert mitgenommen hat!«

Ein klägliches Winseln aus dem Korb neben dem Kamin lenkte Philippes Aufmerksamkeit auf Miette. Mit seinen traurigen Knopfaugen und den herabhängenden Ohren war der kleine, heulende Schoßhund ein weiteres Geheimnis. Féline hatte den Bastard mit hingebungsvoller Anteilnahme geliebt. Für sie war er ein ›Gegenstand von Wert‹ gewesen, der jeden kieselsteingroßen Diamanten übertraf. Warum hatte sie auch auf ihn verzichtet?

»Er ist das erste Geschöpf, das mir allein gehört. Ihr könnt nicht ermessen, was dieses Geschenk für mich bedeutet!« Er hörte die Worte jenes Nachmittags, als er ihr diese lebendige Gabe überreicht hatte. Er sah noch das dankbare Strahlen der Silberaugen, als sie den wolligen Zwerg aus seinen Händen in Empfang nahm.

Sie hatte das Tierchen verwöhnt, verhätschelt und versorgt. Dass, es im Palast geblieben war, musste einen Grund haben. Ein Motiv, das ihn aus unbekannten Ursachen auf einmal heftig besorgte.

»Weißt du, was in dieser Nacht passiert ist, Krümel?«, befragte er den Kleinen seufzend, wohl wissend, dass er keine Antwort bekommen würde. »Warum nur ist diese verdammte Jagd keine drei Tage früher zu Ende gegangen? Warum habt Ihr mir nicht sofort eine Nachricht geschickt?«

»Weil es keinen Sinn gehabt hätte, Philippe. Wir müssen akzeptieren, dass sie eine Entscheidung gegen uns getroffen hat. Sie verschaffte Euch, was Ihr dringend haben wolltet, Zeit. Auch wenn Mauve Vernon nun in Andelys stirbt, wird der König nicht sofort eine neue Eheschließung von Euch verlangen. Er war mehr als beeindruckt von Féline und wird begreifen, dass Ihr um sie trauert, und jede andere Frau mit ihr vergleicht.«

Vernon schnallte ungeduldig das Degengehänge ab und goss sich von dem Tablett, auf dem ein Kristallflakon mit Wein und mehreren Gläsern standen, etwas zu trinken ein. Er stürzte den schweren Burgunder in einem Zug hinunter und wartete vergeblich auf die Erleichterung, die ihm der Alkohol normalerweise verschaffte.

»Ich kann es nicht glauben, und ich will es nicht glauben«, beharrte er auf seinem Standpunkt. »Sie liebt mich.« Es klang, als fordere er eine Bestätigung von dem alten Mann, der ihm bekümmert zusah.

»Man hätte blind sein müssen, um es nicht zu merken«, nickte de Brune. »Und vielleicht ist genau das die Erklärung für ihr mysteriöses Verschwinden. Sie wusste, dass Ihr irgendwann wieder heiraten müsst. Dass Ihr Eurem Namen und Eurer Familie einen Erben schuldet.«

Philippe starrte zerstreut auf den Kaminsims. Neben einem mächtigen, vielarmigen Leuchter stand dort eine silberne, mit rosig schimmernden Flussperlen besetzte Schatulle. Jenes Kästchen, das er für Féline mit Münzen gefüllt hatte, damit sie während seiner Abwesenheit mögliche Ausgaben bestreiten konnte.

Er trat näher und klappte den Deckel zurück. Es war leer. Mit völlig leeren Händen war sie also nicht verschwunden. Aber wie viel hatte sich noch in der Kassette befunden, als sie ihren verhängnisvollen Entschluss fasste? Genügend, damit er sich keine Sorgen um ihr Wohlergehen machen musste oder so wenig, dass sie womöglich in Gefahr lief zu verhungern? Welches Schicksal drohte einer gut gekleideten, ungewöhnlich schönen jungen Frau, die allein unterwegs war?

»Ich werde sie suchen!«, sagte er aus diesen Überlegungen heraus und klappte die Schatulle energisch wieder zu. »Ich muss sie suchen!«

»Nein!«

Philippe versicherte sich mit einem erstaunten Blick, dass dieses Nein tatsächlich von seinem Schwiegervater kam.

»Bewahrt kühles Blut, Junge!«, versuchte der sein striktes Verbot zu erklären. »Es geht nicht an, dass Ihr Fragen stellt und hinter dem Phantom eines Mädchens herlauft, das besser von allen vergessen wird. Ihr habt den verhängnisvollen Einfall gehabt, dieses gefährliche Spiel zu wagen, nun beugt Euch den Folgen. Wenn Ihr nicht auf der Stelle als besorgter Ehemann nach Andelys abreisen wollt, müsst Ihr Euer Leben fortsetzen, wie Ihr es in den vergangenen Jahren getan habt. Ein wenig melancholischer vielleicht, nachdem das Schicksal Euch die Hoffnung auf eine Genesung Euer Gemahlin erneut genommen hat.«

»Vergessen?« Philippe hatte aus dieser ganzen Rede nur ein einziges Wort richtig gehört. »Glaubt Ihr im Ernst, ich könnte SIE vergessen?«

Der Kummer, der in dieser Frage mitschwang, fand eine Antwort im Herzen des Älteren. Aber de Brune wusste, dass er nicht zeigen durfte, wie sehr er selbst unter Félines Flucht litt.

»Vielleicht nicht heute, aber mit der Zeit wird sie aus Euren Gedanken verschwinden«, behauptete er wider besseren Wissen. »Und nun seid vernünftig und geht auf die Dinge ein wie sie sind. Es ist der Wunsch Félines, dass wir nicht nach ihr suchen.«

Noch wie erschlagen von dem Schock der Ereignisse, verzichtete der Marquis von Andelys auf eine Antwort. Aber de Brune kannte ihn gut genug, um zu wissen, dass er kein Mann war, der die Geschehnisse einfach hinnahm.

»Mein Lieber, seid meines vollsten Mitgefühls versichert. Wie geht es Eurer bedauernswerten Gemahlin?«

Therèse d'Aronet warf dem Marquis von Andelys einen Blick reinster Unschuld und freundschaftlichen Mitgefühls zu. Wie besonders attraktiv er doch in diesem samtschwarzen Wams aussah, dessen steifer, schneeweißer Mühlradkragen die vornehmen, dunklen Falkenzüge seines edlen Gesichtes betonte. Sie konnte sich wirklich zu dem klugen Schachzug gratulieren, mit dem sie sich unlängst diese kleine Schauspielerin vom Hals geschafft hatte, die ihren Plänen so lange im Wege gestanden war.

»Habt Ihr mir nicht unlängst gesagt, dass jeder Versuch, an Euer Mitleid zu appellieren, vergeblich sei, wenn Mauve wieder krank wäre?«

Sein gleichgültiges Auge registrierte die aufregende, perlenbestickte Seidenrobe, deren kräftiges Rosa die dunkle Schönheit seiner Trägerin betonte, während das enge Mieder ihre üppigen Brüste bis an die Grenze des Schicklichen präsentierte. Der schwüle Duft, der sie wie eine Wolke umgab, stieß ihn ab und weckte sehnsüchtige Erinnerungen an die klare Frische Félines.

»Ah, mein Freund … könnt Ihr einer eifersüchtigen Frau verzeihen?«, schnurrte sie im Ton einer satten Katze. »Man sagt vieles, wenn das Herz gebrochen ist und der Stolz einen dazu zwingt, Haltung zu bewahren. Ist es nicht gerade dieser Schmerz, den Ihr mir bereitet habt, der mich jetzt befähigt, zu begreifen, wie einsam und verlassen Ihr Euch fühlen müsst – ohne Eure schöne Gemahlin?«

Philippe glaubte keine Silbe dieser geschickt vorgebrachten Rede. Trotzdem konnte er sich nicht entschließen, sie einfach zu brüskieren. Es lag etwas Eigenartiges in ihren schwarzen, glänzenden Augen, das ihn zunehmend irritierte. Eine Andeutung von Triumph, von Überlegenheit und spöttischer Ironie. Er vermochte keinen vernünftigen Grund dafür zu nennen, es sei denn …

»Wer sagt Euch, dass ich leide? Mauve wird sich auch dieses Mal erholen. Der Winter ist immer eine schwierige Jahreszeit für sie.«

Therèse senkte die Wimpern mit einem leisen Seufzer und trat so nahe an ihn heran, dass ihre raschelnden Rocksäume seine blank polierten Stiefel berührten. »Wie schön, dass Ihr die Hoffnung nie aufgebt. Ich bewundere diese Haltung. Die Gesinnung eines wahren Edelmannes. Vergebt mir die dummen Sachen, die ich einmal von Eifersucht gequält gesagt habe. Wenn Ihr eine freundschaftliche Seele sucht, die Euren Kummer mit sanfter Hand mildert, ich werde mich immer geehrt fühlen, dass Ihr Euch meiner erinnert.«

Philippe betrachtete teilnahmslos die so großzügig zur Schau gestellten, rosig überhauchten Brüste. Es war ihm unbegreiflich, dass er diese Frau einmal begehrt haben konnte. Eine innere Stimme warnte ihn jedoch davor, diese Abneigung laut werden zu lassen.

»Ihr seht mich gerührt, von Eurer Anteilnahme an meinem Schicksal, Madame«, murmelte er. »Ich werde nicht versäumen, Euch Mitteilung zu machen, wenn es meiner Gattin besser geht oder wenn sie an den Hof zurückkehrt.«

»Tut das!«, säuselte die Hofdame so zuvorkommend, dass er sich unwillkürlich fragte, ob sie wusste, dass dieser Fall nie wieder eintreten würde. Aber sie verließ ihn mit einem verheißungsvollen Augenaufschlag, um sich dem Grafen Survillier zuzuwenden, der ebenfalls die erste Audienz des Königs seit seiner Rückkehr nicht versäumen wollte.

Coligny ausweichend, dessen neugierige Fragen nach Mauve er fürchtete, schob sich Andelys durch die Höflinge. Der Zufall wollte es, dass er den ruhigen Platz, den er suchte, ausgerechnet in der Fensternische fand, neben der Madame d'Aronet und der Graf von Survillier in ein offensichtlich heftigeres Gespräch vertieft waren.

Das gerötete, zornige Gesicht des Grafen und die abweisende, eisige Miene der Edeldame weckten sein Interesse. Er schob sich tiefer hinter einen überstehenden Gobelin und spitzte neugierig die Ohren.

»Ihr meint wohl, ich weiß nicht, dass Eure plötzliche Kühle etwas damit zu tun hat, dass die Marquise von Andelys Euch keine Konkurrenz mehr macht!«, fauchte der Graf ohne Rücksicht auf eventuelle Zuhörer.

Madame d'Aronet musterte mit allen Anzeichen der Langeweile den riesigen Smaragd, der den Mittelfinger ihrer rechten Hand zierte. »Ihr habt keine Rechte auf mich, mein Freund. Ich verschenke meine Gunst aus freien Stücken, solltet Ihr das missverstanden haben?«

»Ihr gehört mir!« Survillier packte sie roh am Arm, ohne auf ihren unterdrückten Schmerzenslaut zu achten. »Ihr habt eingewilligt, im Frühling meine Gemahlin zu werden, ist Euch das entfallen?«

»Wir haben keine offizielle Verlobung gefeiert, und wenn Ihr Euch weiterhin so rüde benehmt, wird es auch nie dazu kommen, mein Lieber!«

In der eintretenden, kurzen Stille war nur das schnaufende Atmen des massiven Grafen zu hören, dann dämpfte er seine Stimme. Philippe vernahm nur wenige Bruchstücke einer wütenden Drohung.

»... könnte sein, dass ich genauer wissen will ... um Mitternacht ... die Schiffer der Heukähne sind mir ergeben ... eine junge Person von großer Schönheit ... möglicherweise von edler Geburt ... was hat sie Euch getan, dass Ihr zu solchen perfiden Mitteln ...«

»Bei allen Heiligen, schweigt!« zischte Therèse d'Aronet und zog Survillier hastig mit sich fort. Seine Antwort war schon nicht mehr zu verstehen.

»Philippe, Ihr seht aus, als sei Euch der Oberste der höllischen Dämonen persönlich über den Weg gelaufen!«

Ausgerechnet jetzt musste ihn Coligny entdecken. Vernon

zwang sich in die Wirklichkeit, aber sein Verstand war wie blockiert von der Wucht einer unglaublichen Erkenntnis. Wenn es sich bei dieser ›Person‹, von der Survillier gesprochen hatte, nun um Féline handelte? Wenn diese beiden Schurken beim Verschwinden seiner Geliebten tatsächlich die Finger mit im Spiel hatten, was dann?

»Sagt mir, was es Neues von Eurer schönen Gattin gibt?«, legte Louis seinen Finger in die offene Wunde. »Als ich sie das letzte Mal sah, war sie das blühende Leben in Person. Ich bin wie vor den Kopf gestoßen, nun von ihrer erneuten Krankheit zu vernehmen. Wie geht es ihr?«

»Ich hoffe gut«, knirschte Philippe und suchte den Schimmer einer altrosa Robe in der Menge zu entdecken. »Ihr entschuldigt mich, Coligny. Ich sehe dort Madame d'Aronet, mit der ich gerne ein wenig plaudern möchte.«

»Plaudern«, wiederholte Coligny betreten, während sein Freund bereits die fragliche Dame aus der Ferne anlächelte. »Ich habe den Eindruck, dass Euer Verstand in die Kniebundhosen gerutscht ist, Philippe. Wie könnt Ihr dieser Dirne den Hof machen, während Eure entzückende Gemahlin krank zu Hause liegt?«

»Kümmert Euch um Eure eigenen Angelegenheiten, Louis, und überlasst mir die meinen.«

Es schwang eine scharfe Warnung durch die knappe Antwort des Marquis, und Coligny zuckte unwillig mit den Achseln. Die Waffenbrüderschaft, die sie beide verband, war den Intrigen des Hoflebens anscheinend nicht mehr gewachsen. Bedauerlich, aber wahr.

16. Kapitel

»Ihr packt? Dann stimmt es also, dass Ihr Euch vom König bereits verabschiedet habt und heimreisen wollt?«

Philippe stand vor den geöffneten Kisten und verschnürten Ballen, welche die Habseligkeiten Amaury de Brunes enthielten. Dass er von Fremden von seinem Entschluss hatte erfahren müssen, bewies, wie tief die Kluft war, die sie seit Félines Verschwinden trennte. Er wartete, bis die beiden Lakaien den Raum verlassen hatten.

Ein wenig verlegen, aber trotzdem aufrecht und streng, nickte der alte Herr, sobald sie allein waren. »Die vergangenen Tage haben mich in der Absicht bestärkt, dass Ihr meiner nicht länger bedürft, Philippe. Die Hektik des Hofes ist zu viel für mich. Erlaubt, dass ich Euch verlasse und in der Normandie meine Gicht und meine sentimentalen Erinnerungen pflege.«

Der Marquis wusste sehr wohl, was hinter dieser vorsichtigen Andeutung steckte. Die Klatschmäuler des Hofes hatten seinem Schwiegervater vermutlich berichtet, mit welch überraschender Plötzlichkeit er seinen Platz unter Madame d'Aronets bevorzugten Kavalieren wieder eingenommen hatte.

»Lieber verlasst Ihr mich, als dass Ihr Euch der Mühe unterwerft, nach den Gründen für mein Verhalten zu forschen«, stellte Philippe gekränkt fest. »Ihr seid schnell bei der Hand, wenn es darum geht, einen Mann zu verurteilen, den Ihr seit über einem Jahrzehnt kennt und den Ihr Sohn nennt. Habt Ihr so wenig Vertrauen zu mir?«

De Brune schwieg. Er war sich bewusst, dass jedes Wort von

ihm nur das unnötige Bild der zierlichen Gestalt heraufbeschworen hätte, der sie beide nachtrauerten. Wenn er auch betroffen darüber war, dass sich Philippe so schnell wieder seiner alten Mätresse zugewandt hatte, es war nicht sein Recht, ihn zu kritisieren. Jeder musste seinen eigenen Weg finden, mit den unumstößlichen Fakten zu leben.

Sein Schweigen erboste den Marquis noch mehr, da es seiner Meinung nach nur weitere, unausgesprochene Vorwürfe enthielt. Genau deswegen hatte er seine Pläne auch nicht mit dem alten Herrn besprochen. Starrköpfig wie de Brune war, würde er darauf bestehen, dass er die Botschaft Félines respektierte, von der er weniger denn je glaubte, dass sie freiwillig geschrieben worden war.

»Ich weiß, dass Féline nicht freiwillig verschwunden ist«, verzichtete er nun ungeduldig auf weitere, höfliche Umschweife. »Man hat sie aller Wahrscheinlichkeit nach entführt! Therèse d'Aronet und der Graf von Survillier haben auf irgendeine Weise ihre Finger im Spiel! Ich schwöre Euch, dass ich dieser Frau so lange nicht von der Seite weichen werde, bis ich die Wahrheit kenne. Das ist der echte Grund, wieso ich mich um ihre Gunst bemühe. Ich muss sie in Sicherheit wiegen. Sie darf keinen Verdacht schöpfen, bis ich im richtigen Moment zuschlagen kann.«

De Brune wischte sich mit einer fahrigen Bewegung über die Stirn. Seine offenkundige Erschütterung besänftigte Philippes Zorn, der ohnehin nicht groß gewesen war.

»Hast du Beweise für diese schreckliche Behauptung?«, erkundigte sich der Ältere heiser, nachdem er sich einigermaßen wieder gefasst hatte. Die Rückkehr zum vertrauten Du zeigte ohne große Worte, dass er nicht länger an Philippe Vernon zweifelte.

»Die Bruchteile eines zufällig belauschten Gespräches und das sichere Empfinden, dass keine Macht der Erde Féline freiwillig von meiner Seite gerissen hätte.« In kurzen Worten schilderte er dem alten Herrn, was er bei der Audienz im großen Saal gehört hatte.

»Hältst du es für möglich, dass Survillier das Mädchen erkannt hat?«, forschte de Brune, dem nun die Angst um Féline ins Gesicht geschrieben stand.

Philippe schüttelte nachdrücklich den Kopf. »Nein, sonst hätte er Therèse nicht mit weiteren Nachforschungen drohen müssen. Er ahnt, dass er ihr bei einer höchst zweifelhaften Angelegenheit behilflich war und versucht sie damit zu erpressen. Wahrhaftig ein bezauberndes Pärchen diese beiden Herrschaften.«

»Wie willst du von einer solchen Person die Wahrheit erfahren? Sie belastet sich schließlich selbst damit. Was ist, wenn die Schiffer den Befehl hatten, das arme Kind irgendwo zu ertränken?«

»Sie lebt!«, widersprach Philippe hart. »Das ist das Einzige, was ich mit Sicherheit von ihr sagen kann. Ich würde es fühlen, wenn ihr Böses zugestoßen wäre. Sie muss in Sicherheit sein. Allein, solange ich nicht weiß, was wirklich hinter ihrer Flucht steckt, kann ich weder nach ihr suchen, noch ahnen, wo sie sich vielleicht vor uns verbirgt.«

»Und wenn wir uns an den König wenden?« Schon während er es aussprach, wusste Amaury de Brune, dass es unmöglich war.

»Sollen wir ihm etwa die Wahrheit sagen?« Philippe quälte sich ein Lächeln ab, das mehr einer Grimasse glich. »Meine Gemahlin ist für ihn in Andelys. Ihm mitzuteilen, dass jene Frau, die er dafür hält, gar nicht meine Gattin ist, würde ihn zu allem Überfluss vielleicht auch noch auf dumme Gedanken bringen. Ihr wisst, wie sehr er Féline begehrt und dass ihn nur der Respekt vor meiner Gattin davon abhält, seinem unersättlichen Appetit im Bezug auf schöne Damen auch bei ihr nachzugeben. Wenn er nach ihr zu suchen beginnt, wäre es möglich, dass wir zu spät kommen.«

De Brune murmelte einen leisen Fluch. »Es sieht danach aus, als wisse tatsächlich nur Therèse d'Aronet, was in jener verwünschten Nacht zum Lichtmesstag passiert ist. Warum meinst du, dass sie es ausgerechnet dir sagen wird?«

»Weil sie dünkelhaft, anmaßend und machthungrig ist«, skizzierte der Marquis ihren üblen Charakter. »Sobald sie glaubt, dass sie sich meiner sicher sein kann, wird sie sich eine selbstgefällige Andeutung erlauben, dass Mauve Vernon weder krank, noch in Andelys ist. Wenn sie denkt, dass ich vor Leidenschaft blind und ihr endgültig verfallen bin, wird die Versuchung zu groß für sie sein, mit diesem genialen Kniff zu prahlen, mit dem sie mich angeblich von meiner Frau getrennt hat.«

Amaury de Brune polierte nachdenklich den geschnitzten Knauf des Gehstockes an seinem Wams. Dann ging ein Ruck durch seine gebückte Gestalt, die in den vergangenen Tagen deutlich gealtert war. »Sie ist nicht deine Gemahlin, hast du das vergessen?«

»Nein, Vater!« Philippe hielt seinem prüfenden Blick offen stand. »Aber ich werde sie dazu machen, sobald ich sie gefunden habe, dessen könnt ihr versichert sein. Und kommt mir nicht mit den üblichen Vorbehalten von Herkunft und blaublütigen Ahnen. Auch unsere Vorväter waren vor Hunderten von Jahren nichts anderes als Bauern oder einfache Krieger. Féline gehört zu jenen wunderbaren, seltenen Geschöpfe, welche die Natur von Geburt an mit dem Adel der Seele und des Geistes versehen hat. Wenn ich sie finde, werde ich sie nie wieder von meiner Seite lassen.«

Die Entschlossenheit und Ruhe dieser Ankündigung verliehen ihr einen leidenschaftlicheren Nachdruck, als es jeder überflüssige Schwur vermocht hätte.

»Du liebst sie?«

»Ja.«

Der alte Edelmann nickte langsam. »Sie verdient es. Jetzt kann ich es dir ja sagen, ich hatte eigentlich beabsichtigt, heimlich nach ihr suchen zu lassen. Auch wenn ich ihre Entscheidung respektiert hätte, sich von dir zu trennen, so widerstrebte mir doch der Gedanke, dass sie allein und ohne jede Unterstützung in diesem Leben steht, das wahrhaftig nicht einfach für ein Mädchen ihrer Schönheit und ihres Geistes ist. Wir haben sie aus dem Kreis herausgerissen, in den sie hineingeboren wurde, aber sie scheint auch nicht bereit zu sein, ihren Platz unter uns einzunehmen. Ich hoffte, es würde mir gelingen, eine Existenz für sie zu finden, die ihr angemessen ist.«

Beide Männer tauschten einen langen schweigenden Blick, der mehr enthielt als bloße Worte. Verständnis. Zuneigung, aber auch die Erleichterung darüber, dass die Missverständnisse beseitigt waren. Endlich brach Amaury de Brune schwer atmend den Bann. Er hatte sich wieder völlig in der Gewalt. »Was werdet Ihr als Nächstes tun, Philippe?«

Sein Schwiegersohn presste die vollen Lippen schmal aufeinander und verengte die Augen. »Madame d'Aronet in der Ansicht bestätigen, dass ich nur ein verliebter Einfaltspinsel wie alle anderen bin. Je schneller sich diese Dame ihres vermeintlichen Sieges sicher zu sein glaubt, umso früher kann ich mich auf Félines Spuren setzen.«

»Gut, ich werde meine Abreise verschieben, bis du Genaueres weißt.«

Das Dekor war unverändert, und Philippe Vernon fragte sich verblüfft, wie er jemals Gefallen an dieser Mischung aus orientalischem Salon und kostbarem Trödelmarkt gefunden hatte, die das Schlafzimmer von Madame d'Aronet darstellte. Die großen Scheite im Kamin verbreiteten dazu passend die Hitze eines türkisches Dampfbades.

Therèse d'Aronet schien diese Wärme nichts auszumachen. Sie trug schließlich nur ein verführerisches, locker fließendes Musselinkleid, durch dessen azurblauen Falten die üppigen Linien ihres sinnlichen Körpers hindurchschimmerten. Auf einem kissenbelegten Seidendiwan lagernd, sah sie ihn unter halb gesenkten Wimpern herausfordernd an, während er den Weinkelch füllte, um den sie ihn gebeten hatte.

»Ach ... ich bin schwach«, seufzte sie theatralisch. »Ich hatte mir geschworen, dass Ihr diesen Raum niemals wieder betreten solltet, Marquis. Zu sehr habe ich unter dem Abschied gelitten, zu dem Ihr mich aus falsch verstandenem Ehrgefühl gezwungen habt.«

Als sie sich vorbeugte, um das Glas entgegenzunehmen, sorgte sie dafür, dass ihr Dekolleté auf das Vorzüglichste zur Wirkung kam. Das Negligé bedeckte kaum ausreichend die großen Höfe der dunkelrot nachgeschminkten Brustwarzen.

»Und nun rächt Ihr Euch an mir, grausame, schöne Therèse!« Philippe scheute sich nicht wie ein Komödiant neben dem Diwan in die Knie zu sinken. »Ihr zeigt mir die Herrlichkeit des Paradieses, ohne mir mehr als einen Blick hinein zu gönnen. Aaah, Ihr seid gefühllos! Erbarmungslos, herzlos und nachtragend!«

Das triumphierende Lachen der Dame bewies ihm, dass das genau die Worte waren, die sie hören wollte. Er bemächtigte sich ihrer Hand und begann die weiche Innenfläche mit glühenden Küssen zu bedecken. Ihre heftiger werdenden, kurzen Atemzüge bewiesen, dass seine Kühnheit durchaus wohl aufgenommen wurde, ja, dass sie mehr erwartete.

Madame d'Aronet genoss den Zustand lustvoller Erwartung, in den sie diese drängenden Zärtlichkeiten versetzten. Sie duldete, dass die Küsse kühner wurden und über ihren Arm die Schulter erreichten. Andelys war ein raffinierter, kenntnisreicher Liebhaber, im Gegensatz zum Grafen von Survillier, der sich im Bett wie ein Landsknecht auf Beutezug benahm. Sie verdrängte die unliebsamen Reminiszenzen und sorgte mit einer unmerklichen Bewegung ihrer weißen Schulter dafür, dass das Gewand nach unten rutschte und ihre fülligen Brüste freigab.

Philippe liebkoste sie routiniert. Wohl wissend, dass sie eine Mischung aus Zärtlichkeit und Grobheit schätzte, saugte er an ihren Brustwarzen, bis sie stöhnte, um dann überraschend zuzubeißen. Ihr Wimmern verriet, dass er auf dem richtigen Weg war.

Dass er seine Erfahrung auf dem Gebiet der Liebe ebenso routiniert wie eiskalt einsetzte, bemerkte die Dame schon längst nicht mehr. Sie schmolz unter seinem erotischen Angriff dahin, der die sinnliche Empfindsamkeit ihres wollüstigen Körpers voll ausspielte. Andelys unterdrückte seine Abscheu, konnte indes nicht verhindern, dass ihn diese Anstrengung brutaler machte, als er es eigentlich beabsichtigt hatte. Doch der laszive, wollüstige Leib, der sich ihm entgegenhob, bewies, dass es ihr gefiel.

»Philippe, mein Geliebter! Welche Wonnen Ihr mir schenkt! Ahh, bitte ja, quält meine Brüste! Niemand macht das so vollkommen wie Ihr!«

»Ihr schmeichelt mir, Therèse, aber ich muss Euch sagen, dass mir Euer scharf gewürztes Ragout nach all der faden Hausmannskost aufs Köstlichste mundet!«

Dass er innerlich Féline für die bösartige Verleumdung um Verzeihung bat, war ihm nicht anzusehen. Die nackte Frau in seinen Armen schnurrte erfreut und fuhr mit der Fingerspitze das arrogante Falkenprofil nach, das sich verehrend über sie neigte.

»Dann speist, mein Herr und Meister«, gurrte sie und wölbte ihre Brüste lüstern noch mehr nach oben. »Es ist angerichtet. Vergesst Euer geschmackloses Protestantenmädchen. Man sieht es diesen Damen immer an, dass sie hinter ihrer frommen Fassade einen Mann zu Tode langweilen. Vermutlich trägt sie weiße Leinenhemden und betet das Vaterunser, wenn Ihr sie berühren wollt. Habe ich Recht?«

Die unmerkliche Anspannung seiner Halsmuskeln entging ihr, und das zornige Aufblitzen seines mörderischen Blickes traf unglücklicherweise nur den üppigen Körper, dessen leicht schlaffe Rundungen schon die ersten Spuren zu ausschweifenden Lebens verrieten.

»Bezaubernde, verführerische Therèse, ich hätte wissen müssen, dass sich keine Frau mit Euch messen kann. Ihr bringt mich um den Verstand, Ihr haltet mich in Eurer entzückenden Hand!«, raunte er heiser.

Therèse d'Aronet war wie betrunken von seinen Worten. Sie hatte gesiegt! Sie konnte sich eben immer noch auf die Anziehungskraft ihres Körpers verlassen! Er bettelte um ihre Liebe! Es war nur eine Frage der Zeit, bis er sie endlich vor den Traualtar führen würde. Jetzt galt es gewitzt zu sein und keinen Fehler zu machen.

»Ich bin doch längst die Eure, Philippe«, hauchte sie. »Ihr wisst, dass ich mir nichts mehr wünsche, als für immer bei Euch zu sein. Gutes und Schlechtes mit Euch zu teilen, Euch einen Erben zu schenken ...«

Philippe ahnte, dass der Abend seinem Höhepunkt entgegenging. Sein inneres Widerstreben überwindend, berührte er den heißen Schoß, bis sich Therèse enthemmt unter seinen gefühlskalten Liebkosungen wand. Währenddessen setzte er scheinbar gedankenlos das gemurmelte Gespräch fort, das lediglich von ihren Seufzern und heiseren Aufschreien unterbrochen wurde.

»Einen Erben, ich werde auf ihn verzichten müssen, meine Schöne. Noch lebt meine Gattin.«

»Aaah ... Philippe. Ihr foltert mich! Nicht nur in der Liebe!

Warum habt Ihr kein Vertrauen zu mir? Warum verschweigt Ihr mir sogar jetzt, dass Eure Gattin im vergangenen Sommer verstorben ist? Was ist das für eine Liebe, die Ihr für mich empfindet?«

Philippe spielte den Erschreckten perfekt. Er zog seine Hände ruckartig zurück, rutschte vom Diwan. »Beim Henker, woher wisst Ihr?«

Therèse zog ihn begierig wieder an sich und legte seine Hand an das pochende Zentrum ihrer Weiblichkeit. Jetzt musste sie ihre Sinnlichkeit ins Spiel werfen, dann würde er ihr nicht mehr widerstehen können.

»Von diesem armen, bedauernswerten Kind, das Ihr gezwungen habt, die Rolle Eurer Gemahlin zu spielen. In ihrer Verzweiflung hat sie sich mir anvertraut, mich um meine Hilfe gebeten. Sie wollte fort, fliehen, nicht mehr das wehrlose Spielzeug in Eurem Bett sein. Ihr solltet wissen, dass Ihr solche Dinge nur mit einer erfahrenen Frau machen könnt, Philippe!«

»Das ist doch ...«, glücklicherweise unterbrach Madame d'Aronet Philippe, ehe er aus lauter Empörung einen nicht wieder gutzumachenden Fehler beging.

»Es ist unverzeihlich, was Ihr getan habt, Philippe! Warum nur?«

Der kurze Aufschub hatte genügt, damit sich der Marquis von Andelys neu wappnete. Es sah völlig echt aus, wie er betreten den strafenden Augen seiner Geliebten auswich. »Ich hatte keine Wahl«, murmelte er. »De Brune hat mich dazu gezwungen. Er ahnte, dass ich auf Mauves Tod wartete, um Euch zu heiraten. Er wollte keine Katholikin in der Familie. Als ich nach Hause kam, um Mauve die letzte Ehre zu erweisen, präsentierte er mir ihre Doppelgängerin.«

Die Mischung aus falsch interpretierter Wahrheit und kühner Erfindung erwies sich als äußerst wirksam. Therèse d'Aronet glaubte ihm jedes einzelne Wort. Sie mochte Amaury de Brune nicht und traute ihm jede Schlechtigkeit zu. Außerdem hatte Féline ihr keine genauen Einzelheiten des Täuschungsmanövers verraten.

»Ärmster«, raunte sie triumphierend. »Warum habt Ihr Euch mir nicht anvertraut? Wie viel verschwendete Zeit und sinnloser Kummer. De Brune muss den Verstand verloren haben, ich gönne ihm diesen Reinfall!«

»Er ist außer sich«, bestätigte Philippe scheinheilig. »Er hat nicht den Mut, offen nach dem Mädchen suchen zu lassen, da sonst womöglich der König von der Geschichte erfährt. Er würde alles geben, um zu erfahren, wo sie sich jetzt befindet.«

»Wahrhaftig, da ist er nicht der Einzige!«

Von dieser versonnenen Bemerkung alarmiert, bemühte er sich, seine Anspannung zu verbergen und lachte heiser, während er lässig die Zähne in ihre Schulter grub.

»Aber Ihr wisst es doch, meine Geliebte! Ihr habt der Kleinen in Eurer Güte immerhin weitergeholfen. Nein, verratet mir nicht wohin, ich bin froh, wenn diese naive Person meinen Lebensweg endlich verlassen hat.«

Wie erwartet, fühlte sich Madame d'Aronet genau durch diese Art von Abwehr versucht, ihre Allwissenheit unter Beweis zu stellen. Doch ihr Bescheid war ein herber Rückschlag für Philippe.

»Wenn ich es wüsste, könnte ich dem alten Geizkragen die Information teuer verkaufen. Natürlich erst, wenn wir verheiratet sind, mein Liebster. Ahnt er eigentlich, dass die Kleine so katholisch ist wie unser König? Es war der schwache Punkt seines Planes, dass er nicht wenigstens ein Doppelgängerin gesucht hat, die das gleiche Bekenntnis wie er hat.«

Irritiert von ihrem Abschweifen in religiöse Bereiche, wagte der Marquis sein Erstaunen zu zeigen.

»Wieso wisst Ihr es nicht? Ich denke, Ihr habt ihr die Flucht aus Paris ermöglicht?«

»Stimmt, mein Freund. Sie sollte Paris auf einem der Heukähne verlassen, die in Richtung Rouen unterwegs sind. Um diese Jahreszeit werden sie nicht sonderlich genau kontrolliert. Seit sie das Schiff betreten hat, ist sie jedoch wie vom Erdboden verschwunden.«

Philippe benötigte seine ganze Gelassenheit, um eine ruhige, ja, sogar gelangweilte Miene zu bewahren. »Was kann passiert sein?«

Ein wenig beklommen zuckte Therèse mit den vollen Schultern. »Fragt mich nicht. Der Mann, der mir verriet, dass man auf diesen Schiffen am schnellsten die Stadt verlassen kann, hat zwei Tage später erfahren, dass die Kleine angeblich beim ersten Halt kurz hinter St. Denis geflohen sei.«

Der Mann. Unzweifelhaft der Graf von Survillier. Die Kerle die ihm freiwillig dienten, hatte Philippe bei jener Jagd kennen gelernt. Ehemalige Soldaten, stumpf, abgebrüht und von gedankenloser Brutalität. Gehörte die Besatzung des Heukahnes zu jener Sorte? Und was würden solche Männer mit einem Mädchen von Félines Aussehen anfangen?

»Wer sagt Euch, dass diese Nachricht stimmt?«

Die Edeldame räkelte sich lasziv zwischen den Kissen und fuhr sich mit der rosigen Zunge über die Lippen. »Möglicherweise war sie ein wenig zu widerspenstig, als sich die Schiffer mit ihr vergnügen wollten. Die Seine ist tief und die Strömung zum Meer stark. Wer kann schon wissen, was sie alles mit sich trägt!«

Kaltblütig und beherrscht bis in die Fingerspitzen ließ Philippe Vernon nicht zu, dass seine Züge auch nur einen Hauch der entsetzlichen Angst widerspiegelten, die sein Herz erfüllte. Es ging um Féline. Um das Leben der Frau, die er über alles liebte.

»Vielleicht hat sich Euer unbekannter Informant ihrer selbst bemächtigt. Wenn man junges, naives Fleisch mag, ist sie ein hübscher Brocken.«

Therèse d'Aronet lachte spöttisch. »Das hätte er sicher getan, wenn ich ihm verraten hätte, um wen es sich bei diesem Passagier handelt. Aber erlaubt mir, dass ich meine Geheimnisse besser hüte. Meine mir treu ergebene Zofe hat sie zum Schiff gebracht. Ich bin kein Risiko eingegangen. Schließlich belebte mich die Hoffnung, nach ihrem Verschwinden endlich die Eure zu werden!«

Wie magisch angezogen ruhte der Blick Philippe Vernons auf dem weißen Hals, dessen leicht gewölbte Kehle sich ihm darbot, als die Nackte den Kopf nach hinten legte, um so die Linie ihres Busens dezent ein wenig mehr zu straffen. Es wäre ein leichtes, jetzt die Finger um diese Säule aus Knochen und Haut zu legen und zuzudrücken.

Der Wunsch, jedes Leben aus diesem verruchten Körper zu tilgen, war so stark, dass alle Einzelheiten in der roten Glut vor seinen Augen verschwammen. Sie hätte es verdient. Jede einzelne Sekunde der Qual und des Schreckens waren nur ein Tropfen auf den heißen Stein für die unglaubliche Menge der Bosheit, die in ihr steckte.

Aber nach wenigen Herzschlägen würde es vorbei sein. Viel zu schnell, zu sanft und zu endgültig. Nein, Therèse d'Aronet sollte leben. Leben und hoffen, leiden und enttäuscht werden, noch lange schlimme Jahre.

»Aaah, ich liebe es, wenn Ihr mich anseht, als wolltet Ihr mich verschlingen«, flüsterte sie heiser. »Kommt mein starker Krieger, besiegt mich, ich bin Eure Beute, Euer Opfer, Eure Sklavin!«

Bis in die Tiefen seiner Seele angewidert, stieß er sie so hart zurück, dass sie mit dem Hinterkopf gegen das holzgeschnitzte Tischchen stieß, auf dem der Wein stand. In einem Regen aus Wein und Scherben zerschellten Gläser und Karaffen auf dem Boden neben dem Bett.

»Philippe ...«

Ihr entsetzter Aufschrei brach ab, als sie die versteinerten Züge des Mannes gewahrte, der mit seinem bloßen Oberkörper athletisch und bedrohlich zugleich neben ihrem Lager aufragte.

»Es gibt kein Wort in unserer Sprache, mit dem ich die tiefe Verachtung ausdrücken könnte, die ich für Euch empfinde, Madame!«,zischte er eisig.

»Aber Philippe, Ihr liebt mich doch?« Brutal aus der wollüstigen Hingabe gerissen, starrte sie ihn bestürzt an. Ihr schmerzender Kopf weigerte sich zu begreifen, was vor ihren Augen geschah und was ihre Ohren vernahmen.

»Liebe! Ihr beschmutzt dieses Gefühl, wenn Ihr diese Silben in den Mund nehmt. Lieber würde ich bis ans Ende meiner Tage allein bleiben, als Euch nur noch einmal mit dem Feuerhaken anzufassen, Madame!«

Inzwischen war er in seine Kleider geschlüpft und befestigte eben den Spitzenkragen über dem tiefgrünen Samt des Wamses.

»Ich verstehe nicht ...«, verständnislos stammelnd rang Thérèse d'Aronet die Hände.

»Nein? Dann will ich es Euch sagen. Ich ahnte vom ersten Augenblick an, dass es Euch zu verdanken sein musste, dass die einzige Frau verschwunden ist, die ich liebe. Ich habe mich Eurer Gefühle bedient, um an die nötigen Informationen zu kommen.«

Die Betroffenheit der Dame war mit jedem Satz mehr verschwunden. Jetzt zog sie die rote Oberlippe über die Zähne und verwandelte damit ihr Gesicht in die Maske einer tobenden Megäre.

»Der Marquis von Andelys und eine billige Komödiantin, dass ich nicht lache!«, kreischte sie. »Aber nur zu, mein Freund, sucht Euch Euer kleines Liebchen auf dem Grund der Seine ... viel Vergnügen! Im Februar ist das Wasser hübsch kalt!«

Ungerührt von diesem keifenden Wortschwall ging Philippe zur Tür. Die Hand auf dem geschwungenen Knauf, drehte er sich noch einmal um.

»Sollte ein einziges Wort der Geschichte aus diesem Raum herausdringen, Madame, werde ich dafür sorgen, dass Ihr es für den Rest Eures Lebens bereut. Das gilt ebenso für Euren schurkischen Freund den Grafen von Survillier! Ihr habt versäumt, Euch Beweise für das zu beschaffen, was Ihr erzählen könnt. Mein Wort steht gegen das Eure, und welches schwerer wiegt, vermögt Ihr Euch auszurechnen. Gehabt Euch wohl und wünscht mir, dass ich das Mädchen finde, in dessen Schicksal Ihr so ungebeten eingegriffen habt. Es würde Euch eine Menge Ärger ersparen!«

»Hinaus!«

Die Aufforderung war unnötig. Der unbeherrschte Schrei löste lediglich die Lähmung, mit der Therèse d'Aronet fast widerspruchslos die Ereignisse hingenommen hatte. Vor hilfloser Wut schluchzend schleuderte sie eines der Gläser, die vorhin nicht zur Erde, sondern auf das Bett gefallen waren, gegen die Marmorsäulen des Kamines. Ein Schauer aus regenbogenfarbenen Kristallen klirrte über den Stein.

Es war nicht zu leugnen, dass der Marquis von Andelys über hervorragende Karten verfügte. Sie hatte die Partie zu überhastet gespielt und verloren. Sie konnte von Glück sagen, wenn es ihr noch gelang, Survillier zu heiraten. Diesen Tölpel Abend für Abend im Bett – welche Strafe!

17. Kapitel

»Verzeiht meine Aufdringlichkeit, Monseigneur, aber ich muss Euch dringend sprechen!«

Die flinken, dunklen Augen und das dreieckige, lebhafte Gesicht unter der adrett gestärkten Leinenhaube kamen dem Marquis von Andelys vage bekannt vor, wenngleich er im Moment nicht wusste woher. Dem bescheidenen Wollkleid und der weißen Schürze darüber entnahm er, dass es sich bei der Fragenden um eine der zahllosen jungen Frauen handeln musste, die im Palast im Dienst standen. Dass sie ihn ausgerechnet zu dieser späten Nachtstunde aufhielt, war merkwürdig und weckte seine Neugier. Es sah gerade so aus, als habe sie vor der Tür von Madame d'Aronet auf ihn gewartet.

»Ich kenne dich, nicht wahr?«

»Ich bin Yvette, die Zofe Eurer Gemahlin.«

Philippe Vernon verengte die Augen und sah sich unwillkürlich um. Niemand war in ihrer Nähe. Félines Zofe, natürlich. Er war so aufgewühlt von den Ereignissen, die hinter ihm lagen, dass es ihm schwer fiel, sich auf alltägliche, normale Dinge zu konzentrieren.

»Was möchtest du? Ich nehme an, du hast deinen vollen Lohn bekommen, nachdem die Marquise aufs Land zurückgekehrt ist. Gibt es Klagen?«

»Nein, Seigneur, Monsieur de Brune war sehr großzügig zu mir. Es ... es ist nur ... ich glaube, ich sollte Euch etwas berichten, das Eure Gemahlin betrifft!«

Sein Zögern veranlasste sie hinzuzufügen: »Etwas sehr Wichtiges, Seigneur.«

Philippe gab sich geschlagen. »Nicht hier! Begleite mich in meine Gemächer.«

Widerspruchslos lief Yvette hinter ihm her. Sie musste die Rocksäume heben, um seinem Sturmschritt zu folgen. Wenigstens blieb ihr auf diese Weise keine Zeit, sich weiterhin den Kopf darüber zu zerbrechen, ob sie nun einen Vertrauensbruch beging oder nicht.

Während er Feuer schlug und die Kerzen anzündete, die den Raum in sanftes Licht tauchten, rieb sich Yvette fröstelnd die Arme. Es war kalt und kahl zwischen diesen Wänden. Teppiche, Truhen und Sessel bereits verschwunden. Es sah ganz danach aus, als beabsichtige auch der Marquis, die Stadt in unmittelbarer Zukunft zu verlassen. Mit einem Ruck wandte er sich zu ihr um.

»Du hast Botschaft von meiner Gemahlin? Sprich!«

Unter seinem ernsten Blick musste Yvette ihren ganzen Mut zusammennehmen. »Ich ... ich weiß, dass sie nicht nach Andelys gereist ist, wie es bei Hofe heißt. Ich ... ich habe sie fortgehen sehen, in jener Nacht vor Lichtmess.«

»Du hast was?« Mit zwei großen Schritten war er bei ihr und packte sie an den Schultern. In seiner Erregung merkte er nicht, dass er ihr wehtat, und die Zofe unterdrückte ein Stöhnen. »Berichte!«, forderte er barsch.

Selbst wenn sie es gewollt hätte, jetzt konnte sie nicht mehr schweigen. Die Angst um seine Gemahlin, die dem Marquis ins Gesicht geschrieben stand, sagte ihr, dass sie einfach reden musste. Sie bemühte sich, halbwegs Ordnung in ihre unglaubliche Geschichte zu bringen.

»Am fraglichen Abend fühlte sich die Marquise nicht wohl«, begann sie tonlos. »Sie wollte an die frische Luft. Aber als sie von einem Spaziergang im Park wiederkam, ging es ihr noch schlechter als zuvor. Ich half ihr zu Bett, aber sie lehnte jede Nahrung, jede Hilfe ab. Gezwungen zu gehorchen, machte ich mir dennoch Sorgen um sie. Mit ihrer Gesundheit stand nicht alles zum Besten. So sagte ich mir: ›Yvette, schau noch einmal nach ihr, ehe du dich schlafen legst.‹«

Philippe ließ die Zofe los und trat zum Kamin, wo er sich mit dem Ellbogen auf dem Sims abstützte. Obwohl er vor Ungeduld bebte, unterbrach er sie nicht.

»Es war zwei Glockenschläge auf Mitternacht, und Ihr könnt Euch mein Erstaunen vorstellen, als ich sah, wie die Marquise, voll angezogen in einen Umhang gehüllt und ein kleines Bündel in der Hand, diesen Raum verließ«, fuhr Yvette fort. »Ich bog gerade um die Ecke und konnte eben noch zurückweichen. Bis ich vorsichtig einen zweiten Blick wagte, entfernte sie sich schon zur großen Treppe. Ich zögerte. Da sah ich eine Gestalt, die ihr offensichtlich heimlich folgte. Beide schlüpften durch einen Seitenausgang, der zur Ufergalerie führt und der um diese Zeit nicht bewacht wird. Ich schlich mich näher und sah, dass die zweite Person mit der Marquise verhandelte und dann mit ihr nach draußen verschwand.«

»Bist du ihnen gefolgt?« Der Marquis von Andelys konnte die Spannung kaum aushalten.

Yvette nickte. »Sie gingen zum Heuhafen am Fluss. Ein Mann mit einer Laterne wartete dort auf sie. Nach wenigen Worten packte er Madame und verschwand mit ihr im Dunkel. Ich hörte nur eine Planke quietschen und einen Aufschrei, der aber sofort abbrach. So, als habe jemand die Hand über einen Mund gelegt …«

»O Gott, diese Schurken …«, Philippe strich sich mit dem Handrücken über die Stirn. Yvette unterbrach ihren Bericht, aber auf seine ungeduldige Geste hin, setzte sie ihn sogleich fort.

»Die andere Gestalt kam ganz nah an mir vorbei, Seigneur, und ich habe sie erkannt.«

»Wer war es? Zum Henker, muss ich dich um jede Einzelheit bitten?«

»Nein, Seigneur, verzeiht. Es war Janine, die Zofe von Madame d'Aronet. Wir ... wir verstehen uns nicht besonders gut, und es gab schon oft Streit. Sie ... sie ist eine boshafte Hexe, aber ihrer Herrin auf das Treueste ergeben. Von diesem Moment an war mir endgültig klar, dass nicht alles mit rechten Dingen zuging! Da die Heukähne erst im Morgengrauen die Stadt verlassen können, versuchte ich, noch rechtzeitig Hilfe zu holen.«

»Hilfe?«, wiederholte Philippe beißend. »Dann bist du wohl zu Monsieur de Brune gegangen und hast ihn gebeten, seine Männer auf dieses Boot zu schicken?«

Yvette zupfte betreten an ihrem Rock und sah zu Boden. »Nein, Seigneur!«

»Weißt du, dass es dann deine Schuld sein kann, wenn meine Gattin dieses verdammte Abenteuer nicht überlebt hat?«

»Nein! Ich meine ...« Yvette zauderte erst, sprach aber dafür dann umso schneller weiter. »Sie hat es überlebt, Seigneur. Charles Danet, mein Verlobter, ist Hauptmann der Palastwache. Ich bin zu ihm gegangen. Er ist heimlich auf diesen Kahn und hat Madame befreit. Die Kerle hatten sie in einem der Lagerräume eingesperrt. Außer, dass sie schreckliche Angst hatte, war ihr jedoch nichts passiert. Charles hat sie dann am nächsten Tag nach St. Denis gebracht.«

Philippe Vernon betrachtete die junge Frau mit finster gerunzelten Brauen. »Verbessere mich, wenn ich etwas Falsches sage«, knurrte er gereizt. »Aber besteht die Möglichkeit, dass du wusstest, warum meine Gattin zu mitternächtlicher Stunde den Palast verlässt, und hast du dich deswegen nicht an ihren Vater gewandt?«

Jetzt half nur noch die Wahrheit. »Ja, Seigneur. Außerdem musste ich ihr bei meinem Seelenheil schwören, dass ich keiner Menschenseele verrate, was ich weiß!«

»Diesen Punkt können wir abhaken, nachdem du hier stehst

und mit mir sprichst. Hättest du jetzt auch die unendliche Güte, mir diesen mysteriösen Grund zu nennen?« Yvette begriff, warum es unklug war, sich den Marquis von Andelys zum Feind zu machen.

»Sie ... sie bekommt ein Kind!«, flüsterte sie kaum verständlich.

»Waaas?«

»Eure Gattin ist in der Erwartung, Seigneur«, bestätigte Yvette schweren Herzens. »Seit sie davon erfahren hatte, war sie nicht mehr dieselbe. Sie hat mir verboten, auch nur ein Sterbenswörtchen davon auszuplaudern. Besonders nicht bei Monsieur de Brune oder Euch, es ... es war kaum die Reaktion einer glücklichen Mutter.«

Deutlicher wollte sie ihre Bedenken bezüglich der Vaterschaft dieses Kindes nicht ausdrücken. Wenn der Marquis einen eigenen Verdacht in dieser Richtung haben sollte, so war es seine Sache, sich darum zu kümmern.

»Ich weiß, es ist ein Vertrauensbruch, Euch dies mitzuteilen«, fuhr sie hastig fort. »Aber man muss ihr doch helfen! Eine Dame wie sie ist außer Stande, für sich und ein Kind zu sorgen. Ihr ... Ich weiß, dass Ihr Madame von Herzen zugetan seid, Seigneur!«

Die Tatsache, dass sie noch nie ein Ehepaar erlebt hatte, das derart leidenschaftliche Gefühle füreinander empfand, wie diese beiden, gab ihr den Mut zu diesem Hilferuf. Man hatte die beiden nur ansehen müssen, wie sie sich geradezu mit den Augen umarmten, sobald sie auch nur durch Raumesbreite voneinander getrennt waren. Eine solche Liebe konnte sich nicht einfach spurlos verflüchtigen, darauf setzte sie ihre ganze Hoffnung.

Philippe benötigte geraume Zeit, um den Schock zu verarbeiten, dem ihm diese Nachricht versetzt hatte.

»Dummes, kleines, stolzes, närrisches Kätzchen!«, murmelte er erbittert, ohne zu merken, dass er seine Gedanken vor Yvette laut aussprach. »Deswegen also ist sie verschwunden. Wer ihr nur diese vernagelten Ehrbegriffe in den Kopf gesetzt hat.«

Endlich fasste er sich und erlöste die Zofe aus ihren Zweifeln. »Du hast richtig gehandelt. Es soll dein Schaden nicht sein, dass du deiner Herrin geholfen hast. Du hast mein Wort darauf.«

Die junge Frau sank in einen erleichterten Knicks. »Es ist mir Belohnung genug, wenn ich ihr weiter dienen darf«, sagte sie leise. »Sie ist gütig und gerecht, Ihr dürft ihr nicht böse sein!«

»Um dir diesen Wunsch zu erfüllen, müsste ich sie erst einmal finden, Mädchen. Wenn ich nur wüsste, wo ich sie suchen muss.«

»Sie hat sich in der Nähe von Luzarches von Hauptmann Danet getrennt«, erklärte Yvette. »Er sagt, sie hat ihn förmlich davongeschickt. Sie sei jetzt am Ziel und benötigte seine Hilfe nicht länger. Sie kann sehr energisch sein, wenn es darauf ankommt.«

»Wem sagst du das?« Der erste Hauch eines vagen Lächelns erhellte die stürmischen Augen des Marquis. »Luzarches also ... ich danke dir. Ich glaube, ich ahne jetzt, wo ich mit dieser Suche beginnen kann.«

»Werdet Ihr mir Nachricht geben, ob sie ihn Sicherheit ist, Seigneur?«

»Ich verspreche es dir. Es sei denn, du möchtest selbst in Andelys auf sie warten. Wenn du deinen Hauptmann einige Zeit allein lassen kannst: morgen bricht mein Kammerdiener mit dem Gepäck auf und reist mit den übrigen Dienstboten voraus ... Du musst jetzt keine Entscheidung treffen. Ich werde ihm Bescheid sagen, dass er von dir hört.«

Yvette sank in eine dankbare Reverenz, wenngleich in ihrem

Hinterkopf ein respektlos neugieriger Gedanke spukte. Wer bei allen Heiligen war denn nun der Vater dieses Kindes, das die Marquise erwartete? Reagierte so ein betrogener Ehemann? Mit Sicherheit nicht. Aber wenn er selbst der Vater war, warum war dann die Marquise lieber geflohen, als ihm zu gestehen, dass sie ein Kind bekam? Wahrhaftig, es war nicht leicht, diese hochgeborenen Damen zu verstehen.

»Survillier?« Amaury de Brune sah seinen Schwiegersohn an, der bereits gestiefelt und gespornt das Gemach durchmaß, in dem der alte Herr sein Frühstück einnahm. »Was sollte das Kind ausgerechnet in Survillier? Du sagtest, dass sie dort keine Angehörigen mehr hat. Bei wem könnte sie Unterschlupf finden?«

»Das wollte ich von Euch wissen.« Philippe hob den Kopf. »Sie hat Euch vertraut, bei weitem mehr als mir. Ihr werdet doch sicher über das Leben gesprochen haben, das sie führte, ehe ich sie dort herausriss!«

Nach kurzer Überlegung nickte de Brune. »Nun, höchstens der Geistliche. Abbé … wartet. Vidame, glaube ich. Er hat ihr Lesen und Schreiben beigebracht. Es scheint, dass er der Vertraute ihrer verstorbenen Mutter gewesen ist und sich nach deren Tod für das Mädchen verantwortlich fühlte. Es hat sie immer belastet, dass sie gegangen ist, ohne von ihm Abschied zu nehmen.«

»Gut! Dann beginne ich meine Suche bei ihm. Gebt mir eure guten Wünsche mit auf den Weg, Vater!« Philippe Vernon streifte sich bereits seine stulpengeschmückten Reiterhandschuhe über, als ihn ein protestierender Ausruf in dieser Tätigkeit unterbrach.

»Ihr wollt allein reisen? Das kommt nicht in Frage, ich begleite Euch!«

Bestürzt betrachtete der Marquis die faltigen Züge, die ihn

im Verein mit den zornigen grauen Augen auf absurde Weise an Féline erinnerten, wenn sie ihm Trotz bot. »Vater, das ist unmöglich. Bedenkt Eure Gicht! Ihr könnt nicht zu Pferd über die Landstraßen galoppieren.«

»Wer sagt, dass ich reite? Ich benütze die Kutsche. Wie willst du das Mädchen sonst nach Andelys bringen? Willst du eine Schwangere vor dich aufs Pferd setzen? Ahnentafel hin oder her, scheint es doch das einzige Enkelkind zu sein, das ich jemals bekomme. Ich werde nicht zulassen, dass du sein Leben gefährdest!«

Es war nicht abzustreiten, dass der Ältere in manchem Recht hatte. Féline war nun seit mehr als einer Woche verschwunden. Wo sie sich auch befand und was ihr auch zugestoßen sein mochte, ein paar Stunden würden wenig daran ändern können.

Hinzu kam, dass er jede Unterstützung gebrauchen konnte, wenn es darum ging, diesen kleinen Feuerkopf zu seinem eigenen Glück zu überreden. Er kannte Féline inzwischen gut genug, um das Ausmaß des eigensinnigen Stolzes zu fürchten, der sie dazu veranlasst hatte, mitsamt seinem ungeborenen Kind vor ihm zu fliehen. Sie glaubte, nicht gut genug für ihn zu sein, und ihr das Gegenteil zu beweisen, würde ein schweres Stück Arbeit bedeuten.

»Alles ist gepackt und geordnet. Ihr müsst nur den Befehl geben, anzuspannen«, fügte de Brune, durch sein langes Schweigen verunsichert, hinzu. »Und falls Ihr mir entgegenhalten wollt, dass die Jahreszeit zum Reisen ungeeignet ist, so spart Euch die Mühe. Ich empfinde kein Vergnügen bei der Aussicht, auf Andelys oder im Louvre Stunden und Tage auf eine Botschaft zu warten, von der höchst ungewiss ist, wann ich sie bekomme.«

Ein wenig glich er einem grimmigen, alten Keiler, der zu seinem letzten Kampf antritt. Das massige Haupt auf dem gedrungenen Hals angriffslustig nach vorne gereckt, vergaß er beim Aufstehen sogar, sich auf seinen Stock zu stützen. Er war imstande, auf eigene Faust nach Survillier zu fahren, wenn er seine Begleitung ablehnte. Philippe sah es ein. Er gab widerstrebend nach.

»Bei Gott, Ihr seid sturer als ein Mühlstein«, seufzte er. »Ich werde veranlassen, dass ein geschlossenes Glutbecken und ausreichend Decken in die Kutsche gebracht werden, damit Ihr nicht unter der Kälte leidet. Wir brechen auf, wenn die Stadttore geöffnet werden.«

Der alte Herr nickte zufrieden. Es war auch in seinem Sinn, nicht länger herumzutrödeln.

18. Kapitel

Als jüngster Sohn einer stattlichen Schar von elf Kindern, die Madame Alyse de Vidame ihrem Gatten, dem Baron Robert, geschenkt hatte, ehe sie im Kindbett starb, war Jules de Vidame ohne viel Federlesens für den geistlichen Stand bestimmt worden. Die wenigen Äcker und Dörfer, die dem Baron rings um das verfallene Herrenhaus im Poitou gehörten, reichten kaum für den Ältesten und zur Mitgift für die fünf Töchter. Da der sanfte Jules deutlich ungeeignet für das Kriegshandwerk war, blieb nur die Kirche.

Inzwischen hatten die Jahre und die Sorgen den Abbé vorzeitig altern lassen. Obwohl nur knapp über fünfzig, glich er mit seinen weißen Haaren und den hageren, durchfurchten Zügen einem Greis von siebzig. Der Hungerwinter, der sich in Survillier jetzt endlich dem Ende zuneigte, hätte ein Übriges getan, ihn an der Gnade des Allmächtigen zweifeln zu lassen. Warum waren es immer die Armen, die am Ende die Rechnung bezahlen mussten?

Die wenigen frierenden Dorfbewohner, die an diesem trüben Morgen der Beerdigung des kleinen Joseph beigewohnt hatten, der zum Kummer seiner Eltern die Strapazen der vergangenen Monate nicht überlebt hatte, hüllten sich enger in ihre fadenscheinigen Kleider und Umhänge. Sie suchten eilig die Wärme der häuslichen Herdfeuer. Die wenigsten von ihnen schenkten der schmutzbespritzten, noblen Kutsche Beachtung, die nun vor der Kirche hielt.

Lediglich Abbé Vidame betrachtete über die Friedhofsmauer hinweg verblüfft den Reiter, der das Fahrzeug begleitete und der nun vom Pferd sprang, um den Schlag zu öffnen. Besuch? Besuch für ihn?

Die Ehrerbietung, mit welcher der Reiter jetzt einem alten Herrn aus der Kutsche half, legte die Vermutung nahe, dass es sich bei beiden um Vater und Sohn handeln musste, wenngleich sie wenig äußere Ähnlichkeit aufwiesen. Im Nähertreten gewahrte er auch den Schmerz in den Zügen des Älteren, der sich schwer auf einen Stock stützte.

»Abbé Vidame?«, erkundigte er sich rau und fuhr auf das schweigende Nicken des Geistlichen hin fort: »Erlaubt uns, Euch ein paar Fragen zu stellen. Wir sind auf der Suche nach einer jungen Frau, die sich Féline nennt!«

»Féline? Die Tochter Jeans? Aber ...« Der Priester unterbrach sich. »Folgt mir ins Haus, meine Herren. Es ist bescheiden, aber das Feuer brennt, und die Mauern schützen vor diesem Wind, der einen bis auf die Knochen auskühlt. Es scheint, als wolle es in diesem Jahr nie wieder Frühling werden.«

Das Pfarrhaus duckte sich, aus Balken und Feldsteinen zusammengefügt, unter ein dickes, tief herabhängendes Strohdach. Den größten Teil des ebenerdigen Gebäudes nahm ein Raum ein, der Küche, Studierstube und Vorratsraum zur gleichen Zeit sein musste. Doch die Haken am Rauchfang, die normalerweise für die geräucherten Schinken oder Würste gedacht waren, trugen zu dieser Jahreszeit lediglich raschelnde Kräuterbüschel. Das Feuer loderte an der Stirnseite und verbreitete tatsächlich angenehme Wärme.

Ein grober Tisch, zwei Bänke und ein Lehnstuhl, dessen Lederbezug schon brüchig geworden war, bildeten neben dem Schreibpult, einer Truhe und einem zweitürigen Schrank das ganze Mobiliar. Ein großes, hölzernes Kruzifix mit einem grob geschnitzten, bäuerlichen Christus zierte die gekalkte Wand neben dem Kamin.

»Setzt Euch!« Der Abbé rückte seinem älteren Gast den Lehnstuhl näher an die Flammen und betrachtete resigniert die brodelnde Flüssigkeit im Kessel über dem Feuer. »Es hat mit einer kräftigen Suppe nur die Wärme gemein, aber wenn Ihr Hunger habt, wäre ich erfreut, Euch als meine Gäste zu begrüßen.«

Nachdem Philippe sich davon überzeugt hatte, dass sein Schwiegervater gut untergebracht war, kam er sofort zur Sache, ohne für das Angebot der wenig verführerischen Mahlzeit auch nur zu danken. »Nun, Abbé, könnt Ihr uns Kunde geben, wo sich Féline aufhält?«

Sein Ungestüm veranlasste den Priester zur Vorsicht. »Verzeiht, wenn ich Euch nicht gleich antworte, aber könnt Ihr mir sagen, warum Ihr nach dem Mädchen forscht? Was hat Féline mit Euch zu schaffen? Wer seid Ihr?«

»Mein Name ist Amaury de Brune, und dieser so ungeduldige junge Mann ist mein Schwiegersohn, der Marquis von Andelys, Philippe Vernon, Abbé«, griff der alte Herr vermittelnd ein. »Féline hat in unserem Hause gelebt, bis … nun bis vor einer guten Woche.«

Vater Vidame war jetzt ebenfalls ans Feuer getreten und genoss die Wärme, die seine eisig erstarrten Glieder durchflutete. Allein, das Wohlbefinden hatte keinen Einfluss auf sein wachsames Misstrauen.

»War sie Eure Magd?«, versuchte er die Zusammenhänge zu ergründen. »Es erscheint mir seltsam, dass sich zwei so hohe Herrn auf die Spur eines einfachen Mädchens setzen. Hat sie Euch bestohlen oder welche Erklärung gibt es dafür?«

Zähneknirschend musste der Marquis einsehen, dass Vidame kein einfacher Dorfpfarrer war, den er mit einer vagen Geschichte einlullen oder mit oberflächlichen Lügen abspeisen konnte.

»Gebt uns zuerst die Beruhigung, dass sie lebt und dass sie sich wohl befindet«, griff Amaury de Brune erneut diplomatisch ein.

Abbé Vidame zuckte schwach mit den Schultern. »Das kann ich nicht, Ihr Herren. Féline ist im August des vergangenen Jahres aus Survillier verschwunden. Sie und ihre Schwester Blandine haben das Dorf des Nachts verlassen, ohne ein Wort der Erklärung oder gar des Abschieds.« Seiner Stimme war anzuhören, dass ihn dieser unfreundliche Abschied noch immer kränkte.

»Und seitdem habt Ihr nichts von Ihr gehört?«

»Nein!«

Für einen kurzen Moment las der Priester in den hageren Falkenzügen des jungen Mannes so viel unterdrückten, nur mühsam beherrschten Schmerz, dass er seinen Argwohn endlich außer Acht ließ.

»Erklärt Euch«, forderte er noch einmal. »Ich war schon so weit zu glauben, dass sich beide Kinder in ihrer ausweglosen Verzweiflung in den Fluss gestürzt hätten und dass ihre Leichen abgetrieben worden wären. Da sie keine Verwandten besitzen, hat sich niemand um ihr Verschwinden gekümmert. Das Dorf hatte andere Sorgen. Ich machte mir die bittersten Vorwürfe, versagt zu haben. Ich hatte Féline zur Demut gemahnt, die keineswegs ihre Stärke ist.«

Ein geisterhaftes Lächeln blitzte in Philippe Vernons melancholischen Augen auf. Seine kleine Katze war vieles, aber demütig war sie nicht, nein, da hatte dieser Priester wahrhaftig Recht.

»Es ist meine Schuld, Vater Vidame«, brachte er mit rauer Stimme vor. »Das Mädchen lief an jenem Tag, von dem Ihr sprecht, vor meine Kutsche und wurde leicht verletzt. Ich nahm sie mit mir, ehe ihr selbst wohl bewusst geworden war, dass dies den Abschied von allem hier bedeutete. Später, nach ihrer Genesung, lebte sie in unserem Haus.«

Seine geschickte Umschreibung des tollkühnen Abenteuers, in das er das ahnungslose Mädchen verwickelt hatte, ließ

Amaury de Brune die Lippen anzüglich aufeinander pressen. Nun, es war sicher besser, dem Pfarrer nicht alles zu sagen. Aber würde er sich damit bescheiden? Schon seine nächsten Worte bewiesen, dass dem nicht so war.

»Gestattet meine Herren, dass es mich trotzdem verblüfft, zwei so noble Edelmänner auf der Fährte eines bescheidenen Bauernmädchens zu finden. Und ... täusche ich mich oder gehört Ihr dem protestantischen Glauben an?«

Die Strenge, mit der sich der Ältere von beiden gekleidet hatte und die Tatsache, dass beide das Schälchen mit geweihtem Wasser nicht berührt hatten, das neben der Tür stand, veranlassten den Priester zu diesem Schluss.

»Mit Letzterem habt Ihr Recht, Vater Vidame«, mischte sich de Brune erneut ein. »Vielleicht könnt Ihr uns besser verstehen, wenn ich Euch sage, dass Féline aufs Haar der äußeren Erscheinung meiner verstorbenen Tochter Mauve gleicht. Ich habe sie ins Herz geschlossen wie ein zweites Kind. Ich mache mir große Sorgen um sie.«

»Warum ist sie geflohen, wenn sie in Euch einen Vater fand, der ihr ein Dach über dem Kopf und seine Zuneigung schenkte?«

Die Hartnäckigkeit, mit der dieser kluge Dorfpriester in der schmerzenden Wunde stocherte, reizte Philippe zur Weißglut. »Sie erwartet ein Kind, Abbé, und ehe Ihr Euch aufs Neue in eine Eurer verklausulierten Fragen stürzt, ja – es ist mein Kind.«

»Möge die heilige Jungfrau ihr beistehen.« Abbé Vidame schlug andächtig das Kreuz über seiner Soutane. »Es sind immer die Unschuldigsten und die Schönsten, die Euch noblen Herren zum Opfer fallen.«

Philippe schlug zornig mit der Faust in die offene, andere Hand. »Verdammt, Abbé, ich habe keine züchtige Jungfrau missbraucht! Ich liebe Féline, und sie liebt mich auch! Von ganzem Herzen sogar! Deswegen ist sie doch geflohen, dieses starrköpfige und unbelehrbare Wesen! Aber ich werde sie finden und heiraten und wenn ich sie an den Haaren vor den Altar schleifen muss!«

Die aufrichtige Verzweiflung, die aus der Stimme des jungen Edelmannes klang, überzeugte Abbé Vidame mehr von der Wahrhaftigkeit seiner Gefühle, als die unwirsche Verteidigungsrede, die eher große Ähnlichkeit mit einem Fluch gehabt hatte.

»Mir scheint, sie hat sich trotz dieser Liebe wenig geändert, Ihr Herren«, seufzte er. »Sie hat stets nach ihrem eigenen Kopf gehandelt. Sehr zum Kummer ihrer frommen Mutter, die von ganzem Herzen gehofft hatte, dass gerade dieses Kind einmal einem Orden beitritt und sich zu mäßigen und zu bescheiden lernt.«

Féline eine Nonne? Seine leidenschaftliche, aufbrausende, lebenslustige, störrische Geliebte in einem Kloster? Philippe gab einen missbilligenden Laut von sich, so verrückt mutete ihn dieses Bild an.

»Wie ist Euer Wort zu verstehen, ›gerade dieses Kind‹, Vater Vidame?« Amaury de Brune beugte sich neugierig vor und suchte im Antlitz des Priesters zu lesen.

Vidame warf einen Blick hinüber auf das Schreibpult, dem de Brune erwartungsvoll folgte. Eine in schweres Leder gebundene Bibel lag dort, deren Deckel die Spuren täglicher Berührung zeigte. Und noch etwas anderes. Ein schmaleres, verspieltes Bändchen, das den ungewöhnlichen Schimmer von Gold im diffusen Licht verströmte, welches durch die pergamentverklebten Fenstervierecke fiel.

Eben jenes Buch ergriff der Geistliche jetzt, nachdem er sich dorthin begeben hatte, und presste es gegen die Falten seiner abgewetzten Soutane. Seine knochigen, gekrümmten Finger, denen man die Spuren der Gicht ansah, verbargen lediglich einige Partien des geprägten Leders, dessen angedeutete Blüten- und Blätterranken von einem geschickten Künstler mit Gold unterlegt worden waren.

»Ein Stundenbuch!« De Brunes Stimme klang belegt. »Das Stundenbuch einer adeligen Dame unzweifelhaft? Wie kommt es in Euren Besitz?«

Es war zu erkennen, dass jenes Buch den alten Edelmann aus unerfindlichen Gründen stark erregte. Der gesunde Ton seiner Gesichtsfarbe war kalkig blass geworden, und die Haltung seines Körpers verriet mühsam unterdrückte Spannung.

»Es gehörte Félines Mutter, sie hat es mir nach ihrem Tode vermacht.«

»Wie?« De Brunes Erregung nahm zu. »Ihr wollt mir weismachen, eine simple Bäuerin habe einen solchen Schatz besessen? Wisst Ihr um den Wert eines derartigen Bandes?«

»Das Buch gehörte Félines Mutter«, wiederholte Abbé Vidame nachdrücklich und fügte leiser hinzu: »Ihrer richtigen Mutter. Blandine, die Frau Jeans, war nur ihre Pflegemutter. Das Kind wurde in Wirklichkeit von einer anderen Frau zur Welt gebracht.«

Das Ächzen, das de Brunes Brust weitete, schien in dem großen Raum widerzuhallen. Dann streckte er auffordernd die Hand aus: »Gebt mir das Buch, ich bitte Euch!«

Der Geistliche gehorchte, und Philippe beobachtete voll Erstaunen, dass sein Schwiegervater jenes Buch mit einer Andacht berührte, die weit über seinen – sicherlich hohen – Marktwert hinausging. Endlich schlug er den Buchdeckel auf und starrte auf das Ex Libris, das in kunstvollen Schnörkeln und verblassten Farben ein Wappen präsentierte.

»Ihr kennt das Wappen, Vater?«, murmelte er, unerwartet von einer Spannung ergriffen, die er sich nicht erklären konnte.

Amaury de Brune nickte schwer. »Das Buch und das Wappen, Philippe. Seht Ihr den Anker und das Schwert, die sich hier über den angedeuteten Meereswellen kreuzen, Vater Vidame? Es waren die Seefahrer und Ritter der du Rocs, die im Jahre 1149 nach dem zweiten Kreuzzug von Ludwig VII. jenes Wappen zusammen mit dem Grafentitel zuerkannt bekamen. Und seit ein paar hundert Jahren hat sich in der Familie auch dieses Stundenbuch vererbt, das einmal für die Muße einer frommen Gräfin geschrieben und illustriert worden ist.«

»Du Roc?« Philippe suchte nach der richtigen Erinnerung. »Ich kenne diesen Namen, aber bei Hofe ist er nicht mehr vertreten. Klärt mich auf, Vater.«

»Die letzte Trägerin des alten und stolzen Namens kam in jener verfluchten Nacht vor über zwanzig Jahren ums Leben, als in diesem Königreich zur unbarmherzigen Jagd auf die Menschen protestantischen Glaubens geläutet wurde, Philippe. Ich spreche von Marisann. Marisann de Brune, meiner Gemahlin, Ihr Mädchenname lautete du Roc!«

»Aber … wie ist es möglich, dass dieses Buch in die Hände einer Bäuerin gelangte?«

Philippes logische und höchst berechtigte Frage, sorgte dafür, dass Abbé Vidame müde auf die Bank neben dem großen, blank gescheuerten Holztisch sank.

»Die Wege des Herrn sind wunderlich. Es scheint, Ihr Herren, als wäre ich Euch die Wahrheit über jene Ereignisse schuldig, die sich rund um Félines Geburt zugetragen haben. Es waren böse Zeiten, und die Saat des Hasses gegen Euer Glaubensbekenntnis schwappte weit über die Grenzen der Stadt Paris hinaus. In diesen Tagen suchten viele Protestanten ihr Heil in der Flucht aus der Hauptstadt. Unter einer Gruppe, die sich im Morgengrauen des 25. August 1572 unserem Dorf näherte, befand sich auch eine hochschwangere junge Frau. Eine erschöpfte Edeldame, die nur knapp entkommen war, als aufgebrachte Katholiken unweit von Chantilly ihre Kutsche überfielen.«

»Ist das möglich?« Amaury de Brune war aufgesprungen, ohne an seine Gicht oder den Stock zu denken, den er sonst für jeden Schritt benötigte. »Solltet Ihr mir endlich, nach Jahrzehnten der Trauer und des Schmerzes, Klarheit über Marisanns Schicksal geben können? Wisst Ihr Genaueres? Wollt Ihr gar behaupten, Féline sei jenes Kind, dass sie damals in Ihrem Schoß trug?«

Der Priester hob besänftigend die Hände. »Beruhigt Euch, Seigneur und erwartet keine Wunder von mir. Ich weiß nicht, wie jene Bedauernswerte hieß, ich kann Euch nur schildern, was geschah. Blandine entdeckte die Flüchtlingsgruppe im Wald bei der Mühle, weil sie den Morgentau zum Kräutersammeln nützen wollte. Während die anderen, von Furcht getrieben, nur den genauen Weg durch den Wald von Senlis erfragten, blieb jene Dame zurück. Die Stunde der Geburt war nahe, und sie vermochte ihre Gefährten nicht länger zu begleiten. Blandine, eine Frau von großer Frömmigkeit und ebensolcher Hilfsbereitschaft, brachte sie in einem verlassenen Schuppen nahe der Mühle in Sicherheit. Die arme Fremde war völlig erschöpft und von den Schrecken, die hinter ihr lagen, zu Tode geängstigt. Sie sprach nicht und war kaum bei Besinnung, als sie wenig später ein kleines, winziges Mädchen gebar. Es war, als hätte sie sich nur aufrecht gehalten, um dieses kaum atmende Menschenkind in die Welt zu entlassen. Sie starb, ohne dass sie das Bewusstsein wiedererlangte.«

Abbé Vidame brach ab, denn Amaury de Brune hatte die Hände vor das Gesicht geschlagen. Nur sein schwerer, keuchender Atem war zu hören. Dann riss er sich zusammen und heftete die grauen Augen auf den Priester.

»Weiter, weiter ... was geschah dann?«

»Blandine, die seit Jahren vergeblich darum gebetet hatte, schwanger zu werden, hatte nur eines im Sinn, das Kind, das ihr der Himmel so unverhofft geschenkt hatte, zu retten! Da sie fürchtete, dass die Schikanen, mit denen die Protestanten verfolgt wurden, auch vor diesem kleinen Geschöpf nicht Halt machen würden, verheimlichte sie, was passiert war. Sie vertraute sich lediglich mir, ihrem Beichtvater an. Ich habe die Unbekannte in der nächsten Nacht auf unserem Friedhof beerdigt und den Säugling auf den Namen Féline getauft.«

Philippe machte seiner unerträglichen Spannung in einer gereizten Frage Luft. »Wollt Ihr mir weismachen, dass sich ein ganzes Dorf nicht darüber wundert, dass eine Frau aus heiterem Himmel Mutter wird? Und dieser Jean, ihr Mann, wie hat sich der zu diesem Kind gestellt?«

»Blandine und Jean lebten bei der alten Mühle am Wald. Sie gehörten nie so recht zur Dorfgemeinschaft, auch wenn Jean hier geboren ist. Es lag wohl an der jungen Frau, die eigentlich Nonne werden wollte und sich dann doch in diesen so schweigsamen und harten Mann verliebt hat. Sie hatte zeit ihres Lebens das Gefühl, für diesen angeblichen Frevel büßen zu müssen. Sie sprach mit niemandem und kam nur zur Messe ins Dorf. Und unter den Lumpen, die das Volk trägt, kann man nicht erkennen, ob eine Frau schwanger ist oder nicht, Seigneur. Was hingegen Jean betrifft: er war wortkarg, fleißig und ehrbar. Er hätte für seine Blandine die Sterne vom Himmel geholt, wenn es ihm möglich gewesen wäre. Dass ihr der Herrgott den sehnlichen Wunsch nach einem Kind auf diese ungewöhnliche Weise erfüllt hatte, fand er nur gerecht. Für ihn war Féline seine Tochter, als hätte er sie gezeugt. Als Blandine vier Sommer später dann tatsächlich einer eigenen Tochter das Leben schenkte, hatten beide schon vergessen, dass Féline von einer anderen Mutter geboren worden war.«

»So ist es also kein unbegreifliches Wunder, dass dieses Kind Mauve und Marisann auf so außerordentliche Weise ähnlich sieht«, murmelte de Brune mit verhaltener Stimme.

»Verdammt, Abbé, wenn Ihr wusstet, dass Féline das Kind einer adeligen Dame ist, warum habt Ihr nie etwas getan, ihren Vater oder die Reste ihrer Familie zu finden? Wer sagte Euch, dass es niemand gab, der Tränen über diese junge Frau und ihr ungeborenes Kind vergoss?« Philippe knetete die Reithandschuhe heftig zwischen den Händen, um seine flammende Empörung zu meistern.

»Wo? Bei wem? An welchem Ort hätte ich suchen sollen, Marquis? Wenn die Gebärende Blandine etwas gesagt hat, so hat sie dies auch unter dem Beichtgeheimnis nie preisgegeben. Ich habe indes geraume Zeit damit gerechnet, dass vielleicht Nachforschungen angestellt werden würden. Aber als im Laufe der Jahre nie etwas passierte, nahm ich an, dass die Familie des Kindes ebenfalls in der Bartholomäusnacht umgekommen ist. So viele sind damals gestorben.«

»Und es gab keine Hinweise? Keine Anhaltspunkte an Kleidung oder Gepäck? Wollt Ihr sagen, eine Dame de Brune habe sich lediglich mit einem Stundenbuch bewaffnet, hochschwanger auf die Flucht begeben?«

»Erspart uns diesen Sarkasmus, Monsieur!« Für einen kurzen Moment wurde der aristokratische Jules de Vidame hinter der duldsamen Maske des Geistlichen sichtbar. Ihn schüchterte man weder mit Arroganz, noch mit barschem Ton ein. »Die Frau büßte das meiste ihrer Besitztümer beim Überfall auf die Kutsche ein. Lediglich ein schmales Bündel, das etwas Wäsche und Geld enthielt, schleppte sie mit sich.«

»Was ist daraus geworden?«

»Aus der Wäsche? Windeln! Aus den Münzen? Nahrung! Und das Buch? Hiermit erstatte ich es Euch zurück. Es liegt mir fern, mich am Besitztum einer unglücklichen Frau zu bereichern!«

»Und Féline?«, beharrte der Marquis weiterhin auf seinen Vorwürfen. »Ihr habt dieses Mädchen als Tochter eines Bauern aufwachsen lassen. Wer gab Euch das Recht, sie über ihre Herkunft im Unklaren zu lassen?«

»Ihr vergesst, dass sie aufgrund der Tatsache nur eine junge Frau ohne Namen und ohne Rechte war. Glaubt Ihr, dass zweifelhafte Vermutungen und vage Möglichkeiten ihr das Leben in Survillier erleichtert hätten? Aber beruhigt Euch, ich hatte sie gebeten, mich am Abend nach der Beerdigung ihres Vaters aufzusuchen. An jenem Abend wollte ich ihr die Wahrheit sagen und ihr etwas geben. Wie Ihr selbst am besten wisst, kam sie nie.«

Abbé Vidame stützte sich schwer auf der dicken Holzplatte des Tisches ab, damit er aufstehen konnte. Dann ging er noch einmal zum Schreibpult. Diesmal jedoch öffnete er die Klappe, hinter der sich das Tintenfass, die zurecht gespitzten Federn und sein bescheidener Papiervorrat befanden. Er griff hinein, und seine Hand kam mit einem Samttuch zum Vorschein, das eine Art Beutel bildete.

»Diesen Gegenstand wollte ich Féline geben. Vielleicht erkennt Ihr ihn, Seigneur!« Letzteres galt Amaury de Brune. Dann legte er das Tuch auf den Tisch und schlug die schon fadenscheinigen, schwarzen Samtfalten auseinander.

Die lange Schnur silberfarbener, völlig ebenmäßiger Perlen schien alles Licht im Raum in sich aufzusaugen. Geheimnisvoll, kostbar und makellos schimmerte ihr Bogen, der sich im Medaillon eines Verschlusses traf, den ein Mondstein von ungewöhnlicher Größe schmückte. Einem kühlen Mondstrahl gleich, war es der Schmuck einer Fürstin, und der alte Edelmann erkannte mit Tränen in den Augen das Geschenk wieder, das er vor vielen Jahren seiner geliebten Gattin zur Geburt der ersten Tochter gemacht hatte.

»Marisanns Perlen«, flüsterte er krächzend. »Das ist der endgültige Beweis dafür, dass Ihr die Wahrheit sagt, Priester! Wisst Ihr, dass dieses Collier ein Vermögen wert ist?«

»Ich ahnte es«, nickte Abbé Vidame. »Blandine nahm der Toten diese Kette ab. Sie hat mich gebeten, den frommen Frauen von Beaumont diesen Schmuck zu stiften. Ich habe es ihr zugesagt, aber ich habe es trotzdem nie getan. Zum einen rechnete ich damals noch mit Nachforschungen, und zum anderen hatte ich immer das Gefühl, dass dieser Schmuck eines Tages für Féline sehr wichtig werden würde. Ich beschloss, ihn für sie zu bewahren.«

»Marisann trug die Perlen zur Feier der Hochzeit Heinrichs von Navarra mit Marguerite von Valois. Sie wollte so gerne an den Festlichkeiten teilnehmen, und ich begab mich wider besseres Wissen mit ihr nach Paris«, verlor sich de Brune in seine betrüblichen Erinnerungen. »Hätte ich nur damals ihren Bitten widerstanden und sie wie die kleine Mauve auf dem Landgut gelassen. Als ich begriff, in welcher Gefahr wir waren und sie sofort mit der Kutsche nach Hause schickte, war es bereits zu spät. Sie kam mitten in die Unruhen. Die Aussagen des Kutschers, der sich von seinen lebensgefährlichen Verletzungen bei dem Überfall erholte, ließen mich glauben, sie sei bei dem Unfall getötet worden.«

»Mauves Schwester! Ich kann es kaum glauben.« Philippe Vernon starrte auf die Perlen, in deren Silberton er Félines Augen erkannte. »Ich zweifelte schon an meinem Verstand, weil ich mir von Zeit zu Zeit einbildete, sie würde Euch ähneln, Vater. Sie hat eine Art, einem in die Augen zu sehen und unbeugsam den eigenen Willen durchzusetzen, die exakt der Euren gleicht!«

»Wenn Ihr damit meint, dass es ihr von jeher an Einsicht, Demut, Zurückhaltung und Bescheidenheit gefehlt hat, dann trefft Ihr vielleicht eher ins Schwarze!«, seufzte Abbé Vidame bedrückt. »Sie ist eine geborene Rebellin! Es hätte nicht viel gefehlt, und sie hätte nach dem Tode Jeans das ganze Dorf in den Aufstand hineingerissen. Ich war außer mir vor Sorge, zwei elternlose Mädchen gegen den Grafen von Survillier! Was mich übrigens zu einer Frage bringt, die ich schon die ganze Zeit stellen möchte. Befindet sich Blandine, die jüngere Schwester, ebenfalls unter Eurer Obhut?«

Der Marquis von Andelys fuhr sich wie abwesend mit dem Handrücken über die Stirn. Es dauerte einen Moment, bis ihm klar wurde, dass der Priester von dem Mädchen sprach, das nun als Nonne im Kloster von Beaumont lebte.

»Féline wollte damals nur unter der Bedingung in meine Dienste treten, wenn ich dafür sorge, dass ihre Schwester als Novizin in Beaumont aufgenommen wird. Die Äbtissin war so angetan von der reichen Mitgift, mit der ich die Kleine versah, dass sie glücklicherweise keine überflüssigen Fragen stellte. Ich nehme an, dass sie inzwischen längst den Schleier genommen hat.«

»So ist wenigstens eine von Blandines Töchtern den vorgezeichneten Weg gegangen«, stellte der Abbé befriedigt fest. »Dem Himmel sei Dank.«

»Spart Euch dieses verfrühte Dankgebet«, warf Philippe sardonisch ein. »Noch ist eher Zeit für Fürbitten, denn all diese überraschenden Dinge, die Ihr uns berichtet habt, helfen uns nicht weiter, Féline zu finden!«

Bis zu diesem Zeitpunkt verbot er es sich auch, die Freude und die Erleichterung zu empfinden, welche die außerordentlichen Auskünfte verdienten, die ihnen dieser Priester soeben gemacht hatte. Schon bereit, für seine Liebe auf Familienehre und Tradition zu verzichten, sah er sich nun in der glücklichen Lage, dass dieses Opfer umsonst war.

Wenn – ja, wenn es ihm gelang, dieses halsstarrige geliebte Geschöpf zu finden, ehe es sich selbst und dem Kind schadete, das es erwartete. Er legte keinen Wert darauf, dass sie dem unheilvollen Beispiel ihrer armen, verstorbenen Mutter folgte und den künftigen Erben von Andelys am Wegrand in einer Scheune zur Welt brachte.

»Ihr habt Recht«, versuchte auch Amaury de Brune, seinen Sinn wieder auf die wichtigen Dinge zu richten. »Ihr wart unsere einzige Hoffnung, Abbé. An wen könnte sie sich gewandt haben, wenn nicht an Euch?«

Vidame hob die knochigen Schultern unter der Soutane. »Schwer zu sagen, aber eine Möglichkeit gäbe es vielleicht doch noch …«

19. Kapitel

Das klare, heitere Gesicht der Novizin, das vom Oval des schneeweißen Gesichtstuches und dem herabfallenden Schleier umgeben von zarter Durchsichtigkeit war, erinnerte Féline an die bunten Zeichnungen im kostbaren Stundenbuch ihrer Mutter. Die Zufriedenheit und das stille Glück, die von Blandine inzwischen ausstrahlten, standen in krassem Gegensatz zu ihrem eigenen Kummer und den trüben Gedanken, derer sie sich kaum erwehren konnte.

»Die Mutter Oberin hat Recht, Féline«, setzte die Novizin nun den Faden des Gespräches fort, das sie führten, seit sie beide gemessenen Schrittes den stillen Kreuzgang des Klosters umrundeten. »Du bist nicht zur Nonne geschaffen! Auch wenn du kein Kind erwarten würdest, wüsste ich niemand, der weniger geeignet wäre als du, in stiller Unterwürfigkeit zu leben und zu beten.«

Im Grunde ihres Herzens wusste Féline, dass beide Recht hatten, ihre Schwester und die Mutter Oberin. Es war lediglich eine verzweifelte, unsinnige Idee gewesen. Ein weiteres Davonrennen vor den Tatsachen. Sie hatte sich während der ersten Tage von der harmonischen Stille dieses Klosters verführen lassen, ohne daran zu denken, was es bedeutete, sein Leben für immer Gott zu weihen.

Aber einmal musste Schluss mit dem Fortlaufen sein. Was sollte sie tun? Für kurze Zeit hatte sie Herberge hinter diesen Mauern gefunden, freilich war kaum damit zu rechnen, dass die Äbtissin ihre Gastfreundschaft über Monate hinweg ausdehnen würde. Noch dazu bei einer jungen Frau, die sie für eine leichtlebige Sünderin halten musste, da sie unverheiratet ein Kind der Schande erwartete.

Beschützend legte sie die Handfläche auf den noch immer flachen Leib. Die Verantwortung für dieses Kind zwang sie dazu, eine Entscheidung zu treffen. So winzig seine Existenz auch war, sie fühlte sich ihr bereits verpflichtet. Es war Philippes Kind, das Einzige, was ihr von dieser so leidenschaftlichen und stürmischen Liebe geblieben war.

»Warum bist du vor dem Vater des Kindes geflohen?«, forschte Blandine voller Unschuld. »Wenn du ihn so liebst, wie du behauptest, wäre es doch das Vernünftigste gewesen, sich ihm anzuvertrauen. Warum gehst du nicht zu ihm zurück? Es ist keineswegs Sache von uns Frauen allein, über unser Leben zu entscheiden. Wir benötigen Schutz! Den eines Mannes oder den einer Gemeinschaft, wie hier im Kloster.«

»Nein«, Féline schüttelte sanft, aber halsstarrig das Haupt. Sie würde niemals zulassen, dass andere über ihren Kopf hinweg Entscheidungen trafen. »Ich kenne ihn zu gut. Ich habe Angst vor dem, was er tun würde. Er kann sich nicht mit einer Bauernmagd belasten. Er muss wieder heiraten, einen jener edlen Namen, die zu seiner noblen Herkunft passen.«

»Vor Gott sind alle Menschen gleich!«

Der fromme Spruch reizte Féline zum Lachen. »Leider leben wir nicht im göttlichen Paradies, meine fromme, ahnungslose Schwester, sondern im Königreich Frankreich. Hier klaffen sehr wohl Welten zwischen einer Edeldame und einem Nichts wie mir.«

»Du bist so fremd und anders geworden!«, stellte Blandine betrübt fest. »Früher hast du nie gespottet, wenn von unserem Herrn die Rede war.«

Dass Blandine den Unterton von Verzweiflung in ihren leichtfertigen Worten überhört hatte, verwunderte Féline nicht. Das kindliche Gottvertrauen, das ihre kleine Schwester auf den Allmächtigen Schöpfer setzte, hatte hinter den Klostermauern noch Verstärkung erfahren, während ihre eigene Neigung zur

Skepsis durch das Leben bei Hofe eher verstärkt worden war. Obwohl in ein und derselben Hütte geboren, spürte auch sie die Fremdheit, die in den vergangenen Monaten zwischen ihnen entstanden war.

»Lass es gut sein, Blandine«, meinte sie versöhnlich. »Wir wollen uns nicht streiten. Du hast deinen Weg gefunden, das Leben zu meistern, und ich werde auch den meinen finden. Wenn es dich beruhigt, morgen werde ich mit der Mutter Oberin sprechen, ob sie mich irgendwo in einen Dienst vermitteln kann. Vielleicht benötigt ja ein frommer Herr, der über meine Sünden hinwegsieht, die Dienste einer tüchtigen Haushälterin. Du würdest dich wundern, was ich in der Zwischenzeit alles gelernt habe.«

Besänftigt schlug Blandine die Augen nieder und faltete die blassen Hände zu einem stummen, innigen Dankgebet. Dem ersten, zu dem sie fähig war, seit ihre große Schwester so unerwartet um Asyl bei den frommen Frauen von Beaumont gebeten hatte.

Eine erschöpfte, krank wirkende Féline, der die Anstrengungen ihrer abenteuerlichen Reise anzusehen waren, und die völlig erstarrt in der feuchten Kälte des Februarwindes gezittert hatte. Man merkte es ihr an, dass sie des Nachts in zugigen Scheunen geschlafen haben und tagelang zu Fuß gegangen sein musste. Der schmutzige, einstmals elegante Umhang und das einfache Wollkleid, dessen dichter Stoff erst nach dem Waschen wieder Wohlhabenheit verriet, schienen ihr einziger, weltlicher Besitz zu sein.

Nur unter Schwierigkeiten hatte sie in der Fremden mit den fiebrig glänzenden, silbernen Augen, die eigene Schwester erkannt. Es war geradezu ein Wunder, dass diese ihr Kind nicht verloren hatte. Doch bereits nach einigen Tagen Ruhe und schlichter, aber wohl schmeckender Kost, fand sie einen Teil ihrer schier unverwüstlichen Tatkraft zurück.

Zumindest so viel, dass sie Blandine vorsichtig einiges von den Wirren erzählen konnte, die hinter ihr lagen. Dabei verschwieg sie wohlweislich das Entsetzen, das sie empfunden hatte, als sie begriff, dass ihr Therèse d'Aronet auf dem Heukahn eine Falle gestellt hatte. Dass es der Plan dieser Frau gewesen sein musste, sie den Männern auszuliefern und dass sie es nur der Tatsache zuzuschreiben hatte, dass die Mannschaft an jenem Abend nicht vollständig an Bord war und damit fürs Erste im Laderaum eingesperrt worden war.

In alle Ewigkeit würde sie Yvette und ihrem wortkargen, kräftigen Verlobten Dankbarkeit schulden. Sie wagte nicht daran zu denken, was ohne Hauptmann Danet aus ihr geworden wäre. Dabei hatte sie so unfreundlich zu ihm sein müssen, damit er sie verließ, ehe sie die Straße nach Beaumont einschlug. Irgendwann, wenn sie ihren Platz im Leben gefunden hatte, würde sie einen Weg finden, Yvette und ihrem Liebsten diese Treue zu lohnen.

Blandine war auch über die entschärfte Form der Abenteuer Félines noch ausreichend erschüttert. Als die Ältere ihr ferner verriet, dass sie ein Kind erwartete, ohne mit dessen Vater verheiratet zu sein, fand sie keine Worte mehr, ihre Bestürzung zu artikulieren.

Hin- und hergerissen zwischen ihrer Zuneigung zu Féline und der strikten Verurteilung aller Sünden des Fleisches, musste sie zudem einsehen, dass die Ältere diese Tat mit keinem Atemzug bereute. Ihre tiefe Niedergeschlagenheit war keine Scham über das Geschehene, sondern Schmerz, weil sie von ihrem Geliebten getrennt worden war.

Féline ahnte einige dieser Gedanken. Das schlichte, fromme Gemüt ihrer Schwester hatte noch nie große Geheimnisse für sie besessen. Blandine war außerstande die Gefühle zu begreifen, die sie, allen Hindernissen zum Trotz, in Philippes leidenschaftliche Arme getrieben hatten. Philippe, allein an ihn zu denken, war pure Qual.

Eine Novizin in grauem Kleid und weißem Schleier, kam ihnen mit sittsam gefalteten Händen und bedächtigen Schritten entgegen. Sie deutete mit einem Neigen des Kopfes an, dass sie eine Botschaft hatte.

»Die Mutter Oberin bittet Euch ins Besuchszimmer, Madame!«, wandte sie sich respektvoll an Féline.

»Ich komme sofort!«

Während sie das Mädchen begleitete, das kaum älter als fünfzehn Jahre sein konnte, grübelte Féline über den merkwürdigen Umstand nach, dass sie von allen höchst ehrerbietig behandelt wurde. Obwohl die Mutter Oberin und sicher viele der übrigen Nonnen wussten, dass sie Blandines Schwester war und aus einfachen Verhältnissen kam, wagte es niemand, sie zwanglos zu duzen.

Sie erriet nicht, dass die Monate als Marquise von Andelys unauslöschliche Spuren in ihrem Verhalten hinterlassen hatten. Die natürliche Selbstsicherheit ihrer Gesten war zu eleganter Souveränität geworden und unterband von vornherein jede plumpe Vertraulichkeit. Sogar die Mutter Oberin sprach sie mit Madame an. Und das, obwohl die christlichen Ermahnungen, die sie von sich gegeben hatte, als sie von Félines Schwangerschaft erfuhr, von galliger Schärfe gewesen waren.

Wollte sie ihr jetzt eine weitere dieser überflüssigen Predigten halten? Wahrhaftig, so dankbar sie für die Barmherzigkeit war, die sie hinter diesen Klostermauern gefunden hatte, sie musste sie mit einer Menge Geduld und Nervenstärke entgelten. Beides Eigenschaften, die aufzubringen ihr von jeher schwer gefallen war.

Sie trat durch die schmale Holzpforte, die ihr das Mädchen öffnete und beugte das Knie, um der Mutter Oberin ihren Respekt zu bezeugen. Die rundliche Nonne im strengen, schwarzen Habit, deren gemütliche Körperfülle in so krassem Gegensatz zu ihrem unerbittlichen, fast männlichen Gesicht stand, neigte das Haupt.

»Erhebt Euch, Madame. Ihr habt Besuch!«

Sie deutete auf eine hoch gewachsene Gestalt, die Féline im ersten Moment nicht gesehen hatte, da sie im Schatten der Pforte stand. Ihre Augen weiteten sich ungläubig. Nein, das konnte nicht sein! Sie musste sich täuschen! Ihre Träume gaukelten ihr Dinge vor, die nicht existierten!

»Marquis, ich verlasse Euch, um Euch das gewünschte, vertrauliche Gespräch mit Madame zu ermöglichen.«

Er war es wirklich! Gebannt folgten Félines Augen den kantigen Linien seiner Züge, entdeckten die scharfen Falten, die sich neu und unbekannt zwischen Nasenflügel und Mundwinkel eingenistet hatten. Die unwillig aufeinander gepressten vollen Lippen verrieten deutlicher als jedes Wort, dass er mit Mühe den Ärger beherrschte, der in ihm tobte.

Dass er wütend und enttäuscht über sie sein würde, hatte sie erwartet. Dass er sich indes trotz aller sorgfältig verwischten Spuren auf die Suche nach ihr machen würde und sie ihm nun tatsächlich gegenüberstand, wäre ihr nicht in den kühnsten Wunschträumen eingefallen. Unwillkürlich suchte sie die Tür. Sie musste fort, fliehen! Sie durfte sich nicht auf diese Unterhaltung einlassen!

So geringfügig die Geste des Entziehens gewesen war, sie genügte, dass Philippe Vernon mit einem wahren Tigersprung an ihrer Seite war und nach ihrem Arm griff. Unbarmherzig pressten seine kraftvollen Finger die geschmeidigen Muskeln der Schultern zusammen, und Féline wagte keinen noch so kleinen Laut des Protestes.

Stumm tauchte der Marquis von Andelys in die dunkel umkränzten Silberaugen, deren Glanz er hinter den halb gesenkten Wimpern mehr ahnte als sah. Das bescheidene, schwarze Wollkleid, das sie trug, unterstrich die tragische Blässe und die schwachen Spuren der Erschöpfung auf ihrem Antlitz. Er hatte mit mehr Widerstand von ihr gerechnet, mit Angriffslust, Empörung, nicht mit diesem matten Schweigen.

Doch gerade die unerwartete Schwäche, die so neu und verblüffend an dieser rebellischen Schönheit war, verlieh ihr einen ungewöhnlichen, zarten Reiz. Man zürnte einer Geliebten nicht, die so schutzbedürftig und wehrlos die Waffen streckte. Der herrische Griff wandelte sich ganz von selbst zu einer heftigen Umarmung, und ein warmer, zärtlicher Mund bedeckte die bebenden, eisigen Lippen Félines.

Die Versuchung war unerträglich. Wie gerne hätte sie dieser stummen, liebevollen Überredung nachgegeben, sich in die starken Arme Philippes geschmiegt und ihm die Sorge um ihr Wohlergehen überlassen. Aber jene Mischung aus Stolz und Furcht, aus Sorge und übergroßer Liebe, zwang sie dazu, sich letztendlich doch gegen die Anfechtung zu stellen. Sie stemmte die Handflächen gegen seine Brust und drehte den Kopf zur Seite, sodass seine Küsse nur die Schläfe trafen, unter deren Haut er das hastige Schlagen einer Ader spürte.

»Lasst mich, Monseigneur! Lasst mich! Nein, bedenkt, wo Ihr Euch befindet! Dies ist ein Kloster! Respektiert die heiligen Mauern, die uns umgeben.«

Das dunkle Moll ihrer heiseren Stimme war Musik in Philippes Ohren. Erst in zweiter Linie interessierte er sich für den Inhalt ihrer Worte. Ein Lächeln milderte den Ernst seiner unerbittlichen Miene.

»So fromm geworden, meine schöne Geliebte?«, neckte er sie, die Vorwürfe vergessend, die ihm auf der Zunge lagen, seit die Erleichterung, sie gefunden zu haben, vom Zorn über den närrischen Streich besiegt worden war, den sie ihm gespielt hatte.

»Warum seid Ihr gekommen?«, murmelte Féline tonlos. »Es

ist sinnlos. Geht! Ich habe meine Entscheidung getroffen. Ich werde an der Seite meiner Schwester den Schleier nehmen und mein Leben dem Gebet und der Buße widmen.«

Was ihn an dieser Ablehnung so amüsierte, dass seine Augen vor unterdrücktem Vergnügen aufblitzten, vermochte sie nicht zu sagen.

»In der Tat?«, spottete er nun unverhohlen. »Was sagt die fromme Mutter Oberin denn zu unserem Erben, den Ihr mit in diese Verbindung bringt, Madame? Beabsichtigt sie ihn schon in Windeln zum Priester ausbilden zu lassen? Seid versichert, dass ich bei dieser Angelegenheit ein gewichtiges Wörtchen mitzureden habe! Mein Sohn wird auf Andelys zur Welt kommen und nirgendwo sonst!«

Der Schlag traf Féline völlig unvorbereitet. Woher wusste er von dem Kind? Sollte die Mutter Oberin? Nein. Aber wer dann? Alle Vorsicht vergessend hob sie das Kinn und sah ihn voll an. In diesem Moment war sogar die Klarheit des sonst so durchdringenden Blickes von der grauen Ratlosigkeit ihres Elends überschattet.

»Verzeih, Liebste!« Philippe entdeckte die stille Verzweiflung in der Tiefe ihrer Pupillen und verfluchte sich selbst. Es war kleinlich und dumm, sich für die eigenen Nöte an ihr rächen zu wollen. Es war unwürdig, und ihrer beider Liebe hatte besseres verdient. »Verzeih, Féline. Ich bin gekommen, dich nach Hause zu holen. Warum bist du vor mir geflohen? Weißt du nicht, dass mein Leben ohne dich keinen Inhalt hat?«

»Nach Hause«, wiederholte Féline kaum hörbar. »Ich habe kein Zuhause.«

»O doch, mein Herz! Du gehörst nach Andelys, zu mir, zu Amaury, Dame Berthe und all den anderen, die dich verwöhnen und lieben werden.«

»Schöne Illusionen, Monseigneur! Breitet sie vor der Edeldame aus, die Ihr heiraten werdet und die Eurer würdig ist. Ich habe kein Recht darauf. Lasst mich in Frieden und geht Eurer Wege.« Jede Silbe dieser tapferen Ablehnung schnürte Féline das Herz ein Stückchen mehr ab, aber sie sprach sie aus, wenngleich die letzten Worte kaum noch zu verstehen waren.

»Du hast jedes Recht der Welt auf diesen Platz, Féline!« Philippe hob mit einer Hand das energische kleine Kinn und zwang sie so dazu, ihn erneut anzublicken. »Es sind viele Dinge geschehen, unglaubliche Dinge, die dein Leben einschneidend verändern. Du brauchst keine Angst mehr zu haben, Geliebte! Alles wird gut werden.«

Aber Féline war keine Frau, die man mit schönen Worten einlullen konnte. »Keine Angst«, lächelte sie, ohne dass auch nur ein Funke Heiterkeit ihre Augen erreichte. »Ihr müsstet ein Zauberer sein, um dieses Wunder vollbringen zu können.«

Gebannt von dem Wechselspiel der Gefühle, die über ihr Gesicht glitten, begriff er jäh, dass er außerstande sein würde, ihr in wenigen Sätzen zu erklären, was sich ereignet hatte. Sie würde ihm nicht glauben, es für ein Märchen halten, das er sich aus den Fingern sog. Vielleicht gelang es ihrem Vater besser. Amaury de Brune, den ein heftig aufflackernder Anfall von Gicht nun doch dazu gezwungen hatte, in Andelys auf das Ergebnis dieser Suche zu warten.

»Habt Vertrauen zu mir, Liebste«, bat er. »Mir scheint ferner, es bleibt Euch keine andere Wahl. Den Andeutungen der frommen Äbtissin habe ich entnommen, dass ihr nichts lieber wäre, als ihr Kloster von einer Besucherin befreit zu sehen, die sie zwar aus christlichen Erwägungen dulden muss, deren sündhaften Einfluss auf ihre gottesfürchtigen Nonnen sie jedoch fürchtet.«

Mit einem schroffen, zornigen Ruck, der umso unerwarteter kam, als er wie ein Blitz durch ihre Gestalt zuckte, riss sie sich von ihm los. »Hat sie Angst, dass ich Blandine in ein Leben der Sünde reiße und sie auf jene Mitgift verzichten muss, die Ihr diesen heiligen Hallen so großzügig gespendet habt? Wahrhaftig, es lohnt sich nicht, für die eine oder andere Religion in diesem Lande den Kopf zu riskieren, wenn ihre weltlichen Vertreter nichts anderes als geldgierige Kaufleute der ewigen Seligkeit sind!«

»Pssst! Wer wird so ketzerische Bemerkungen machen. Wollt Ihr Euch von Eurer Schwester verabschieden?«

Obwohl Féline mit keinem Wort zugestimmt hatte, ihn zu begleiten, war die Spannung aus ihrer Gestalt gewichen. Etwas wie Resignation umgab sie gleich einem unsichtbaren Mantel und verriet ihm, dass er zumindest das erste Scharmützel gewonnen hatte.

»Nein. Die Mutter Oberin wird ihr sagen, was geschehen ist, und da sich alles so vollendet mit ihren eigenen Ratschlägen deckt, wird sie dem geduldigen Himmel eine endlose Reihe von dankbaren Litaneien widmen. Ihr jetzt Lebewohl zu sagen, hieße nur, ihre Illusionen zu zerstören«, entgegnete die junge Frau.

Sie folgte Philippe Vernon nach draußen. Er nahm wohlweislich davon Abstand, das Schweigen zu brechen, in das sie sich hüllte. Fürs Erste war Féline in Sicherheit, wenngleich auch er sich bewusst war, dass damit noch längst nicht alle Probleme zwischen ihnen aus der Welt geschaffen waren.

Ihre neue veränderte Position, so unglaublich und wundervoll sie war, band ihm unerwartet die Hände und machte ihn befangen.

Das Bauernmädchen Féline hätte er mit sanfter Gewalt in eine Ehe gezwungen. Er hätte sie so lange mit Liebe und Wohltaten überhäuft, bis ihr gar nichts anderes übrig geblieben wäre, als zu kapitulieren.

Die Dame Féline de Brune hingegen, war nicht auf ihn und

seine Liebe angewiesen. Sie besaß einen Vater, der für ihre Rechte eintrat und war zudem die Erbin eines beträchtlichen Vermögens. Wie würde sie reagieren, wenn sie begriffen hatte, welche Macht, ja welche Freiheit, ihr dieser neue Rang bescherte?

Ein merkwürdiges Gefühl drückte auf seine Brust und erschwerte ihm das Atmen. Es dauerte geraume Zeit, bis ihm aufging, was es war – er hatte Angst. Angst vor Félines bevorstehender Entscheidung.

20. Kapitel

»Kind, wie seht Ihr aus? Mager, blass und staubig! Man könnte meinen, Ihr hättet Euch zu Fuß auf den Landstraßen herumgetrieben!«

Féline verzichtete darauf, Dame Berthe zu sagen, dass genau dies ein paar Tage zuvor noch der Fall gewesen war. Sie ließ sich nur erleichtert in die Arme der voluminösen Haushofmeisterin von Schloss Andelys fallen. Was auch immer die Zukunft brachte, der Gedanke, sich wenigstens eine Zeit lang unter den Fittichen der tüchtigen Berthe auszuruhen, war höchst verführerisch.

Philippe sah ihr nach, wie sie ohne einen Blick für ihn im Schloss verschwand. Ein schwerer Atemzug weitete seine Brust, und er starrte blicklos in den stahlblauen, kühlen Himmel, der über Andelys bereits die erste vage Ahnung von Frühling verkündete. Der lange, schweigende Ritt, der hinter ihm lag, hatte nicht dazu beigetragen, seine Befürchtungen zu zerstreuen. Im Gegenteil …

Mine tauchte glücklich in die Wonnen des wundervollen Badekabinetts, an das sie sogar in Paris sehnsüchtig gedacht hatte. In dem warmen Wasser ausgestreckt, auf dem getrocknete Rosenblätter schwammen, gab sie sich ganz dem Genuss dieses Komforts hin, während Dame Berthe sich persönlich um die staubige Flut der goldbraunen Locken kümmerte, die sichtlich seit geraumer Zeit nicht mehr gewaschen worden waren.

Von Amaury de Brune über das Wunder aufgeklärt, das jener im bescheidenen Pfarrhaus von Survillier erlebt hatte, entdeckte auch sie jählings Hemmungen in sich, Féline weiterhin mit jener mütterlichen Strenge zu behandeln, wie sie es zuvor ohne zu grübeln getan hatte. Ein neuer Respekt lähmte ihr die sonst so flinke Zunge.

Die ungewohnte Distanz, die sie daran hinderte, die Fragen zu stellen, welche ihr auf dem Herzen liegen mussten, fiel endlich sogar der jungen Frau auf, die so ganz in ihre eigenen Gedanken vertieft zu sein schien. Doch auch sie verzichtete darauf, eine Erklärung zu fordern. Es musste den Schlossbewohnern merkwürdig genug vorkommen, dass sie, die mit Amaury de Brune in einem wahren Tross von Fuhrwerken und Kutschen in die Hauptstadt abgereist war, nun staubig, vor dem Marquis auf dem Pferde sitzend, wieder in Andelys abgeliefert wurde. Sie war nicht bereit, die Gründe dafür zu erklären.

Viel zu früh kam der Zeitpunkt, an dem sie die Wanne mit dem kühler werdenden Wasser notgedrungen verlassen musste. Eng in ein vorgewärmtes Tuch gekuschelt, sank sie im Zimmer der Schlossherrin auf einem Hocker vor dem Kaminfeuer nieder, während eine Magd mit regelmäßigen Bürstenstrichen dafür sorgte, dass das nun wieder saubere, schwere Haar schneller trocknete.

Dame Berthe hielt das veilchenfarbene Samtkleid mit den Silberbordüren hoch. Ach hoffe, es ist Euch recht, dass ich dieses Gewand ausgewählt habe«, erkundigte sie sich ehrerbietig. »Ihr werdet bezaubernd darin aussehen.«

Dass sie ausgerechnet jene Robe vorbereitete, von der Féline unter all den Schätzen an Gewändern und Schmuck, die sie zurückgelassen hatte, der Abschied am schwersten gefallen war, rührte diese besonders. Sie hatte auf mehr verzichtet, als nur auf ein albernes Kleid, und doch war das veilchenfarbene Gewand irgendwie zum Symbol aller verlorenen Herrlichkeiten geworden. War es ein glückliches Zeichen, dass sie es auf Andelys wiederfand?

Es saß nicht mehr so vollkommen wie an jenem Abend, denn die Strapazen der vergangenen Wochen hatten an den Rundungen von Félines Figur gezehrt. Auch die Schwangerschaft konnte daran noch nichts ändern. Doch der enger gezogene Gürtel und die Schmiegsamkeit des Materials verbargen die wenigen Falten, und das leuchtende Violett unterstrich den durchsichtigen Elfenbeinschimmer ihrer Haut. Die Haare nur lose hoch gesteckt und das eckige Dekolleté mit einem Amethystanhänger geziert, der an einer schmalen Silberkette hing, glich sie wie durch Zauberei wieder dem Bild der Marquise von Andelys, das sie in ihrer Erinnerung bewahrte.

»Das bin nicht ich!«, murmelte sie trotzdem mit unterdrücktem Grimm. »Ich darf mich nicht hinter diesem Bild verstecken! Es führt zu nichts.«

»Und ob Ihr das seid!«, erklärte Dame Berthe mit Nachdruck, und Féline merkte erschreckt, dass sie ihre Gedanken laut ausgesprochen hatte. »Zerbrecht Euch jetzt nicht Euren hübschen Kopf über unnötiges Zeug. Euer Vater wartet in der Bibliothek auf Euch. Sobald Ihr diesen kleinen Imbiss zu Euch genommen habt, werde ich Euch zu ihm führen.«

Der bloße Anblick der verlockenden Speisen, die in verschwenderischer Fülle auf einem Tablett warteten, bescherte Féline wieder jene inzwischen längst vertraute Welle der Übelkeit. Blass werdend wandte sie sich hastig ab, um ihr Würgen zu verbergen.

»Bringt mich zu Monsieur de Brune, ich habe keinen Hunger. Nehmt das fort.«

Die erste Verblüffung auf Dame Berthes Gesicht wich so schnell sie gekommen war einem ungläubigen Strahlen. »Ihr erwartet ein Kind! Allmächtiger, warum hat mir das niemand gesagt?«

Félines verschlossene Miene machte klar, dass von ihr keine

Bestätigung zu erwarten war. Nur der schmale gerade violette Rücken versteifte sich unmerklich. Die Ähnlichkeit mit ihrem Vater, die Dame Berthe schon früher aufgefallen war und die sie auf ihre Einbildung geschoben hatte, war unverkennbar. Obwohl sie in ihrem ganzen Putz und ihrer Schönheit die Verkörperung alles Weiblichen war, fühlte sich die Haushofmeisterin an einen entschlossenen kleinen Krieger erinnert, der seine Waffen für den bevorstehenden Kampf schärft.

Derselbe Vergleich schoss auch Amaury de Brune durch den Kopf, als sie in die Bibliothek trat. Ihre stolze Haltung ließ sie größer erscheinen, und die hellen Augen blitzten mit den matt schimmernden Silberbordüren des veilchenfarbenen Samtes um die Wette. Täuschte er sich oder las er neben der Vorsicht auch Ablehnung in ihrem Blick? Sie machte nicht den Eindruck, als sei sie mit der Rückkehr nach Andelys einverstanden.

Ihre ersten Worte bestätigten diesen Anschein. »Warum gönnt Ihr mir nicht meinen Frieden, Monseigneur? Ich habe meinen Teil unserer Abmachung erfüllt!«

Der alte Herr, der in einem gepolsterten Lehnstuhl mit geschnitzter Lehne in der Nähe des Kaminfeuers saß und dessen schmerzende Beine von einer gesteppten Decke gewärmt wurden, deutete mit unmissverständlicher Geste auf das Taburett, das ihm gegenüberstand. »Wenn du nicht möchtest, dass mir auch mein Hals Plagen bereitet, weil ich ständig zu dir hinaufschauen muss, solltest du dich setzen, mein Kind. Auch würde ich gerne wissen, welcher Fehler meinerseits mich vom Vater wieder in einen Monseigneur verwandelt hat?«

Féline breitete mechanisch die Falten der Robe um das Taburett, nachdem sie sich niedergelassen hatte. Diesem Manne wehzutun, von dem sie immer nur Zuneigung und Freundschaft erfahren hatte, fiel ihr am schwersten.

»Es ist an der Zeit, der Komödie ein Ende zu bereiten, Monseigneur«, wich sie ihm aus. »Ich kann Euch nicht länger dabei helfen, den König zu täuschen.«

»Und warum sträubst du dich so plötzlich? Was ist aus deiner Liebe zu Philippe geworden? War sie so klein und nichtig, dass sie schon in Vergessenheit geraten ist?«

Die ungerechten Vorwürfe trafen Féline zutiefst. Wenn ihr auch oberflächlich kaum Spuren ihrer Flucht anzumerken waren, so hatten sie Angst und Verzweiflung doch wesentlich verletzbarer und schwächer gemacht, als es nach außen hin schien. Sie blinzelte die Tränen fort.

»Er wird mich vergessen«, wisperte sie kaum hörbar. »Sobald er eine würdige Nachfolgerin für Eure Tochter findet, wird er nicht mehr wissen, dass es mich einmal gegeben hat. Lasst mich gehen! Jede Stunde, die ich bleibe, ist zu viel! Wenn Ihr nur die Spur von Zuneigung für mich und für Philippe empfindet, so lasst mich gehen.«

»Nein!«

»Nein?«, wiederholte sie ungläubig. »Ihr habt keine andere Wahl, Monseigneur. Unser Spiel ist entdeckt. Madame d'Aronet hat durch einen dummen Zufall in Erfahrung gebracht, dass ich im Gegensatz zu Euch Katholikin bin.«

»Vergiss Therèse d'Aronet«, besänftigte sie der alte Edelmann. »Wir wissen längst, dass sie ihr schäbiges Spiel mit dir getrieben hat.«

»Sie wird Euch beim König verraten. Und das Mindeste wird sein, dass er Euch Vorwürfe macht, wenn nicht gar, dass er Euch bestraft und Euch zwingt, ebenfalls den Glauben zu wechseln. Es sei denn, Ihr verratet ihm, was wir getan haben – beides scheint mir gleich unmöglich!«

»Und mit dieser Drohung hat sie dich gezwungen aus dem Louvre zu fliehen? Ich hoffe, die Hölle erwartet dieses intrigante Weib mit einem besonders heißen Feuer.«

Ein geisterhaftes Lächeln zuckte um Félines Lippen.

»Sagen wir, Ihre Erpressung traf sich mit meinen Plänen. Ich musste fort, um jeden Preis. Ich will es noch immer. Haltet mir zugute, dass ich weiß, was ich tue. Es ist besser für Philippe.«

»Und was ist mit dem Kind, das du erwartest?«

»Lieber Gott, gibt es kein Geheimnis, das ich für mich bewahren kann?« Ein Funke des alten stürmischen Temperamentes flammte in Félines silbernen Augen auf. »Es ist mein Kind! Lasst mir wenigstens diesen Trost, wenn ich gehe!«

Das Duell der beiden grauen Augenpaare wurde von Amaury de Brune gewonnen. Er wusste, dass er endlich sprechen musste, dass es gefährlich war, noch länger auf den richtigen Moment zu warten oder an der passenden Formulierung zu feilen.

»Es ist nicht nötig, dass du gehst, Féline! Deine Flucht ist zu Ende. Du hast jedes Recht der Welt, deinen Platz unter uns einzunehmen und die bösen Dinge zu vergessen, die dir zugestoßen sind. Das Leben ist dir eine Menge schuldig geblieben! Kennst du diesen Gegenstand?«

Er griff nach dem ledergebundenen Buch, das bisher unbeachtet auf einem kleinen Beistelltisch gelegen hatte. Die junge Frau betrachtete es ungläubig.

»Das Gebetbuch meiner Mutter! Wo habt Ihr es her?« Sie unterbrach sich, runzelte die Stirn und traf blitzschnell ihre Schlüsse. »Ihr habt auch bei Abbé Vidame nach mir geforscht. War es nötig, dem alten Mann diese Kostbarkeit wegzunehmen? Besitzt Ihr hier nicht eine Fülle der interessantesten Werke zu Eurer Zerstreuung? Reicht es nicht, dass ich ihn gekränkt habe, indem ich ohne Abschied von ihm gegangen bin, obwohl ich ihm Dank und Zuneigung schulde?«

»Das Stundenbuch deiner Mutter«, wiederholte Amaury de Brune viel sagend mit heiserer Stimme. »Genau das war es. Und hör auf, dir um Vater Vidame Sorgen zu machen. Ich bin schließlich kein Strauchdieb. Er wurde mehr als großzügig dafür entschädigt, dass er dir das Erbe deiner Mutter zurückerstattet.«

Féline wagte kaum, das Buch zu berühren, das er ihr entgegenhielt. »Das Erbe meiner Mutter«, wisperte sie gedankenvoll. »Es war mir immer ein Rätsel, wie sie in den Besitz dieses Buches gekommen sein mochte. Ich glaube nicht, dass es wirklich ihr gehört hat. Es erschien mir nur gerecht, dass Abbé Vidame es nach ihrem Tod erhalten hat. Was soll ich damit?«

»Es hat deiner Mutter gehört«, bekräftigte Amaury de Brune seine Aussage. »Aber jene Bäuerin, die dich aufgezogen hat, war nicht seine rechtmäßige Besitzerin.«

Féline wurde eine Schattierung blasser. »Ich … ich verstehe nicht, was Ihr damit sagen wollt …«

»Deine Mutter, meine liebe Féline, war eine wunderschöne, lebenslustige, ein wenig zu dickköpfige Dame, die ihren närrisch verliebten Ehegatten um den Finger wickeln konnte. So beging er auch die Dummheit, sie wider besseres Wissen zur Hochzeit König Heinrich von Navarra nach Paris mitzunehmen, obwohl sie sich bereits im letzten Drittel ihrer Schwangerschaft befand. Als ihm klar wurde, dass sich die politische Lage unheilvoll zuspitzen würde, schickte er sie am Vorabend des Massakers vom Bartholomäustag zurück auf sein Landgut in die Normandie. Sie kam niemals dort an. Ihre Kutsche war von aufgebrachten Katholiken überfallen worden, und die Insassen und Bediensteten wurden erschlagen. Der Kutscher, den man für tot gehalten hatte, brachte Wochen später die entsetzliche Nachricht. Niemand wusste, dass es der jungen Edelfrau im letzten Moment gelungen war, zu fliehen. Nur die wenigen Gegenstände, die sie in einem Reisebeutel im Wageninneren gehabt hatte, begleiteten sie. Das Stundenbuch war darunter. Obwohl es ihr gelang, sich einer Gruppe flüchtender Protestanten anzuschließen, war ihr kein Glück beschieden. Im Wald bei Survillier überraschten sie die Wehen, und ihre Gefährten ließen sie aus Angst um das eigene Leben zurück. Eine mitleidige Bäuerin fand die Gebärende und brachte sie in einer Scheune in Sicherheit. Dort kam in der folgenden Nacht ein winziges, kaum lebensfähiges Mädchen zur Welt, für das die Mutter ihr Leben ließ, ohne noch einmal das Bewusstsein erlangt zu haben. Mit Hilfe des Ortspfarrers begrub die Bäuerin die Unbekannte und nahm die wenigen Besitztümer der Frau an sich. Da sie zudem Angst hatte, dass der Volkszorn nicht einmal vor einem Neugeborenen Halt machen würde, gab sie das Kind als das ihre aus, und der Pfarrer taufte es auf den Namen Féline. Viel kräftiger, als ein kleines, hilfloses Kätzchen erschien es den beiden auch nicht.«

Féline starrte Amaury de Brune aus weit aufgerissenen sturmgrauen Augen an. »Das ... woher wollt Ihr das alles wissen?«, sagte sie mit steifen Lippen.

»Den einen Teil kenne ich aus eigener bitterer Erfahrung, den anderen hat mir Vater Vidame erzählt, als wir in Survillier bei ihm nach dir forschten. Der Mädchenname deiner Mutter war Marisann du Roc, das Wappen der du Rocs ist auf der ersten Seite jenes Buches.«

»Marisann?«

»Du siehst ihr ähnlich wie eine Tochter nur der Mutter gleichsehen kann. Es ist nicht deine Schwester Mauve, der du gleichst. Sie war sanft, gehorsam, demütig und von großer Geduld. Ganz im Gegensatz zu Marisann, die das Temperament eines Sturmwindes mit dem Ungestüm eines Gewitters paarte. Aber sie war die zärtlichste und wundervollste Gemahlin, die sich ein Mann nur wünschen konnte, ich habe nie wieder den Wunsch gehabt, eine andere zu besitzen!«

Es hielt Féline nicht länger auf dem Polster des Taburetts. Sie fuhr hoch und presste die Fingerspitzen an die Schläfen, als könnte sie damit Ordnung in den Wirrwarr der Gedanken und Gefühle bringen, die durch ihren Kopf wirbelten.

Sie erinnerte sich an die Wehmut, die sie beim Anblick der toten Mauve Vernon empfunden hatte. Die spontane Trauer und das schmerzliche Bedauern darüber, dass sie diese Frau nie kennen lernen würde. War es möglich, dass sie instinktiv in ihrem Herzen eine Verbundenheit gespürt hatte? Ein inniges Band unter Geschwistern, für das es keine vernunftbetonte Erklärung gab?

Wie anders war auch sonst die Zuneigung zu erklären, die sie von Beginn an für den Mann gefühlt hatte, der jetzt vor ihr saß und sie beobachtete? Fragend heftete sie ihren Blick auf das markante, etwas quadratische Gesicht unter den weißen Haaren.

»Heißt das ... Herr des Himmels, heißt das, ich bin EURE Tochter? Ich bin Mauve Vernons Schwester? Nein ... nein, das ist völlig unmöglich!«

Amaury de Brune faltete ein Pergament auseinander und reichte es ihr schweigend. Féline überflog die krakeligen Zeilen und erkannte, dass es sich um eine Abschrift des Taufregisters von Survillier handeln musste. »Im Jahre des Herrn 1572 am 26. Tage des August zur Welt gekommen, Féline. Die Mutter verstarb bei der Geburt. Möge der Herr ihrer Seele den Frieden schenken. Jean und Blandine haben den Säugling an Kindes statt angenommen.«

»Deine Mutter trug ein Schmuckstück, das Abbé Vidame entgegen dem Wunsch Blandines nicht den frommen Frauen von Beaumont übergeben hat. Diese Kette. Du musst nur den Mondstein in Richtung des Uhrzeigers drehen.«

Mit zitternden Fingern befolgte Féline den Rat. Das Medaillon, das die Perlenschnur zusammenhielt, klappte in zwei Hälften, und sie sah – in ihr eigenes Gesicht! Die Hand des unbekannten Portraitisten hatte Marisann de Brune in faszinierender Lebendigkeit auf das winzige Oval gebannt. Der Schwung des Mundes, das Glitzern der Silberaugen, die stolze Linie des langen Halses, es war der verblüffende Blick in einen Spiegel.

Da bereitete es schon mehr Mühe, das Antlitz Amaury de Brunes in den kantigen Zügen des jungen Mannes wiederzufinden, der die andere Seite des Schmuckstückes zierte. Ein Wald dichter brauner Locken bedeckte den Schädel, und die grauen Augen schauten mit unerschütterlicher Selbstsicherheit auf die Betrachterin.

Es war der letzte Beweis gewesen, der auch Vater Vidame überzeugt hatte, wenngleich das Leben inzwischen Schrunden und Abgründe auf die unterdessen fahle und faltige Haut des Seigneurs gezeichnet hatte.

Féline spürte die scharfe Kante des Medaillons in ihrer Handfläche, als sie die Finger darum schloss, und hob die Augen. Wie magisch angezogen trat sie auf den alten Herrn zu und sank vor ihm auf die Knie. Das Gesicht in seinem Schoß vergraben, verharrte sie reglos, und erst nach geraumer Zeit bemerkte Amaury de Brune, dass sie weinte.

Mit sanfter Gewalt zwang er sie aufzusehen und wischte die Tränenspuren von ihren Wangen. Aber Féline konnte nicht aufhören. Unablässig rann die Feuchtigkeit über die schmalen Wangen. Überwältigt von ihren Empfindungen, war sie nur noch fähig zu schluchzen.

»Ich hoffe doch sehr, dass das die letzten Tränen sind, die du in dieser Angelegenheit weinst«, brummte er gerührt und der eigenen Stimme nicht sehr sicher. »Denn ich muss dir sagen, auch dieses Wunder, das mir auf der Suche nach einer flüchtigen Ersatz-Mauve begegnet ist, kann mich keineswegs dazu bringen, dich mehr zu lieben, als ich es bereits seit vielen Monaten tue, mein Kind!«

»Vater!« Ihn mit vollstem Recht und glühendem Herzen so

nennen zu dürfen, beseitigte die Verwirrung und machte endlich einer überschäumenden Freude Platz. Es würde seine Zeit dauern, bis sie die Veränderungen begriffen und die Konsequenzen erfasst hatte. Im Moment genügte es ihr, in seiner liebevollen Umarmung geborgen zu sein.

»Glaubst du mir nun, dass es nicht nötig ist, diese Mauern zu fliehen?«, brachte er sie ein wenig in die Wirklichkeit zurück und damit zu einer hitzigen Frage, die sich wie von selbst über ihre Lippen drängte.

»Und Philippe! Was sagt er dazu? Wo ist er? Warum meidet er mich? Wieso hat er mir nichts von alldem berichtet?«

Ein nachsichtiges Schmunzeln lag in den Mundwinkeln des alten Herrn. »Er ist sich ob deiner Reaktion recht unsicher. Er fragt sich ganz plötzlich, ob du den Mann liebst, der er ist oder nur das Leben, das er dir bieten konnte. Als Féline de Brune bist du eine junge Frau aus bester Familie und kannst dir aussuchen, welchen der Edelmänner du wählst, die dir in Kürze zu Füßen liegen werden.«

»Eine Edeldame, die das Kind eines anderen unter dem Herzen trägt. Ihr vergesst da ein paar unumstößliche Tatsachen, Vater!«, warf sie spöttisch ein.

»Erwarte von einem blind verliebten Verzweifelten keine Vernunft, Kleines. Er schlägt sich mit Gespenstern herum und flucht über das Schicksal, das dir gestattet, nun deine eigenen Entscheidungen zu treffen. Das Bauernmädchen Féline hätte er vermutlich mit schlichter Gewalt zum Traualtar geschleift. Er hat nicht versäumt, mir in Paris mitzuteilen, dass er dies vorhat und auf keinen deiner oder meiner Einwände hören wird. Er wollte dich zu seiner Frau machen, obwohl er zu diesem Zeitpunkt noch annehmen musste, dass nur eine Laune der Natur dich zum Abbild meiner Tochter geformt hatte. Inzwischen sind die Würfel zu deinen Gunsten gefallen! Einer Dame de Brune darf er mit derartigen Raubrittermethoden nicht zu nahe treten. Er rechnet mit dem Schlimmsten, er leidet, hofft und ist dabei, das Beten von neuem zu lernen.«

»Wie kann er an meiner Zuneigung zweifeln? Er ist verrückt!«

»Ohne Frage. Es liegt an dir, ihn wieder zur Vernunft zu bringen«, stimmte de Brune ihrem Aufschrei trocken bei.

»Aber ich darf ihn nicht heiraten!« fiel es Féline plötzlich wieder ein. »Ich bin katholisch! Diese ganze schlimme Komödie wurde inszeniert, weil er keine Katholikin heiraten wollte!«

Es war wohl das erste Mal in seinem langen Leben, dass Amaury de Brune fähig war, über dieses Problem, das ganz Frankreich in einen schrecklichen Krieg gestürzt hatte, ohne Leidenschaft zu sprechen.

»Vielleicht unterschätzen wir alle miteinander die große, göttliche Gerechtigkeit. Vielleicht habe sogar ich unseren König zu hart verurteilt, dass er den Frieden für wichtiger hielt, als den Sieg einer bestimmten Religion«, philosophierte er. »Ich habe voll Erstaunen lernen müssen, dass es mir streng genommen egal ist, in welcher Kirche meine Tochter betet. Wichtig ist mir nur, dass sie lebt. Dass mir der Allmächtige in seiner Güte ein Enkelkind schenken wird. Und mach dir keine Sorgen über die Drohung dieser Hexe d'Aronet. Sobald sich meine Gicht gebessert hat, werde ich es selbst übernehmen, den König über die Wirren zu informieren, die unsere Familie getroffen haben. Heinrich von Navarra ist gerecht und klug, er wird deinem Glück sicher nicht im Wege stehen.«

Féline erfasste intuitiv, wie tief die Ereignisse den alten Herrn erschüttert haben mussten, dass sie sogar die starren Dogmen seines Glaubens erweichen konnten. Allein, noch vermochte sie nicht an ihr Glück zu glauben. War es möglich, dass sie Schwierigkeiten sah, wo es gar keine gab? Würde der König wirklich in seiner Gnade Gerechtigkeit walten lassen? Und was war mit Philippe?

»Antoine? Zum Donnerwetter, wo steckt der Kerl? Antoine?«

Philippe Vernon, der Marquis von Andelys, sah genauso gereizt und ungeduldig aus wie seine Stimme klang. Dass sein Kammerdiener verschwunden blieb, passte zu seiner Stimmung. Dabei verstand er sogar, warum Antoine als geschulter Lakai seinen Herrn mied, dem man im Augenblick einfach nichts recht machen konnte.

Mehr als eine Nacht und einen Tag war es jetzt her, dass Amaury de Brune mit seiner Tochter gesprochen hatte. Begriff Féline denn nicht, dass er auf ein Zeichen von ihr wartete? Dass er nahe daran war, den Verstand zu verlieren? Dass die Unsicherheit, in die ihn ihr Schweigen gestürzt hatte, an ihm nagte? Schon auf dem Ritt von Beaumont nach Andelys hatte sie einer Stummen geglichen, die auf alle Fragen lediglich nickte oder mit dem Kopf schüttelte.

Was konnte er tun? Eine weitere schlaflose Nacht hinter sich bringen, in der er sich aussichtslos danach sehnte, sie in seinen Armen zu halten? Er hatte nicht das Recht, sie zu irgendetwas zu zwingen, und genau diese verdammte Machtlosigkeit zerrte an seinen Nerven und machte ihn ungerecht und jähzornig.

Seit der Unterredung mit Amaury de Brune hatte Féline ihr Gemach nicht mehr verlassen, er wusste es. Nur Dame Berthe war der Zutritt erlaubt. Was tat sie dort so allein? Warum mied sie das Zusammentreffen mit ihm? Warum nahm sie an keiner Mahlzeit teil? Auch heute Abend hatte er umsonst auf ihr Erscheinen gewartet.

Sein Stolz verbot ihm, seinen Schwiegervater einfach auszufragen. Man hatte ein höchst belangloses Tischgespräch über die Getreidesorten geführt, die jetzt im März gesät werden mussten. Dabei war ihm durchaus bewusst gewesen, dass sich der alte Herr auf seine Kosten amüsierte. Aber wenn Féline ihm etwas mitzuteilen hatte, so sollte sie das selbst tun. Andererseits, das Warten darauf brachte ihn langsam aber sicher um!

Wütend bediente er sich aus der bereitstehenden Weinkaraffe und begann die Schnüre seines goldbetressten braunen Wamses zu lösen. Im Feldzug war er lange genug ohne Kammerdiener ausgekommen und somit durchaus imstande, sich selbst zu behelfen. Er zog das Kleidungsstück über den Kopf und trug jetzt nur noch das fein bestickte weiße Leinenhemd mit dem eckigen Spitzenkragen und samtene Kniebundhosen, die seine muskulöse Figur eng umspannten.

Stiefel und Strümpfe folgten dem lieblos hingeworfenen Wams und barfuß wandte er sich zum Bett. Die bestickten Brokatvorhänge mit den grün-goldenen Troddeln waren auf einer Seite einladend zurückgeschlagen. Die bereits entzündete Flamme des Nachtlichtes warf einen golden leuchtenden Kreis auf die seidenen Kissen.

Inmitten dieses Kreises lag Féline, bequem gegen ein paar aufgehäufte Kissen gelehnt, und sah ihn an. Obwohl er ihr Bild im ersten Moment für eine Halluzination hielt, änderte es nichts daran, dass er mit überdeutlicher Klarheit alle Einzelheiten in sich aufnahm.

Sie trug ein Négligé, dessen rosafarbene, durchsichtige Stoffbahnen das Kerzenlicht zu reflektieren schienen. Ein angewinkeltes Bein verriet die Linie der Schenkel und dunkle Schatten die Brustspitzen. Gelöste Haare fielen in seidigen, weichen Locken auf die halb entblößten Schultern, und die silberenen Augen glitzerten in einer gefährlichen Mischung aus Spott und unverhohlener, vergnügter Herausforderung.

Die deutlichen Spuren der Erschöpfung waren endlich wieder aus ihren makellosen Zügen verschwunden. Die Haut schimmerte rosig, und die kaum sichtbaren bläulichen Schatten unter den klaren, grauen Augen machten sie nur noch rätselhafter und tiefer. Sie war immer schön gewesen, aber bisher hatte sie nicht jene subtile, gefährliche Ausstrahlung einer Frau besessen, die sich ihrer selbst und ihrer Liebe völlig sicher ist.

»Man könnte wahrhaftig meinen, Ihr haltet mich für das spukende Schlossgespenst von Andelys, mein Lieber!«, schnurrte sie gedämpft.

»Exakt das!«, schluckte er. »Was ... wie ... warum ... wo kommt Ihr her?«

»Durch diese Verbindungstür dort. Ist es möglich, dass diese Mauern Euch einschüchtern? In Paris kannte ich Euch wortgewandter, Seigneur!«

»O nein!« mit einem wahren Tigersprung war er an ihrer Seite und hatte ihre Schultern umfasst. »Kein höfisches Geplänkel, meine Schöne! Ihr könntet mich nicht zwei Tage wie ein Nichts behandeln und dann plötzlich einer Sirene gleich in diesem Bett liegen!«

»Wollt Ihr mich wieder fortschicken, mein Herr?« Féline war sich der warmen, kraftvollen Hände nur zu bewusst, die ihre Schultern energisch umspannt hielten. »Mein Name mag sich zwar geändert haben, aber meine Liebe ist die gleiche geblieben. Groß genug, um Euch aus Liebe zu verlassen, damit Ihr die Ehre Eures Namens reinhalten könnt. Aber auch groß genug, um Euch nie wieder freizugeben, nachdem mein Verzicht nicht mehr nötig ist!«

Überwältigt von diesem Geständnis wie es in seiner offenen Kühnheit nur Féline machen konnte, senkte Philippe die Lider, und ein tiefer Atemzug weitete seine Brust. Indes, so ganz einfach war das furchtbare Netz aus Angst, Stolz und Zorn nicht abzustreifen, das ihn in den vergangenen Stunden gefesselt hatte. »Und warum also dieses Zögern? Warum diese späte Rache an mir?«

»Rache?« Féline schüttelte den Kopf und berührte zärtlich

mit den Fingerspitzen die zornigen Falten, die seine Stirn furchten. »Welch ein kurioser Gedanke! Ich war müde, erschöpft bis in die Tiefen meines Seins und zudem durchgeschüttelt von einem Ritt, der Dame Berthe in eine Furie verwandelte, sobald sie davon erfuhr, dass ich ein Kind erwarte. Dass sie Euch nicht persönlich mit allen zehn Fingernägeln ins Gesicht ging, ist ein reines Wunder. Sie verbannte mich zwischen die Kissen, ehe ich auch nur den Fuß aus der Bibliothek gesetzt hatte. Sie flößte mir Kräutertränke ein, und dann weiß ich nur noch, dass ich schlief. So tief und fest wie schon lange nicht mehr. Als ich erwachte, dämmerte bereits der heutige Abend, und Dame Berthe vollbrachte das unglaubliche Wunder, mir eine Mahlzeit zusammenzustellen, die mein armer Magen am Ende wieder vertrug. Als sie endlich zufrieden mein Gemach verließ, bin ich durch diese Zwischentür geschlüpft, habe Euren getreuen Antoine mit meinem Auftauchen in größte Verlegenheit gestürzt und in diesem Bett auf Euch gewartet. Ungeduldig gewartet, wie ich durchaus hinzufügen möchte.«

Die letzten Worte murmelte sie bereits eng an seine Brust gepresst, während sie spürte, dass er sein Gesicht in ihren Haaren vergrub. Ihre Hände umklammerten seine Schultern, und nur von feinem Linnen des Hemdes von seiner warmen Haut getrennt, vernahm sie den harten Schlag seines Herzens und das verblüffende Geständnis, dass es ihr gelungen war, diesen unbesiegbaren, harten Edelmann in kopflose Panik zu versetzen.

»Féline, meine Schönste, mein Herz, mein Leben! Du darfst mich nie wieder verlassen, ich könnte es kein zweites Mal ertragen!«

»Es liegt nicht in meiner Absicht dies zu tun, Seigneur!«, antwortete sie schlicht.

Es schien, als wäre ihr Antlitz von innen erleuchtet. Ein Strahlen, dem sich sogar das metallische Feuer ihres Blickes unterwarf, das es sanft und weich wie Mondlicht auf dem stillen Wasser eines Teiches machte. Ein Gesicht bedingungsloser Liebe, wie es ihm noch keine Frau geschenkt hatte. Züge, die ihn bewegten, wie es kein noch so leidenschaftliches Geständnis jemals vermocht hatte.

»Es wird mir schwer fallen, meine Hände von dir zu lassen, wenn du mich so ansiehst, meine Geliebte!«, raunte Philippe unterdrückt.

»Ich sehe keinen Grund, warum du das tun solltest«, wisperte sie und beseitigte mit einer unmerklichen Bewegung das Hindernis des Hemdes zwischen ihrer Wange und seiner Brust. Ihre Lippen fanden seine Haut, und sein Atem beschleunigte sich, als eine kecke, zärtliche Zunge kleine Kreise auf seiner Haut zeichnete und die Brustwarzen berührte.

»Aber das Kind, das du erwartest …«

Féline lachte unbeschwert. »Wenn ihm der Ritt nicht geschadet hat, der hinter mir liegt, so wird ihm auch das Glück nicht schaden, das du mir schenkst.«

Mehr als dieser Aufforderung bedurfte es nicht. Schon rutschte das goldfarbene Nachtgewand über ihre Schultern, und Féline ergab sich den leidenschaftlichen, hungrigen Küssen, die ihren Mund und ihren Körper eroberten. Sie legten Spuren des Feuers auf empfindsame Haut, während Féline sich unter den liebkosenden Händen wölbte.

Die Tatsache, dass jetzt kein Hindernis mehr zwischen ihnen stand, dass sie einander ebenbürtig, nur durch die Kraft ihrer großen Liebe verbunden waren, machte aus ihrer Hingabe ein Geschenk, das Philippe zu gleichen Teilen entwaffnete und beglückte.

Keiner von beiden brachte in diesem Moment die Beherrschung für ein langes, genussvolles Liebesspiel auf. Dafür würde später Zeit sein. Sie gaben dem völlig wilden, drängenden Fieber nach, das sie beherrschte. Jeder war nur darauf bedacht, den anderen bis in die Tiefen seines Seins zu spüren, endlich wieder ein Körper, ein Herz und eine einzige Seele zu werden.

Auf dem Höhepunkt der Lust, während sie schon das Beben nahen spürte, öffnete Féline die Augen und sah Philippes Blick auf sich gerichtet. Nicht mehr mit dem Ausdruck des beutehungrigen Falken, sondern mit ungläubigem Erstaunen. Mit dem naiven Entzücken reinster Freude.

Das Gesicht des Jungen, der er vor vielen Jahren gewesen sein musste. Die Züge, die er vielleicht seinem Sohn vermachen würde. Sie bewahrte sie in ihrem Herzen, ehe die Wollust sie beide mit sich nahm und jeden weiteren Gedanken in einem Feuerwerk aufflammender Begierde verglühen ließ.

Epilog – März 1596 – Louvre

Das glanzvolle Frühlingsfest, das zum Ende des Monats März den königlichen Palast am Ufer der Seine in eine Insel aus Licht und Glanz verwandelte, hatte alle großen Namen des Königreiches im Louvre versammelt. Schon seit Tagen passierten Kutschen voller Menschen und Gepäck die Stadttore von Paris. Die Zünfte der Händler und Handwerker rieben sich in Vorfreude auf kommende Geschäfte die Hände.

Auch Maître Aurél hatte seine liebe Not gehabt, all die prachtvollen Gewänder, die bei ihm in Auftrag gegeben worden waren, rechtzeitig bis zum Fest fertig zu stellen. Allein die zahllosen Perlen auf der tiefschwarzen Samtrobe der Gräfin von Survillier hatten eine ganze Gruppe von Nähmädchen tagelang beschäftigt.

Dafür bot die Gräfin nun auch eine wahrhaft pompöse Erscheinung. An der Seite ihres eher vierschrötigen Gatten überstrahlte sie ihn voller Glanz. Doch der Samt und die Perlen konnten nicht ganz darüber hinwegtäuschen, dass die ehemalige Madame d'Aronet den Höhepunkt ihrer Schönheit inzwischen hinter sich hatte.

Während Puder und Schminke die kleinen Krähenfüße in den Augenwinkeln verbargen, waren sie bei den scharfen Falten, die sich um den Mund eingegraben hatten, machtlos. Auch überschritt die Üppigkeit ihrer Figur langsam das Maß, das noch als wohl gewachsen bezeichnet werden konnte. Ein Hauch von Unzufriedenheit und Niederträchtigkeit umgab die Dame wie ein zu aufdringliches Parfüm.

»Ich hoffe, dass Ihr es dieses Mal fertig bringt, den König nicht zu verärgern!«, zischte sie ihrem Gemahl zu, während sie die große, festlich geschmückte Halle betraten. »Ich lege keinen Wert darauf, erneut monatelang in einem öden Provinzschloss eingesperrt zu sein.«

Der Graf von Survillier hatte sich in eben diesen Monaten angewöhnt, den ständigen Nörgeleien seiner Dame keine Aufmerksamkeit mehr zu schenken. Er ließ einen interessierten Blick über die vielen Gäste des Balles schweifen und verharrte an einer hoch gewachsenen, dunkelhaarigen Gestalt, die mit einem Ausdruck absoluter Anbetung auf dem Gesicht, auf seine Begleiterin herabsah.

»Verdammt, Andelys ist da! Wenn ich den Kerl sehe, kocht mir die Galle über!«, knurrte er. »War nicht der König hinter diesem Püppchen her, das seine Gemahlin ist? Das wird unserer Herzogin aber nicht gefallen!«

Da die Gefühle seiner Gemahlin in eine ganz ähnliche Richtung gingen, verengten sich ihre schwarzen Augen, während sie ebenfalls Philippe Vernon ausmachte. Tatsächlich, da war er. Unverschämt gut aussehend und vergnügt noch dazu. Und die Frau an seiner Seite? Hatte diese Dirne tatsächlich die Stirn gehabt, sich wieder an ihn zu werfen? Aber sie würde nicht zulassen, dass er diese Komödiantin bei Hofe präsentierte! Dieses Mal würde sie den Skandal in aller Öffentlichkeit publik machen!

Ohne auf ihren Gemahl zu achten, drängte sie sich durch die Gäste und traf genau in jenem Moment auf das Paar, als auch der König und die Herzogin von Beaufort dieses Ziel erreicht hatten. Das ländliche Fest, das zu Ehren des Frühlingsbeginnes stattfand, sollte in völliger Ungezwungenheit und ohne lästige Zeremonien gefeiert werden, ganz so wie es der lebenslustige König liebte.

Eben beugte er sich über die zarte Hand der Marquise von Andelys, die neben dem schmalen, goldenen Ehering ein großer, wasserklarer Diamant von seltener Schönheit zierte. Er vervollständigte die elegante Toilette der Dame aus eisblauer, schimmernder venezianischer Seide. Das großzügige Dekolleté war von einem hauchzarten, hochgestellten Spitzenkragen umgeben und auf der sanft getönten Haut lag ein märchenhaftes Collier aus silbern glänzenden Perlen. Doch trotz ihres Leuchtens konnten sie es nicht mit den hellen Augen der Marquise aufnehmen, die in einer Mischung aus Verwirrung und Vorsicht auf den gebeugten Kopf ihres Königs blickten, ehe dieser sich wieder aus seiner bewundernden Reverenz erhob.

»Nun, meine Schöne«, plauderte der König in fast familiärer Vertraulichkeit. »Wie geht es meinem Patenkind, dem Vicomte? Ich hoffe, er ist bei guter Gesundheit?«

Wie immer, wenn die Sprache auf ihren Sohn kam, lächelte Féline Vernon ganz unbewusst. Es war ein Strahlen mütterlichen Stolzes, das ihr ganzes Glück verriet. »Ja, Majestät, es geht ihm wunderbar. Er ist der Stolz seines Großvaters und wickelt ihn von Tag zu Tag mehr um seine kleinen Finger. Monsieur de Brune liegt in ständiger Fehde mit Amme und Kinderfrau, da ihm keine von ihnen alles recht machen kann.«

»Ihr müsst mir von ihm erzählen«, lächelte die Herzogin von Beaufort gnädig, die selbst Mutter eines zweijährigen Sohnes war.

»Welch erfreuliche Neuigkeiten, man darf Euch also zu dem sehnlichst erwarteten Erben gratulieren!«, zwitscherte die Gräfin von Survillier, die sich inzwischen an Philippe Vernon herangemacht hatte und um Aufmerksamkeit heischte.

Philippe gönnte seiner ehemaligen Geliebten eine Verneigung, die gerade eben noch höflich war. »Wenn es Euch danach drängt, so tut Euch keinen Zwang an, Madame!«, erwiderte er kühl.

»Wie erstaunlich doch die wundersame Genesung Eurer schwer kranken lieben Gemahlin immer wieder ist, Seigneur.

Ich sehe, sie hat den Rückfall des vergangenen Jahres glücklicherweise wieder überstanden.«

Während sie höhnisch versuchte, weiter Gift in die Runde zu träufeln, wurde sie von einer herrischen Stimme kalt unterbrochen. Der König selbst übernahm es, sie ein für alle Male zum Schweigen zu bringen.

»Ihr sprecht vermutlich von Mauve Vernon, der bedauernswerten, ältesten Tochter Monsieur de Brunes, Gräfin. Ihr seid nicht richtig informiert. Sie ist in der Tat bereits vor geraumer Zeit an der Schwindsucht verstorben. Die Dame, die den Erben von Andelys zur Welt gebracht hat, ist Féline de Brune, die jüngere Tochter unseres alten Freundes.«

Das war zu viel. Nicht einmal vom König persönlich ließ sich Madame Therèse einen solchen Bären aufbinden. Ungeachtet des Eklats, den sie damit verursachte, wagte sie einen scharfen Widerspruch. »Eine jüngere Tochter? Welch ein Märchen! Jedermann weiß, dass Amaury de Brune nur eine Tochter hatte und dass seine Gattin in der Bartholomäusnacht ums Leben kam!«

Es war ein großer Fehler, Heinrich von Navarra ausgerechnet an jene tragische Nacht zu erinnern, die seine Hochzeit mit Marguerite von Valois überschattet hatte.

»Da Ihr so vorbildlich informiert seid, Madame«, entgegnete der König eisig, »wisst Ihr sicher auch, dass Madame de Brune zu dieser Zeit ein Kind erwartete. Ihre zweite Tochter kam auf der Flucht aus Paris zur Welt. Damals ist viel Leid und Unglück über Frankreich und seine Bewohner gekommen. Deswegen ist es mir auch eine besondere Freude, dass ich in manchen Fällen heute die königliche Macht habe, alte Wunden ein wenig zu heilen.«

»Aber ... aber sie ist katholisch!«, platzte die Edeldame heraus, ohne sich um die Folgen zu kümmern.

»Auch Euer Herrscher gehört diesem Glauben an, Madame!«, bekam sie barsch zur Antwort. »Es steht Euch nicht an, daran Kritik zu üben. Andernfalls sehen wir uns gezwungen, auf Eure Gesellschaft bei diesem Fest zu verzichten!«

Féline sah, wie ihre ehemalige Rivalin unter der reichlich aufgetragenen Schminke kalkig blass wurde, und zu ihrem eigenen Erstaunen erkannte sie in dem Gefühl, das sie durchlief, Mitleid. Die Zeichen des Verfalls der ehemaligen Schönheit waren unübersehbar. An der Seite des Grafen von Survillier hatte sich Therèse d'Aronet ihre eigene, ganz private Hölle geschaffen.

»Warum diese harten Worte, bei einem so schönen Fest?«, sagte sie mit ihrer melodiösen Altstimme ebenso sanft wie nachdrücklich. »Ich bin der Gräfin dankbar für ihre Teilnahme am Schicksal unserer Familie. Indes ist es nicht mehr nötig, dass Ihr uns in Eure Gebete einschließt, Madame.«

Der König verhehlte seine Bewunderung für diesen diplomatischen Einwurf keineswegs. »Ihr seid nicht nur schön, Marquise, Ihr seid auch klug und gottesfürchtig. Das Erbarmen mit einem Feind zeichnet die wahre Christin aus! Marquis, wenn Ihr die Herzogin zum Reigen führt, so werde ich mir die Freiheit nehmen, mit der bezaubernden Mutter meines Patenkindes den Ball zu eröffnen.«

Und in ohnmächtigem Zorn musste die Gräfin von Survillier in einen zeremoniellen Hofknicks vor ausgerechnet jener Frau versinken, die sie bis aufs Blut hasste. Darauf zu verzichten, hätte geheißen, den König noch mehr zu brüskieren und die endgültige Ungnade in Kauf zu nehmen.

Spät in der Nacht, fast schon am nächsten Morgen, während Yvette, die voller Zufriedenheit wieder in die Dienste ihrer Herrin getreten war, die Nadeln aus der Robe zog, die den filigranen Spitzenkragen hielten, kam Philippe noch einmal auf die Gräfin zu sprechen.

»Es hätte in Eurer Macht gelegen, die Dame für immer vom Hofe zu verbannen, warum habt Ihr darauf verzichtet, mein Herz?«

Féline lächelte spitzbübisch ihr Spiegelbild an. Die Geburt des kleinen Amaury Jean Philippe Vernon hatte weder ihrer Figur noch ihrer Schönheit geschadet. Im Gegenteil, das Glück hatte die Konturen ein wenig sanfter gemacht und die letzten Spuren des Hasses und der Rebellion aus ihrem Herzen getilgt.

»Warum sollte ich das? Dann würde ich mich doch um das Vergnügen bringen, dass sie das Scheitern ihrer ehrgeizigen Pläne mitansehen muss.«

Yvette unterdrückte ein Schmunzeln und fing einen unmissverständlichen Blick des Marquis auf. Sie wusste, was von ihr erwartet wurde. Sie beeilte sich mit den Häkchen und Schlaufen der Robe und verließ mit einem letzten Knicks das Gemach. Sie hatte kaum die Pforte hinter sich geschlossen, als Philippe seine Gattin bereits in die Arme gerissen hatte.

»Also keine Heilige, sondern ein rachsüchtiges Biest!«, murmelte er zwischen zwei leidenschaftlichen Küssen. Féline spürte seine Hände auf ihrem Körper und kicherte vergnügt. »Heilige sind langweilig, mein Herr, sehnt Ihr Euch etwa danach?«

»Du weißt wonach ich mich sehne. Welchen Durst ich nie genug stillen kann …«

Ihre Lippen trafen sich. Es bedurfte keiner Worte mehr zwischen ihnen. Ihre Liebe hatte endlich gesiegt, und für die Verliererin hatten sie eine schlimmere Strafe als unsinnige Rache – Gleichgültigkeit.